故事会

2021 · 127

合订本

上海故事会文化传媒有限公司
上海文化出版社

图书在版编目（CIP）数据

2021年《故事会》合订本.127期/《故事会》编辑部编.－－上海：上海文化出版社,2021.1（2024.11重印）
ISBN 978-7-5535-2227-2

Ⅰ.①2… Ⅱ.①故… Ⅲ.①故事－作品集－中国－当代 Ⅳ.①I247.81

中国版本图书馆CIP数据核字(2021)第001243号

书　　名：	2021年《故事会》合订本127期
主　　编：	夏一鸣
副 主 编：	吕　佳　朱　虹
责任编辑：	曹晴雯　孟文玉
发稿编辑：	吕　佳　朱　虹　姚自豪　丁娴瑶　陶云韫
	王　琦　曹晴雯　赵媛佳　田　芳　赵俊斐　孟文玉
装帧设计：	王怡斐
责任督印：	张　凯
出　　版：	上海文化出版社
出　　品：	上海故事会文化传媒有限公司
	（201101　上海市闵行区号景路159弄A座3楼　www.storychina.cn）
发　　行：	上海文艺出版社发行中心
	（上海市闵行区号景路159弄A座2楼206室）
印　　刷：	上海中华印刷有限公司
开　　本：	787×1092毫米　1/32
印　　张：	9
版　　次：	2021年1月第1版
印　　次：	2024年11月第8次印刷
书　　号：	ISBN 978-7-5535-2227-2/I·859
定　　价：	18.00元

版权所有·不准翻印

上海故事会文化传媒有限公司　出品（01035）

想看更多故事？
扫码下载故事会App

上海故事会文化传媒有限公司所有图书可办理邮购，免收邮费（挂号除外）
汇款地址：上海市闵行区号景路159弄A座2楼206室（201101）
收 款 人：上海故事会文化传媒有限公司出版发行部
联系电话：021-53204159
如发现本书有质量问题，请与印刷厂质量科联系 Tel:021-60829062

714 CONTENTS

2020 SEMIMONTHLY 11月上半月刊

故事会网上书店

微信订阅故事会

欢迎登录故事会官方网站：www.storychina.cn

笑话14则	骆驼色等	4
情感故事		
雪夜绣梅花	他 他	8
被偷走的小汽车	时海潮	62
网文热读		
父亲变成一只羊	顾振威	12
女孩与鼠	孙春平	84
诙段子		14
央企故事		
中国军贸出口第一桶金	小 凯	17
新传说		
跑车途中	侯晓琪	21
科长家的猫	张克华	25
母鸡报仇	姚国庆	28
乌龙姻缘	李浩然	31
传闻轶事		
寻仇记	夏奇峰	34
御厨的秘方	陈艳梅	50
东方夜谈		
人鬼仇未了	刘建平	39
外国文学故事鉴赏		
谁杀了镇长		43
3分钟典藏故事		48
56个民族的故事		
农家姑娘		53
海外故事		
女主人	稻野熊	55
甜蜜的吻	罗倩仪	87
民间故事金库		
这个"瞎子"有一手	王乃飞	58
法律知识故事		
难拆的防盗门	王 芬	66
中篇故事		
空棺之谜	田雪梅	68
动感地带		81
浮世绘		82
幽默世界		
《好事做到底》等6则	沈顺富等	90
听故事		96

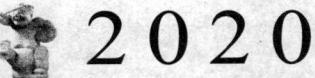

故事会
红版·11月上半月刊

社长、主编 夏一鸣
副社长 张 凯
副主编 吕 佳 朱 虹
本期责任编辑 丁娴瑶
电子邮箱 dingxianyao@126.com
发稿编辑
姚自豪 吕 佳 陶云韫 曹晴雯
美术编辑 王怡斐 郭瑾玮
本社办公室电话 021-6437 5030
红版编辑部电话 021-6431 0547
绿版编辑部电话 021-6433 6469
地址 上海市绍兴路74号 邮编 200020
主管 上海文艺出版总社
主办 上海文艺出版总社
出版单位 《故事会》编辑部
发行范围 公开

·出版发行部·
发行业务 021-6431 3938
发行经理 钮颖
媒介合作 021-6433 8113
广告业务 021-6433 4376
新媒体广告 021-6445 0660

·融媒体中心·
《故事会》微博 @故事会
《故事会》微信 story63
故事中国网 www.storychina.cn
《故事会》网店
shop36332989.taobao.com

故事会公众号 故事会App下载二维码

国外发行 中国图书贸易总公司
印刷 上海四维数字图文有限公司
发行：中国邮政集团公司报刊发行局总发行
国内代号 4-225 定价 6.00元

特别提示： 凡本刊录用的作品，本刊均已获得该作品与《故事会》相关的权利。除非中华人民共和国法律另有规定，未经本刊许可，不得以任何方式擅自转载、摘编或利用其他方式使用上述作品。已经本刊许可使用的作品，应在许可范围内使用。违反上述声明的，本刊将依法追究其法律责任。

· 笑话 ·

（本栏插图：包丰一）

减重奖励

健身中心的教练说:"我们这儿有个活动,谁在这个月最先成功减重10斤,就奖励5000块!"

有个学员说:"我现在带姐姐来办卡,还来得及不?"

教练乐了:"当然来得及!"

没想到,那个学员拿起手机打电话:"姐,你预产期是不是这个月?我跟你说个事……"

（骆驼色）

直观的解释

孩子问爸爸:"我不懂,吵架是怎么发生的呢?"爸爸说:"比如你妈妈和同事关系不好……"妈妈插嘴道:"根本没这回事,我和同事关系很好!"爸爸辩解道:"我不过是举个例子。"妈妈激动地叫起来:"举例也不能凭空瞎说!"

"那你自己来给他讲吧!"

"你根本就是推卸责任!"

"行啦!"孩子喊道,"现在我懂'吵架是怎么发生的'啦!"

（威武军）

温顺的狗

一天晚上,阿明打电话跟女友诉苦,说他被家里的狗咬了。

女友惊讶地问:"你家的狗不是很温顺的吗?"

阿明懊悔地说道:"刚才感觉一个人喝酒没劲,就让它陪着喝了两盅,没想到它酒品不行呀!"

（潘光贤）

紫薇诉苦

皇上说:"紫薇,今日朕替你做主,告诉朕,是谁打了你?"

紫薇抽噎着说:"嬷嬷打、嬷嬷打……"

这时,皇后忍不住冲上前,甩了紫薇一巴掌,说:"告状就告状,说什么'么么哒',你卖萌呢?"

(小 娃)

在忙什么呢

小张给朋友打电话,问道:"在忙什么呢?"

朋友一本正经地说:"受外部环境持续制约的影响,我正在从事陶瓷、玻璃、铝和不锈钢的热水处理。"

小张不明所以,连忙追问。朋友笑着解释道:"我在老婆的监督下,用热水洗餐具呢!"

(王树芳)

穿越以后

有个人穿越回战国,到了长平,正好遇上秦、赵两军对峙。这个人见到赵军主帅,激动道:"你就是那个纸上谈兵的赵括啊?"

赵括大惑:"我是赵括不错,也会谈兵不假,但什么是纸?"

(官 泽)

摘枣子

这天,小李在媳妇娘家的果园里散步,看见媳妇的小侄子站在一棵枣子树下,见小李来了,孩子便奶声奶气地喊:"枣子,奶奶!"

小李一听,心想:想吃枣子还要叫你奶奶干吗?看我的!

小李扎好马步,抱着那棵树,使劲摇了几下,想摇几颗枣子下来,没想到,只听"哎哟"一声,从树上掉下丈母娘!

(晓晓竹)

· 笑话 ·

学生的抱怨

学生向校长反映学校食堂的饭菜很难吃。校长听后很重视,把食堂大厨找来,警告说:"如果不马上改进,你就走人吧!"

大厨从容地说:"孩子们说的都是瞎话,您不必放在心上。"

校长不满地说:"你凭什么这么说?"

大厨说:"他们天天在食堂里抱怨您上的课很难听,我也没当真嘛!"

(冬人)

电视后遗症

开学第一天,幼儿园老师给一位家长打电话:"你家小孩是不是电视看多了?"家长说:"怎么了,是孩子的视力出现问题了?"

老师说:"那倒是没有,但每次点名,你的孩子总回答'奴才在'!"

(卧龙)

联名举报

小明和同学们向校长递交了一封联名举报信,举报语文老师总是拖堂,没想到事后语文老师只找了小明一个人谈话。小明妈听说了这事,问:"你们是'联名举报'的,老师怎么没找别人谈话呢?"

小明委屈地说:"举报信上只有我一个人签名,其他人都按的指印!"

(一米阳光)

回家见闻

小美跟同事抱怨说:"昨天回家一瞧,儿子和老公两个人在家,一个在床上睡得正香;一个在厨房忙得正起劲!"

同事说:"那不是蛮好吗?"

小美生气地说:"是老公在床上睡得香,三岁的儿子在厨房忙得起劲!"

(紫糯米)

· 笑口常开 轻松一刻 ·

为啥谈恋爱

大梅是个女汉子,三十多了一直没谈恋爱,她总说:"要男的有啥用?我自己一个人就挺好!"

最近,朋友听说大梅谈恋爱了,就问她怎么改变了想法。大梅说:"我给家里换灯泡时,从梯子上摔下来了,那时我就改主意了。"朋友说:"确实,有个男人在,就不用自己换灯泡了。"

大梅说:"不是,有个男人在,起码能给我扶一下梯子。"

(田晓丽)

办卡按摩

妻子一边给丈夫按摩,一边撒娇道:"亲爱的,舒服吗?要不要办张会员卡?充个1000块,我天天帮你按!"丈夫觉得挺划算,拿起手机就给妻子转了1000元钱。

第二天加班回来,丈夫叫妻子按摩,妻子却懒得动了。丈夫提醒道:"我可是交钱办了卡的!"

妻子打了个呵欠,说:"本店因经营不善,刚刚倒闭了!"

(月亮狗)

微信扫码,您立即获得的权益主要有:
本刊专享社群服务、本刊配套资料包、阅读工具

丈夫的礼物

酒会上,有位太太向丽莎炫耀道:"我丈夫送了我一枚钻戒。"丽莎微笑着说:"真好啊!"太太又得意地说:"这不算什么,我过生日时他还送了我一幢海边的房子。"丽莎微笑着说:"真好啊!"太太问丽莎:"你丈夫给你送过什么吗?"丽莎说:"他送我去上了女子礼仪学校。"

太太很好奇:"哦?那你都学了什么?"丽莎微笑着说:"我学会了说'真好啊',而不是'见鬼去吧'!"

(月月鸟)

·情感故事·

雪夜绣梅花　　□ 他 他

早年间，哈尔滨有一位曲三爷，他擅长琴棋书画，平时经常和一帮文人雅士聚在一起，喝酒、吟诗、作画。曲三爷的酒量其实平常，可是到了这种场合，兴之所至，难免就会喝过量。

那年冬天的一天，下着鹅毛大雪，曲三爷喝多了，聚会散后，酒馆掌柜的怕他迷路，要派伙计赶马车送他，曲三爷却摆手拒绝了。他觉得自己还挺清醒，不用人送。

曲三爷出了酒馆大门，顶着风雪，跌跌撞撞地往家里赶。当他走到马家沟子河旁边，歪歪斜斜地刚想上桥，不料一脚踩空，没走到桥上去，却跌到了结冰的河面上。这一折腾，酒劲儿完全上来了，人也彻底迷瞪了。曲三爷爬起来后，见河面上覆盖着一层厚厚的雪，还挺平整的，以为是大路，就沿河走了下去，越走越远，越走越迷糊，困意上来了，"咕咚"一声，他就倒在冰面上睡着了。

还好，这个时候风雪停了，月亮也出来了，照亮了白白的雪地和雪地上蜷成一团的黑色人影。

却说曲三爷的妻子骆雪花在家里左等右等，都等到下半夜了，还没见曲三爷回来，她坐不住了。家里没有雇丫鬟和长工，这大半夜的也找不到别人，她一咬牙，穿戴完毕就自己出了门。

·心灵特区 温馨港湾·

此时,大雪下得有一尺多厚,雪多的地方,绊脚;雪少的地方,路滑。骆雪花是一对小脚,本来走路就不方便,在雪地上,她几乎是两步一个趔趄,三步一个跟头,终于找到了曲三爷他们聚会的那个酒馆。酒馆早就上了门板,敲了好半天,伙计才出来,隔着厚厚的木板门,对骆雪花说:"曲三爷走了都快三个时辰了,还没到家吗?多半是和他那帮朋友去圈楼了吧!"

道外区的圈楼,就是妓院,可是骆雪花知道,自己的丈夫是绝对不会去那种地方的。当年,曲三爷和骆雪花连见都没见过,就拜堂成亲了。成亲之后,两个人才发现,歪打正着,原来,这就是自个儿要找的意中人啊!骆雪花喜欢吃烤地瓜,每次曲三爷都会挑一个大的,让卖烤地瓜的师傅用纸层层包好,然后小心翼翼地揣进怀里,生怕到家就凉了,不好吃了。这样的丈夫,怎么可能去妓院?那就只剩下一个可能,曲三爷喝多了,把自个儿给走丢了。

东北的大冬天,夜里能达到零下四十摄氏度,滴水成冰。一般人受了冻就醒了,知道爬起来回家,可喝醉的人再冷,他也不晓得呀,那不是等着被冻死吗?

骆雪花当时就急哭了。她一边哭,一边沿着酒馆到家的路,来来回回找了四五遍,也没发现曲三爷的身影。她又在这条路两边的岔道上,一条一条地寻找了起来。什么风啊雪啊,冷啊冻啊,骆雪花全都忘记了,她只有一个心思,找到曲三爷,把他背回家里去。

那个年代,哈尔滨还不大,从酒馆到曲家的路上没几条岔路,可是骆雪花找了一个多时辰,把所有岔路都找完了,也没有找到曲三爷。

骆雪花觉得天要塌了,地要陷了,可她还是不肯放弃。不知不觉中,她也走到了马家沟子河这儿,一不留神,"咕咚"一声,她也摔下了桥。掉到桥下之后,她忽然发现,河面的雪地上有一排脚印,歪歪扭扭地向远方而去。这么寒冷的晚上,有谁会来河面上瞎溜达呢?不会有别人,一定是曲三爷!

幸好雪停了,有月光,骆雪花沿着河面,向下走出了三四里地,才找到了蜷成一团的曲三爷。她用手在曲三爷的鼻子前试了试,还有呼吸!骆雪花这才"哇"的一声,放肆地大声哭了出来。不管咋的,曲三爷活着就好。他活着,天就没塌,地就没陷,自个儿也就能跟着

·情感故事·

活下去。

曲三爷长得膀大腰圆,一米八的个子,两百多斤的体重,骆雪花根本就搬不动他。骆雪花把自个儿的围巾撕成布条儿,绑在曲三爷的腋窝下,顺着曲三爷身体的方向,头朝前,像马拉爬犁一样,

往家的方向拉了起来。骆雪花只有一米六的个头,体重连一百斤都不到,平时也很少干体力活儿,可是这个时候,她也不知道从哪儿来的力气,竟然三步一歇,五步一停,一步一步地把曲三爷拉回了家,拖上了滚烫的火炕,盖上了被子,自个儿这才在曲三爷的身旁昏了过去。

本来这件事发生在深夜,不会有人知道,可是说来也巧,有一个住在附近的长工,早起捡粪,看见河面上、雪地里一步一个血脚印,以为是谁家发生了杀人命案,就沿着脚印一步一步地一直来到曲家大门前,然后,他跑到警察局报了案。

警察来了一查,自然是虚惊一场,可骆雪花雪夜救夫的故事却在坊间传开了,还越传越神,越传越离奇。有人甚至把这个故事写成评书,在说书台上,请人专门说唱。

再说曲三爷,他在家缓了一阵子,架不住那帮附庸风雅的家伙不断地派人来请,只好又收拾了一下,出现在了酒席上。

这一次,聚会的主题自然就是曲三爷和他的妻子骆雪花。什么纲常节烈,什么贞淑贤妇,什么娶妻当如此,满座宾朋好话说了三千六,掌声鼓了四千八,可是,以往在酒桌上洋洋自得的曲三爷,此时却越听越无味。不论是谁劝酒,不论怎么劝酒,他还是一滴也没沾。

这并没有影响大家的雅兴。著名画家勋大成当场挥毫,画了一幅《骆小脚雪夜绣梅花》,把气氛推向了高潮。

画面上,一个年轻女子身穿单

薄的衣裳,轻蹙蛾眉,手比兰花,看表情,是在向前张望,仿佛在焦急地寻找着什么。她一条腿在前,一条腿在后,身后的雪地上留下一行血色的脚印,就像在白布上绣下了一枝梅花。远处,有一座小桥,小女人所走动的长卷,就是马家沟子河冰冻的河道。如此硕大的背景,更显出了小女人的焦急和孤独……

好!绝!妙!高!

顿时,勋大成被一片喝彩声包围了。只有一个人没有喝彩,那就是曲三爷。他心里想:你们这样作画、品评,可有谁问过,人人颂扬的那个骆小脚,她现在怎么样了?你们可知道,她的双脚已经冻残、冻掉了,不能走路了?你们可知道,她的全身都结满了冻疮,昏迷了好些日子才醒?可这一切,又能怪谁呢?还不是怪曲三爷自个儿没出息,不能喝酒,还非喝那么多不可,才惹出了这么一桩祸事。

曲三爷忽然觉得,这些年来自个儿所追求的风雅,实际上就是个屁。于是,趁没人注意的时候,曲三爷悄然离席了。

从那以后,曲三爷戒了酒,也不参加任何场面上的活动了,他就在家陪骆雪花。晴天,他把骆雪花抱到院子里,两个人躺在一张躺椅上,笑着晒太阳;阴天,两人就都坐在桌子旁,一个看书,另一个看着看书的人……

那幅《骆小脚雪夜绣梅花》,最后以两千块大洋的价格,被奉天的张大帅府给收走了。曲三爷听了这个消息只是笑了笑,也没当回事。他心里头想的是,今儿个这天不阴不阳的,两个人究竟该干点啥呢?

(发稿编辑:吕 佳)

(题图、插图:孙小片)

·网文热读·

父亲变成一只羊

□ 顾振威

我悲哀而又惊愕地意识到,我七十多岁的父亲变成了一只羊,一只有着圆溜溜的黑眼睛的小羊,浑身的细毛像棉花一样洁白,像丝绸一样柔软。

父亲为什么会变成一只羊呢?我想这与我那不孝顺的妻子有关。那天当着父亲的面,妻子毫不留情地指责:"我看你这个老不死的,连一只羊都不如,一只羊也能卖个千儿八百的,养你有啥用?"

父亲的眼圈刹那间红了,他悻悻地向外面走去。

尽管拳头攥得"咯吱"响,我却没有胆量把它落在妻子身上,我怕她愤怒出走,而后我又成为村里光棍大军中的一员。

当天夜里,我就听到从父亲蜗居的小房里传来了"咩咩"的羊叫声。我披衣下床,借着朦胧的夜色,透过窗户玻璃,我看到父亲手脚并用,笨拙地在硬板床上爬行着,嘴里发出压抑着的"咩咩"的叫声。

我的眼泪瞬间涌了出来,但我没敢破门而入,我怕父亲尴尬得想找个老鼠洞钻进去躲起来。

第二天,发生了令人匪夷所思的怪事——家里少了一个爹,院里多了一只羊。

联想到夜里的亲眼所见、亲耳

12

所闻,难道……难道父亲竟然变成了一只羊?

父亲像是被蒸发掉的一滴水一样,了无痕迹,而院中的羊哪像是一只羊?它既聪明又懂事,简直是善解人意,每逢我拖着疲惫不堪的身子回到家里,它就用水汪汪的眼睛看着我,亦步亦趋地跟着我,渴了不闹,饿了不躁,竭尽全力地长肉。随着时光一天天地流逝,我不得不悲哀而又惊愕地意识到,我七十多岁的父亲变成了一只羊,他想发挥最后的余热,让我尽快过上富裕的日子。

腊月一天天近了,小羊变成了膘肥体壮的大羊,妻子唾沫四溅地嚷道:"快牵到集市上卖了吧,我看能卖一千多块钱!"

我咋舍得卖呢?我只好编出能自圆其说的理由加以搪塞。

在喜迎新年的节日气氛里,远近炸响的爆竹在我耳边"轰隆隆"地响,睹羊思人,我刻骨铭心地思念父亲,许许多多温馨感人的往事在脑海里翻滚着……

这个时候,远在千里之外的绿地建筑公司竟让我火速前往,我原本想置之不理,可同村的丰产却在电话里说:"真有大事,你快来吧!"

我问:"究竟会有什么大事?"

· 天下故事 e 网打尽 ·

丰产说:"三句两句说不清楚,你来了就知道了。"

我忐忑不安地来到绿地建筑公司,终于知道了原来父亲并没有变成一只羊,而是变作了血肉模糊的尸体,后来变作了五十万元的抚恤金,一个窄窄的、矮矮的骨灰盒成了他最后的归宿。

父亲的后事处理完毕,我回到村里,好婆找到我,讷讷地说:"其实,你父亲欠了我五百块钱……"

我瞪着血红的大眼睛,目不转睛地盯着好婆。好婆继续说:"你父亲找我借了五百块钱,他说他想用三百块钱买一只羊,用两百块钱当路费,去外地打工。"

好婆的话让我震惊不已,尽管已经真相大白,但我还是执拗地相信,父亲变成了一只羊……

(此稿为第十八届中国微型小说年度奖入围作品)

(发稿编辑:曹晴雯)

(题图:孙小片)

红版编辑部各编辑邮箱:

吕 佳: lujia411@126.com
丁娴瑶: dingxianyao@126.com
陶云韫: taoyunyun1101@163.com
曹晴雯: caoqingwen0228@126.com
孟文玉: yuwenmeng@126.com

· 谈段子 ·

来一波神回复

- ◆ 问：各地名不副实的小吃有哪些？
  神回复：基本乾隆爱吃的都名不副实。
- ◆ 问：你是否有过"出淤泥而不染"的经历呢？
  神回复：我全家都是瘦子。
- ◆ 问：如何高效地开会？
  神回复：站着开。
- ◆ 问：生和死的距离有多远？
  神回复：大概30厘米吧！在医院里救护病人的护士，手里都有个白床单，盖到胸口就是还活着，盖住脑门儿的一般就是没救了。
- ◆ 问：金箍棒最大的遗憾是什么？
  神回复：别人耍猴，它被猴耍。

（**推荐者**：李彦峰）

哭笑不得的真相

- ◆ "宁拆十座庙，不毁一桩婚"这句话有点欺负和尚老实。
- ◆ 一些视频平台，不充VIP，你得看广告；充了VIP，你得看VIP专属广告！
- ◆ 睡觉前发了一条微信，早上起来看到20条朋友圈消息，点开一看，竟然是昨天给别人点赞的那条。
- ◆ 去医院做检查，医生一边写病历，一边问我："喝酒不？"我回："现在吗？"
- ◆ 什么叫万死不辞？大概就是每天被气死一万次，但仍然不辞职。
- ◆ 美人鱼是假的，至少在中国历史上肯定不存在，否则一定会有烹饪方法和食用疗效流传下来。
- ◆ 金钱像水一样，没有会渴死，多了会淹死。
- ◆ 戴着面具时你说我虚伪，摘下面具时你问我是谁。

（**推荐者**：潘光贤）

· 谈段子 ·

母乳的优点

有个学生参加知识竞赛,有道题是:"请说出母乳喂养的优点,写满七条,方能得分。"学生苦思冥想,给出了答案:

(1) 配方优良。
(2) 有助于宝宝提高免疫力。
(3) 温度适宜。
(4) 成本低。
(5) 增进母婴情感。
(6) 根据需求随时供应。

眼看答题时间即将结束,学生急中生智,写道:

(7) 装载容器离地足够高,猫偷吃不着。

(推荐者:翟振祥)

滑稽你我他

◆ 中年男子和青年男子的判定标准之一,是接电话说的"喂"是第二声,还是第四声。第二声是青年,第四声是中年。

◆ "年轻人,我都八十了,身体撑不住呀,你就行行好,让个位吧,要懂得尊重老人!""大爷,您能让我把厕所上完吗?"

◆ 某公众号:科学表明,爱吃辣的人老了以后,记忆力下降特别明显。读者评论:有些人因吃辣导致的记忆力衰退,可以通过打麻将训练回来。

◆ 我今天把家里的狗训了一顿,训完后,老公心疼地走过去,对狗狗语重心长地说:"哎呀,你怎么敢跟老虎斗?你只是一条狗啊!"

◆ 许多女人在当了妈妈以后,才突然间明白什么叫"父爱如山"!山一般就是待在那里啥也不干,杵着,一直杵着。

◆ 闲着没事的时候,我就喜欢板着脸质问老公:"知不知道错哪儿了?"每次都有意外收获。

◆ 平时最喜欢开劳斯莱斯和宾利,和朋友出去玩的话是开保时捷,如果是要飙车首选法拉利,当然最爱开的还是玩笑。

◆ 和玩得来的人在一起玩才叫玩,和玩不来的人在一起玩,那种感觉就像加班啊!

(推荐者:田龙华)

问答急转弯

· 诙段子 ·

◆ 有对双胞胎兄弟,唯一的区别是哥哥的屁股上有黑痣,而弟弟没有。这对双胞胎穿着相同的服饰时,仍然有人可以立刻知道谁是哥哥,谁是弟弟。究竟谁知道呢?
答:他们自己。

◆ 有一位刻字先生,他挂出来的价格表是这样写的:刻"隶书"4角;刻"仿宋体"6角;刻"你的名章"8角;刻"你爱人的名章"1元2角。那么他刻字的单价是多少?
答:每个字2角。

◆ 台风天要带多少钱才能出门?
答:四千万。因为台风天没"事千万"不要出门。

◆ 考试前不能看什么书?
答:百科全书(百科全输)。

◆ 如果明天就是世界末日,为什么今天就有人想自杀?
答:去天堂占位子。

(推荐者:卧　龙)

幽默是生活的调味剂

◆ 都说孩子是遗落人间的明珠,妈妈是上帝派来保护孩子的天使。我呢,是上帝掉落的陀螺,我妈妈就是那个喜欢抽陀螺的人。

◆ 世上两件事最难:一是把自己的思想装进别人的脑袋;二是把别人的钱装进自己的口袋。前者成功了叫老师;后者成功了叫老板;两者都成功了叫老婆。

◆ 儿子是吃货,他吃饭时,我就在旁边反复说一句话:"儿子,头抬起来换口气!"

◆ 长这么大,没学到别的本事,就掌握了一项特殊技能:白天不用安眠药也能安眠,晚上不用兴奋剂也能兴奋。

(推荐者:秋　梨)
(本栏插图:孙小片)

·央企故事·

中航技进出口有限责任公司（简称中航技），最初为"中国航空技术进出口公司"，创建于1979年，是中国航空工业拥有的以从事国家军用航空技术和产品进出口为核心业务的大型国有企业。中航技是国家授权的航空技术和产品的供应商，经营范围包括各类军用飞机、民用飞机及机载设备和装备，以及相关支持与保障的设备、备件、服务等。同时，通过联合研发、合作生产、建设大修线等方式，对外提供技术输出，提高客户航空工业水平。

□ 小凯

中国军贸出口第一桶金

五美元闯非洲

在五美元的纸币正面，印着一个面庞瘦削的男子，他是美国第16任总统亚伯拉罕·林肯。马克思曾这样评价林肯："这是一个不会被困难所吓倒、不会被成功所迷惑的人……他是一位达到了伟大境界而仍然保持自己优良品质的罕有人物。"我们这个故事的主人公，面庞也瘦削，高挑的个子让他显得精神、干练，他就是刘国民，中国航空技术进出口公司的开创者和奠基人之一，一位毕生致力于让祖国航空事业走向世界的先驱。1979年1月，中央批准军援由原来的全部无偿改为收费、易物和无偿三种方式，这是改革大潮中一个有着世界影响的重大转变，刘国民的传奇故事，就从这个转折点开始书写。

故事会2020年11月上半月刊·红版 17

·央企故事·

第四次中东战争以埃及胜利并收复西奈半岛收场,同时,这场战争使苏联对埃及失控,两国友好条约被废除,苏联撤走了全部专家,并停止提供任何军需物资。1979年2月,急需补充装备的埃及派出由副总理图哈米率领的代表团,前来中国请求军事援助。

1979年3月3日,第三机械工业部党组宣布组建中国航空技术进出口公司。刚刚诞生不久的中航技抓住了这个极为有利的历史机遇,当即组成以刘国民为团长的七人代表团,准备出访埃及。军贸工作,举步维艰,出口合同毫无参考,海运业务限制颇多,外汇管理更是严格……面对种种困难,刘国民心里只有一个念头:先出去再说!

要出去,必须要有埃及方面的邀请信,否则无法申办护照和签证,这不是一个只靠决心能够解决的问题。1979年2月底,第三机械工业部收到一份由埃及民航主席发来的邀请信,请求中方派团赴埃及商谈修理苏制安-24飞机事宜,埃及民航的邀请无异是天赐良机。

临行前,部领导语重心长地嘱咐刘国民:"坚持要现汇,我们发展航空工业需要外汇,哪怕一美元也是好的。"送行时,负责对外联络的"大姐"龚瑛走到刘国民面前,半是玩笑半是爱怜地说:"大刘,看你瘦得这样子,出去能签得成合同吗?"刘国民没吱声,只是笑着点点头。龚瑛说着,从挎包里掏出一张五美元纸币塞到刘国民手里,这是以前的出国小组节约下来的零用费。她拍拍刘国民的肩膀,想说一句"带上吧,穷家富路",可话到嘴边却又一时哽咽,说不出来。

攥着这珍贵的五美元,刘国民眼里噙着泪水,用坚定的目光望着可亲可敬的领导和战友。

五美元——这是七人代表团可以自由支配的全部外汇!

一个精彩的开局

1979年3月15日,代表团抵达开罗,首先来到中国驻埃及大使馆报到,代表团与使馆迅速展开工作。一方面,因"促成"中方代表团访埃的埃及民航主席正在国外访问,有关洽谈修理飞机事宜的会谈很快就结束了;另一方面,使馆武官处向埃及国防部和空军通报,中国第一个航空工业代表团已经抵达开罗,将就前不久埃及副总理访华商定的事宜展开磋商。就这样,本次谈判有了一个精彩的开局!

·中流砥柱 国家脊梁·

谈判刚开始,埃及空军装备部部长再次提出"无偿援助"的问题,反复强调在中东战争中埃及空军损失巨大,希望这次中国仍给予无偿援助,下次再改为有偿贸易。

刘国民说话了,他淡定从容,坦诚直率:"从国民经济总产值看,中国人均不足300美元,而埃及已超过1000美元,目前显然是中国穷,埃及富。中国有句俗语,叫'富帮穷,万里行;穷帮富,没有路'。长期以来,中国人民节衣缩食,无偿而又无任何附加条件地给予许多发展中的友好国家大量的援助,已经尽了最大的努力。现在,我国政府把无偿援助改为平等互利的有偿贸易,这是合情合理的举措。埃及人民通过英勇斗争夺回了苏伊士运河的控制权,目前年收入已达十多亿美元。各国的船只不必绕道好望角,通过苏伊士运河就可以穿梭于印度洋与大西洋之间,节省下来的航程费也有十多亿美元,还节约了宝贵的时间,双方都受益。试想,如果有的发展中国家向埃及提出无偿通行运河的要求,当然也是不可思议的,因此中国主张有偿贸易。我国的贸易方针是平等、互利、遵约、守信,我们公司一定会身体力行。"这一席话,说得在场的埃及朋友心悦诚服,当即表示:在座各位都是爱国主义者,为人处事理应互相尊重。从此,埃方再也没有提无偿援助。

与埃方的谈判之路漫长又坎坷,在以后的谈判中,埃空军一方严苛挑剔歼6飞机性能落后,以此作为压低价格的筹码。刘国民的策略是:抓住埃方急需补充空军装备的心理,稳扎稳打,有进有退,灵活处置。到4月中旬,无休止的讨价还价使谈判持续了一个月。

此时传来了一个坏消息,由于埃及空军内部分歧加重,谈判中止。

·央企故事·

代表团成员中有的人主张回国,有的人坚持留下来再试试。在认真听取了大家的意见后,刘国民决定,把前一段谈判情况向大使馆汇报,并听取意见。

峰回路转新天地

解铃还须系铃人,要想"救活"这盘"棋",必须要找图哈米副总理,姚广大使当即带着刘国民赶到副总理的家。副总理得知相关进展后,立刻电话联系时任副总统的穆巴拉克,获得同意后带领两人来到总统府,向这位曾任埃及空军司令的副总统报告了谈判情况。

穆巴拉克着重询问了我方飞机的技术情况,在听到刘国民的解答后,副总统表态:"谈判遇到一些困难不要紧,我让空军立即恢复谈判。埃中两国友谊源远流长,是好兄弟,埃及人民感谢中国长期以来给予的无私支持和帮助。"说罢,他打电话给空军司令,下达了命令,接着他又说:"好了,你们去谈吧,合同草案我看了,就是闭着眼睛,我也能和你们签字!"

离开总统府,刘国民和姚广大使当即赶到埃及空军司令办公楼。双方一见面,雾散云消,气氛全变,空军司令又是笑脸相迎,又是糖果招待,埃方参与谈判的人员坐满一屋,把他二位奉为上宾。

1979年5月2日、3日两天,中埃两国签订了两份军事贸易主合同,另外还签订了备件供应及发动机修理等附属合同。

刘国民回望身边面容都显得有点憔悴的六名成员,他瘦削的脸上浮现出灿烂的笑容。

继埃及之后,1979年中航技又与索马里、赞比亚、孟加拉等国签订了飞机出口合同。由于埃及合同执行得好,中航技取得信誉,1980年4月5日,距签订第一批合同不到一年,刘国民又率团与埃及空军在北京签订了出口歼7Ⅱ型飞机合同。对埃及军贸的重大突破,极大地鼓舞了中航技的士气,各路团组频频出击,战果累累。回首往事,刘国民带领的七人团队有理由骄傲,这次商务谈判的成功远远超出了一份出口合同本身,它是中航技实现跨越式发展的奠基礼,更开辟了中国军援转军售的新天地!

(发稿编辑:姚自豪)
(题图、插图:陈明贵)

关于中航技的故事,读文字是不是还不过瘾?请扫二维码,打开小影片,重新定义你对中国飞机的观感吧!

· 新传说 ·

跑车途中

□ 侯晓琪

出了故障

黄屹的老爸是个货运司机,大半辈子都是在大货车上度过的。最近,黄屹也拿到了大货车的驾照,他向老爸提出了跟车要求。

黄老爸自然高兴,但也不忘叮嘱:"儿子,你记着,跑车,不光靠技术。"黄屹听得似懂非懂。

这天,黄老爸接了一单货,是一车萝卜。父子俩连夜往数千里外的大发农贸批发市场驶去。等下了高速,便换黄屹驾驶。这时已近深夜,车刚上了省道,黄老爸突然叫了起来:"停!你没见刚才路边停着一辆大卡车,有个大胡子司机在忙活吗?"黄屹忙停下车,不解地说:"这跟咱们有什么关系?"

"说不定是抛锚了!"黄老爸边说边解安全带,"走,咱们去看看能帮上忙不。"

黄屹有些不乐意了:"爸,这趟货有时间限制的,咱们还是把货早点送到早安心!"黄老爸看了看表,说:"按计划,咱们要拐到前面镇上吃饭休整半小时,赶在天亮前,也就是四点左右过鹰嘴拐就行,现在还有时间。"

没办法,黄屹只好噘着嘴下了车。父子俩过去一打听,那大胡子的车还真是出了故障。黄老爸帮着检查出问题后,让黄屹取来自家车

·新传说·

上的备用零件给换上。大胡子司机感激得直搓手,说:"大叔、大兄弟,你们可帮了我的大忙了!"

互留了手机号后,黄屹向大胡子随口问道:"大哥拉的什么,到哪儿去?"大胡子一边上车,一边说:"萝卜!到大发市场!"说罢,他告别了父子俩,疾驰而去。

因为帮忙修车耽误了时间,父子俩到小镇时已近四点了,来不及吃饭,他们就买了点面包,然后又匆匆上路了。黄老爸安慰儿子说:"别急,我们就是四点半到鹰嘴拐也不算迟,千万别为赶时间开快车。"

鹰嘴拐是一道有数公里长的盘山弯道,一边是山崖,一边是小河,道路险峻。刚进入鹰嘴拐,黄老爸就发现道路有些异常,地上的积水似乎不像是雨水。他正疑惑,手机响了,是大胡子打来的:"大叔,你们是不是进鹰嘴拐了?赶紧停车!我是刚出的鹰嘴拐,刚才听加油站的人说,这两天上游暴雨,附近好些村子被淹了,鹰嘴拐也可能出险情……你们快退回去!"

黄老爸一听,忙叫黄屹下去指挥倒车,可黄屹打着手电下车一看,蒙了:道路下的基土已被陡涨的河水掏成了斜坡,如果没外力帮助,卡车重心稍有偏移,就可能因路基坍塌,翻入江中。

借口弃货

听到黄屹惊呼,黄老爸下车一看,也傻了:要是往后退个十来米,就安全了,可现在移动半米都难!看着脚下"哗哗"的河水正一点点吞噬着路基,现在就是打电话叫救援也来不及了。

看来只有弃车保人了。望着凝聚着全家心血的卡车,父子俩心里不是滋味,正要离去时,却听到不远处突然传来喊叫声和机械轰鸣声——是大胡子知道他们陷入险境后,当即赶到镇上的防汛指挥部报了警。镇防汛指挥部立马同鹰嘴拐附近的防汛人员取得了联系,大伙这才第一时间赶来了。

在大马力牵引机的帮助下,大卡车被拖到安全地带,刹那间,刚刚停留过的道路就像多米诺骨牌似的一段接一段地跌入了江中。

"好险啊!"领头救援的村主任擦着额上的汗,说,"我们的注意力全在江堤上,要不是那边通报,真没想到鹰嘴拐会出险情。"

谢过了众人,重新上了路,父子俩又意识到了问题:前路断了,

想到达目的地,就要绕不少弯路,时间肯定来不及了。

果然天快亮时,货主打来了电话:"什么,你们至少得晚两小时?我告诉你们,刚才其他商户的萝卜车已进市场了。对,是个大胡子司机。你要知道,咱们市场容量有限,让别人占了先机,你们就是现在赶来,我也赔定了。我看咱们按合同办,你们没按时到,我就有权不出运费,货我也不要了,这车萝卜你们爱咋办咋办!"

放下手机,黄老爸沉默了:运输途中发现货物掉了价,货值还不够运费的,有些货主就会找借口弃货。黄屹则气得一脚刹住了车:"同行是冤家,我早说不该帮大胡子的忙,现在倒把咱们自己坑了。还有货主,他这么弃货没道理,要不咱们去找他面对面评评理!"

黄老爸摇摇头,说:"没必要,毕竟有合同在先。再说,那位货主肯定也有难处。相对而言,咱们损失就小得多,不是还有这批萝卜垫底嘛!"

黄屹愁眉苦脸地问:"这一趟下来,路桥费、油钱也花了不少,就算咱们大度不计较了,可这车萝卜怎么办?路上淋了雨,压在下面的不通风,很快就坏了!"

黄老爸想了想,与黄屹换了位子,他轻轻拍着方向盘,说:"这个我有办法,走!"

跑车秘诀

这时天已亮了,黄老爸掉转方向,沿来路一路打听,在一个灾民安置点找到了刚才那位村主任。听黄老爸说明了捐赠萝卜的来意,村主任高兴得手直抖:"农田、菜园全淹了,我们正愁没菜吃……我们卸一百袋足够了,多了一时吃不了,也是浪费。"说着他还拿来纸笔,追问黄老爸的姓名,

·新传说·

说要向上面报告他们的好人好事。黄屹一听,正要张嘴,却被老爸一个严厉的眼神止住了。

再次上了路,黄屹仍有点不高兴:"这趟本来就赔了钱,您还捐萝卜,捐就捐了吧,还不留名,我真不知道您图什么!"

"上面的萝卜捐出去一些,下面的萝卜通风了,不就能延长保质期了?"黄老爸乐呵呵地瞟了儿子一眼,说,"你呀,不能光打自己的小算盘。再说要不是村主任他们,说不定我们连车带货早翻进河里了。"黄屹还不服:"可剩下的这大半车萝卜怎么办?"这一问,把黄老爸也问哑了:是啊,这些萝卜拉回家,吃到猴年马月啊!

父子俩正默默无言,手机响了,是货主打来的,这回他客气多了:"黄师傅,你们到哪儿了?萝卜还有吗?哦,还有大半车!好,你们赶紧拉过来,运费、损失费全算我的!"

原来,黄老爸虽没给村主任留下姓名,可装萝卜的袋子上有货运标签,上面有货主的电话和地址。黄老爸的车刚走,采访媒体就到了抗洪一线。记者听村主任说了这桩好人好事,又看了标签,误以为萝卜是货主捐赠的。这下好了,采访报道在电视上一直播,货主电话就响个不停。很多热心市民还表示要去他那儿购买爱心萝卜……

搞清缘由后,货主给黄老爸打电话:"黄叔,这事是我错了。你放心,我会向媒体澄清的。以后弃货这种缺德事,我坚决不干了。"

峰回路转,黄老爸高兴地掉转车头。黄屹感慨道:"要我说,咱们今天要是没帮那大胡子的忙,就不会经受这么多波折了。"

"不,恰恰相反!不是我们帮了人家,而是人家救了我们!"黄老爸直视前方,缓缓地说,"我们原计划凌晨四点过鹰嘴拐,听村主任说,鹰嘴拐出险情恰恰是那个时候。如果我们没因为帮忙而耽搁了一会儿,山洪暴发时,我们的车八成就陷在了险区中段,到时非但救援车进不来,只怕我们的人身安全也成问题。"

黄屹听罢,不禁一哆嗦。黄老爸一笑,说道:"儿子,爸总觉得这跑车啊,跑的就是人心,有时,帮人就是帮自己。"

老爸的这番话,黄屹这次好像是听懂了。

(发稿编辑:丁婀瑶)
(题图、插图:陆小弟)

· 新传说 ·

亲人的小猫咪，究竟泄露了什么秘密……

科长家的「猫」

□ 张克华

林越家和科长家离得近，这天，林越和老婆去科长家串门，两人刚在沙发上落座，科长家那只叫"咪咪"的猫，竟然"哧溜"一下就钻进了林越老婆的怀里，任凭科长老婆怎么叫，那猫都不出来。

科长老婆有些尴尬，自我解嘲说："你看看我家这猫，比主人还热情呢！"

林越赶紧附和道："这猫咪好乖，好可爱啊，一点儿都不认生。"

科长老婆却说："这猫以前认生得很，从来不让生人抱，这回不知怎么了。"说完，科长老婆用一种诡异的眼光，上一眼下一眼地盯着林越老婆漂亮的脸蛋看，看得林越老婆很不好意思。

因为科长不在家，林越觉得不宜久坐，过了一会儿，两口子就起身告辞，科长老婆寒暄了几句，就"哐"的一声把门关上了。

林越回到家里，心情竟然莫名烦躁起来，一种情绪在他心底酝酿，有句话如鲠在喉。

这时候，林越家那只叫"朵朵"的老猫不知趣地凑了过来，林越终于有了话题。他对老婆说："我倒纳了闷了，科长家的猫怎么会跟你

·新传说·

那么亲呢?虽说我和他是一个单位的,但咱们也不常来往啊!"

林越老婆正在做家务,听了林越的话,有些摸不着头脑,说:"我咋知道啊?猫这东西,它又不通人性。"

"我看它通人性,"林越一脸正经地说,"你看咱们家朵朵,我出差不在家这么长时间,回来跟我不是还这么亲昵吗?"

林越老婆说:"那是它能嗅得出你身上的味道。狗记千,猫记万,这小东西嗅觉灵敏着呢!"

"那科长家的猫和你那么熟,它又嗅到了什么呢?"林越酸酸地问。

这下,林越老婆听出了弦外之音,"腾"一下就火了,她指着林越的鼻子说:"你这种人,简直是神经病,想象力那么丰富,你怎么不去当作家?你说为什么跟我那么熟,你说啊……"

林越被呛住了,一时间没了言语,一个人无聊地困在沙发里,满脑子想的都是科长家猫的事,一夜都没合眼。

第二天上班,林越脑子里有了想法,特意留心起了科长。

这天,科长来得很晚,精神萎靡,脖子上还有两道细细的红印,显然是被人挠的。

林越听见有人和科长开玩笑,问科长那两道红印是不是他老婆挠的。科长红着脸,搪塞说:"别开玩笑了,是我家那只宠物猫的杰作。"

大伙哄堂大笑,林越也跟着笑,笑着笑着,他觉得大伙像是在笑自己似的。

从那以后,林越再出差时就多了个心眼,明明是八天的行程,偏偏对他老婆说十天;明明买的机票回家,却说是坐火车。他时不时地在半夜里打电话给老婆,还在他老婆手机上装了个定位的软件。再后来,林越竟然在家里装上了遥控的摄像头,好好的一个家,整得像监狱一样。

半年过去了,林越老婆终于受不了了,就跟林越摊牌,说:"你也别再整日疑神疑鬼了,再这样,我真的撑不下去了,我们还是离婚吧。"

林越几次试着想挽救婚姻,但是都失败了,他还是忘不掉科长家猫的事,他始终都搞不明白,科长家的猫怎么就和他老婆那么熟悉呢?

后来,林越和老婆还是离婚了,

· 大千世界 众生百相 ·

无独有偶,科长也离婚了。

然而,就在林越眼睁睁地看着答案即将揭晓的时候,结果却令他大失所望,他老婆后来是再婚了,找的却是个老实巴交的教师。

林越没有再娶,他对全天下的女人都失去了信心。林越净身出户,就要了那只叫朵朵的猫,他觉得,要是研究不透猫的事,就是一辈子的遗憾。

有一天,林越和他母亲在公园里散步,迎面碰上了科长原来的老婆。她很邋遢,失去了往日的光彩。她怀里抱着一只猫,嘴里念念有词,目光游离,像是在寻找着什么。

两人擦肩而过的时候,林越礼貌性地和她点了点头。

等过去了好远,林越的母亲仍不停地回头张望,她对林越说:"这个女人哦,一年不见好像换了一个人似的。"

林越很惊讶,问道:"妈,你认识她?"

林越母亲说:"认识啊,她这个人好认,眉宇间长了个大黑痣,一眼就能认出来。她怀里抱着的那只猫,还是咱家的猫下的呢!我在猫狗市场卖小猫咪的时候,她死活跟我搞了半天价钱,所以我对她印象深刻。"

林越一时愣住了,困扰他这么久的问题终于迎刃而解,怪不得科长家的猫跟他老婆那么亲昵,原来那猫闻到了他老婆怀里猫妈妈的味道……

可是,一切都晚了。

(发稿编辑:曹晴雯)

(题图、插图:豆薇)

微信扫码,您每周获得的权益主要有:
专属娱乐资讯;配套线上读书活动;精选好书推荐

·新传说·

母鸡报仇

□ 姚国庆

大宽家很有钱,他整天无所事事,不是吃喝玩乐,就是惹是生非。

这天大宽驾着豪车,拉着几个朋友去农家乐玩。到了地方,他点了一桌最贵的宴席——歌舞宴。很快,丰盛的菜肴准备好了,歌舞表演也开始了。领舞的少女皮肤白皙,那靓丽的外形让大宽心中一动。大宽的舞技颇为高超,他有意在少女面前卖弄一下,就起身走到少女身边,随着旋律翩翩起舞。

朋友们大声喝彩,那少女也边跳边朝大宽竖起了大拇指。大宽有些得意忘形,就在这时,他看到门口走进来一只嫩黄的小鸡,东张西望,样子十分可爱。

大宽灵机一动,想来个即兴表演。他一个优雅的俯身把小鸡捧起来,想一边转圈一边把小鸡献给少女。就在他转圈时,意外发生了。

门口突然出现一只带着一群小鸡的母鸡,母鸡见大宽捧起了自己的孩子,以为他要伤害小鸡,扑腾着翅膀就朝大宽飞来。那母鸡比普通的鸡足足大了一号,异常凶猛,它腾空而起,对着大宽就一顿乱啄。

大宽猝不及防,被母鸡啄了好几下,脸上、胳膊上一阵生疼。他一慌,滑了一跤,身体重重地压到桌子上,菜啊、汤啊弄了一身。母鸡趁机跳上了大宽的脑袋,又狠狠地啄得大宽捂着脑袋拼命躲闪。

农家乐的男主人在外面听到动静,连忙赶来。他脱下外套,罩住了母鸡,大宽这才被"解救",但此时他已经狼狈不堪,胳膊上、脸上有不少爪痕,脑袋也被啄伤了,浑身上下全是菜汤菜叶。

男主人抱着母鸡解释,说这是刚引进的高山鸡,野性大,没看管好。他向大宽道歉,说愿意出医药费。大宽一听不乐意了,他本想出风头,却出了这么大的洋相,现在他要的可不是钱,是追回面子!大宽提出要求——当场宰了那母鸡,他想了想又补充一句,连同它生的那群小鸡一块儿宰了!

男主人有些为难,女主人听到动静,也来劝大宽,求他网开一面。大宽把一沓钞票丢在桌上,说:"老板,我不让你吃亏,按市场价,这些鸡值多少钱,我买下就是,老板你只负责宰,这样行吧?"

男主人听了有些动心,大宽又说:"我这身上的伤啊、衣服啊啥的,我也不为难你,你看着给。"

男主人咳嗽两声,对妻子说:"我看这方案还可以,你觉得呢?"

女主人却不同意,宰母鸡她还勉强能接受,但大宽要宰那些毛茸茸的小鸡,她坚决不答应。她说:

· 大千世界 众生百相 ·

"这么干要遭报应的,我们是做生意的,讲究这个!"

双方又争执了半天,最后达成协议:大宽把母鸡连同小鸡一起带走,算是赔给他的医药费。至于怎么处理是他的事,跟农家乐无关。

男主人找来一个大笼子,把母鸡连同那群小鸡全装了进去,递给大宽。大宽接过笼子,那母鸡竟还从笼子里伸出脖子来啄他,大宽气呼呼地骂道:"你等着,待会儿有你好看的!"他提着笼子上了豪车,和那帮朋友回去了。

回到家,大宽还气得牙痒痒,他想到了一个折磨母鸡的"好法子":先在母鸡面前一只一只地弄死小鸡,让它品尝生离死别的痛苦,然后再用最残忍的方式杀死它。

说干就干,大宽把小鸡从笼子里放出来,随后,他把家里最大的盆装满水,当着母鸡的面,把小鸡一只接一只地丢了进去。

小鸡们凄惨地被淹死了,大宽偷偷地观察着母鸡的反应,它虽是畜生,但显然是有感情的。眼睁睁地看着自己的孩子死去,它发疯似的在笼子里扑打翅膀,用嘴拼命啄笼子,最后都啄出了血。

母鸡痛苦的样子让大宽很满

· 新传说 ·

意,他打了一个响指,现在只剩最后一步了:用最残忍的方式杀死母鸡。什么方式才最残忍呢?大宽找来几个狐朋狗友一起商量。

有个叫二赖子的朋友提出一个办法,他说郊区有一个私人开的动物园,游客可以买活鸡投喂老虎。投喂老虎的鸡一般死得很惨,会被几只老虎抢夺而"五马分尸"。

大宽拍起手来,说:"这个法子好,就这么办。"

大宽来到动物园,他觉得直接把母鸡扔进虎园,还不够刺激,就想出一个歪点子。他找来一根粗竹竿,在竹竿一头绑上绳子,再把那只母鸡绑在绳子上。虎园地势低,大宽爬上高处的栏杆,垂下绳子去钓老虎。母鸡的双脚被绑在绳子上,嘴角流着鲜血,用仇人般的眼光瞪着大宽。大宽骂道:"让你瞪我,马上就有你好看的了!"

老虎们闻到母鸡身上的血腥味,慢慢围了过来。大宽把绳子又往下放了一些,老虎们跟接到命令似的,全都扑了上去。大宽眼疾手快,猛地往上一拉绳子,母鸡被拉到半空中,老虎们扑了空,急得"嗷嗷"乱叫。

大宽听到母鸡的惨叫,知道它被吓得不轻,乐坏了。今天是工作日,动物园里人不多,大宽换了个位置,又玩了几次,大呼过瘾。

大宽还想再享受一会儿折磨母鸡的快感,就再次把绳子放了下去。眼看老虎要扑上来了,大宽正准备拉起绳子,就在这一瞬间,出了意外——那只母鸡突然用力扑腾起翅膀,努力向下飞去,目标竟是老虎的巨口。母鸡是高山鸡,翅膀很有力,大宽没能及时拉起绳子,于是,第一只扑过来的老虎立刻就咬住了母鸡。老虎的脑袋习惯性地一摆,大宽感到手中握着的竹竿上传来一股巨大的力量。大宽为了逗引老虎,原本就违规爬上栏杆,半个身子几乎探出了栏杆,这股巨力让他瞬间失去了平衡——他想放开竹竿已来不及,眨眼间,他跌出栏杆,在空中画了一道弧线,倒栽葱摔到了虎园里。

大宽摔下去的地方正好有一群抢食的老虎。大宽在有意识的最后一刻,似乎看到那只母鸡的目光正狠狠地盯着自己……

(发稿编辑:吕 佳)

(题图:豆 薇)

微信扫码
为您讲述故事会趣闻逸事

·新传说·

乌龙姻缘

□ 李浩然

有一个姑娘,她叫顾盼,刚毕业,就被分配到了牙刷厂工作。顾盼进厂第一天,就给这座千人大厂添了一道风景。看风景的人有一个共同点,都是男职工。顾盼五官动人,体态婀娜,打你面前经过,你的目光不由自主地就被她吸走了,手里有活儿都能忘了。

人事科科长吕大姐看不下去了。吕大姐是天津人,秉承了天津人热心肠的优良传统,琢磨着给顾盼找个对象,好让其他男职工死了心。

吕大姐是个行动派,第一天动了心思,第二天就找到顾盼:"大姐问你,有对象没呢?"

顾盼大大方方地说:"还没。"

吕大姐一听,高兴地说:"大姐手头有个小伙子,也是咱们厂的职工,踏实能干,长得也帅……"

"大姐,我还有点活儿,先忙去了。"顾盼一听,立刻找了个理由,跑了。

吕大姐碰了个软钉子,可她不死心,晚上又追到了顾盼宿舍:"盼盼,这小伙子真不错,要文,正经本科毕业,咱们厂技术骨干;要武,小伙子热爱健身,体格倍儿棒,去年厂运会,长跑第一名。说什么也得见见!人家对你一见钟情,说明天请你看电影,电影票都准备好

·新传说·

了。"说罢,她从怀里掏出一张电影票,塞给顾盼,硬是包办了这次约会。

顾盼推托不过,只能敷衍一下。第二天,她提前半小时到了电影院门口。那是上世纪90年代,还不是人人有手机,顾盼就按吕大姐说的,在电影院门口等着。这时,迎面走来两个小伙子,其中有一个眉清目秀,顾盼不由得多看了两眼。只听另一个小伙子对眉清目秀的那个人说:"李光明,你怎么忽然想到要请我看电影啊?"顾盼心想:李光明?吕大姐给自己介绍的对象,不就叫李光明吗?她一下子就不乐意了,约会还带个观众旁观,什么意思?正好,把电影票还给他,赶紧走人。于是,顾盼走上前去,说道:"你是李光明?"两个小伙子愣住了。

眉清目秀的小伙子点点头。顾盼又问:"牙刷厂的?"李光明又点点头。顾盼掏出电影票,递给李光明:"谢谢你的好意,我没时间,电影票还你。"说完,她扭头走了,剩下两个小伙子面面相觑。

第二天上午,吕大姐找到顾盼,一通数落:"姑娘,就算你不愿意,起码给我个面子,就这样把小伙子晾那儿,不合适吧?"

顾盼辩解说:"见过面了,我把电影票还他了。"

吕大姐说:"小伙子说后来等你到半夜。"

顾盼心里有气,觉得被李光明诬陷了,执拗脾气上来,要找他讨个说法。问了人,说李光明在制造牙刷柄的车间,是车间主任。

午饭后,顾盼就找了去,向车间里探头,一眼就看见李光明在一台机器前面捣鼓,身上沾满油污。

顾盼径直走过去,质问:"你怎么诬陷人?"李光明愣了,一双眼睛黑白分明,不解地看着顾盼。

顾盼说:"我不是把电影票还你了?"李光明"啊"了一声,顾盼乘胜追击:"我明确告诉你,我不喜欢你。"说完,她甩手就走了。等顾盼走出车间,只听到里面爆发出雷鸣般的起哄声。

晚上,顾盼正在宿舍里看书,有人敲门,打开门一看,李光明怯生生地站在门口,一脸谦卑地笑着说:"顾盼,我得给你解释解释。"

顾盼胳膊支在门框上,将李光明拒之门外:"解释什么?"

"我知道厂里喜欢你的人很多,但里面偏偏没有我。你误会了!"

顾盼脸色青一阵儿白一阵儿,李光明说完,转身走了。

·大千世界 众生百相·

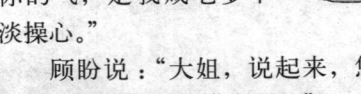

女人心,海底针,小姑娘的心思就这么奇怪,顾盼被李光明一番抢白,烦死他了,可烦着烦着,就变了味。她老想着李光明,上下班路上,脚步牵着她的身子,不由自主地就往制柄车间挪动。如果看见李光明了,就给他一个白眼儿。

顾盼一走过去,车间里就一阵哄笑。想到李光明被同事嘲笑时的糗样,顾盼觉得好笑,李光明那百口莫辩的样子,竟傻得有点可爱。

正值中秋节,厂里组织文艺晚会,顾盼准备了一首《甜蜜蜜》。临上台,才发现伴奏带没声儿,晚会"导演"一拍脑门,对顾盼说:"我给你找个人来,现场伴奏!"找的那个人,正是李光明。

李光明弹吉他,顾盼唱歌,两人从没排练过,却配合得十分默契。演出结束,顾盼再看李光明,眼神里多了几分欣赏:"谢谢你救场!"说完,她脸红了。李光明挠挠头,不好意思地笑了。

李光明也不是木头人,接着,他买了两张电影票,请顾盼看电影,说是为上次的事儿道歉。顾盼没有拒绝。窗户纸捅破,后面水到渠成。

不久之后,顾盼碰到吕大姐,吕大姐甩脸子,故意绕开走,顾盼叫住她:"吕大姐,您还生我气呢?"

"哎哟,我可不敢生你的气,是我咸吃萝卜淡操心。"

顾盼说:"大姐,说起来,您还是我和李光明的媒人呢!"

吕大姐说道:"我给你介绍的小伙子,不是制柄车间的李光明!"

顾盼不明所以。吕大姐在手心里一笔一画地写:"厉——严厉的厉,广——广大的广,民——人民的民!"

跟吕大姐告别后,顾盼想:将来有了孩子,一定要取个独一无二的名字,绝不能再让他闹重名的笑话了……

两年后,已经结婚生子的李光明到总部参加优秀员工表彰大会,遇到了被调到总部工作的厉广民。

李光明叫住他:"厉广民!"

厉广民笑笑说:"我改名了,我现在叫厉争上,力争上游。"

李光明一愣,笑着和他道别了。他没敢告诉厉争上,他和顾盼的儿子叫"李正尚",正直高尚的意思。

(发稿编辑:陶云韫)

(题图:佐 夫)

微信扫码,您立即获得的权益主要有:
本刊专享社群服务、本刊配套资料包、阅读工具

·传闻轶事·

一个精心布局的复仇计划,一场空前壮烈的诛杀大战,热血之士前赴后继,破釜沉舟,难道只换来牺牲……

寻仇记

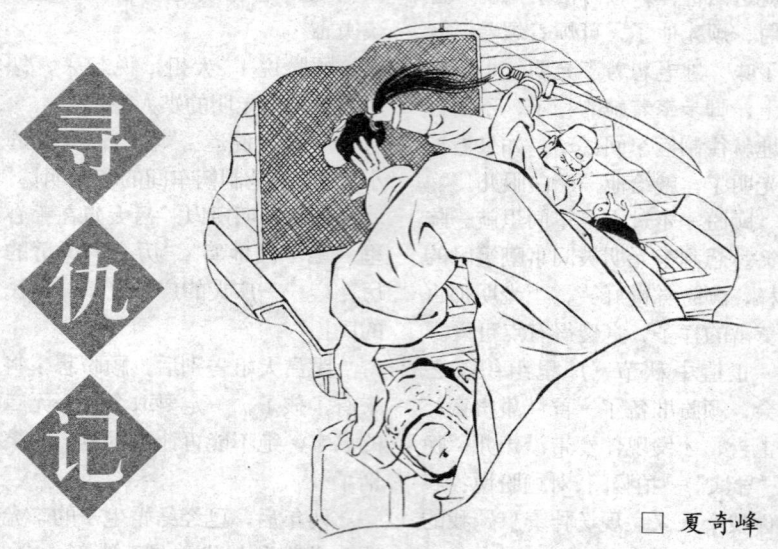

□ 夏奇峰

有一位南征北战的大将军,他性情残暴,嗜杀成性。战场之上他从来不要俘虏,无论敌军战败还是投降,一律砍头。每攻下一座城池,他都以"屠城"奖励手下军士。将军的暴行让他树敌无数,寻仇之人络绎不绝。这将军谨慎多疑,寻仇者虽多,却都白白送了性命。他处死寻仇者后,还要将尸首悬于城墙示众。

近半年来,将军噩梦不断。他总是梦到自己被仇敌追杀,不是一路追到刀山之上,就是一路追到火海之中。将军不堪其扰,重金求医。

一日,有郎中求见。这郎中称将军得的乃是心病,而自己专治心病。来到将军府,下人把郎中身上所有物件搜走,这才带上大堂。郎中走起路来脚下轻飘飘的,将军一眼就看出他不是习武之人。不过将军依旧保持谨慎,二人相隔一丈有余,将军面前挂有一丈见方的铁网,铁网的网眼细如牛毛,什么样的暗器都刺不透这铁网。

将军眯着眼问道:"先生要如何治我的病呢?"

郎中抠了下耳朵,答道:"小人看病,需要先了解病情。还请将军不要讳疾忌医,如实告知。"

将军微微点头。郎中问:"将军可认识在梦中追杀将军的人?"

将军叹了口气,说:"认得。共有四人,都是差点取我性命之人。"

郎中问:"那能不能讲讲这四人行刺将军时的情景?"

将军怒道:"放肆!你是来取笑本将军的?"

郎中忙解释:"将军息怒。欲除恶疾,必要弄清楚病的根源。"

将军皱了皱眉,开口讲起了第一个故事——

五年前,一个年轻的刀客上门寻仇。将军仇敌虽多,但光明正大前来寻仇的,这刀客还是头一个。将军手下的护卫摩拳擦掌,都想手刃这刀客,在将军面前立下大功。刀客的年纪不大,刀法却很厉害,一盏茶的工夫,就杀掉了两个护卫。

第三个上场的护卫也是个年轻人,手中用的也是一把刀。刀客和护卫你来我往,斗在了一起。刀客明显受过高人指点,一招一式都包含着无数暗招。护卫的刀法乃是战场上的杀伐之术,朴实的刀法中处处透着杀意。二人斗到第一百个回合,护卫卖了个破绽,刀客挥刀猛攻。护卫看准机会,一刀斩下了刀客的脑袋。

护卫将刀客的人头高高举起,众人一片欢呼,将军也点头称赞。忽然,护卫脸色一变:"将军,此人尚未死绝,口中竟然还有话说。"众人闻言啧啧称奇,将军也觉得新鲜,忙命护卫将人头拿来。

护卫一手执刀、一手拎头,走到将军身边。将军抻着脖子把耳朵凑到刀客的嘴边,想听听他在说什么。护卫看准时机,一刀砍了下去!

在这千钧一发之际,久经沙场的将军猛地将头往后一缩,这一刀贴着天灵盖落下,斩下一大块头皮,鲜血一下子染红了将军的整张脸,但没有伤及性命。护卫还想再砍,刀身却深深陷在桌面之中,怎么也拔不出来。

回过神的将士们一拥而上,乱刀砍死了护卫。

刀客跟护卫早就认识,共同设下这苦肉计,以刀客的人头为饵,换取护卫近身一搏的机会。此刻二人共赴黄泉,细节却是无从考证了。

这一惊吓着实不轻,将军此后高烧不退,噩梦不绝。在梦中,刀客和护卫联手向他寻仇,刀刀致命。过了很长时间,将军才从惊吓中恢

· 传闻轶事 ·

复过来。

听完刀客的故事,郎中若有所思地说:"刀客和护卫的计谋着实令人胆寒,但这已是五年前的旧疾,如今复发,想必另有原因?"

将军继续说道:"半年前本人五十大寿,在府上大宴宾客。那之后,这恶疾就复发了。"

郎中又抠了下耳朵,说:"为了给大人治病,我寻访了多位了解此事的人。这次换我来说,大人听听看对不对。"

将军点了点头,郎中便讲起了第二个故事——

将军五十大寿当天,有一个耍猴人当众献技。为了确保将军的安全,护卫们剥光了耍猴人的衣服,只剩一条短裤遮羞,同时收走了锣鼓、盆碗、枪矛、小车,这些都是猴戏常用的家什。耍猴时,人和猴子都不得靠近将军一丈之内。

这耍猴人虽然失去了称手的家什,但神色自若。只见他双手叉腰嘟起嘴巴,以口哨驱使猴子。那猴子也是个灵物,听到口哨声响,便在场内活跃了起来。它时而模仿顽童戏耍,时而模仿少女翩跹,时而模仿书生摇扇,时而模仿老翁垂钓……模仿得惟妙惟肖,令将军和宾客大喜。当众人的目光都集中在猴子身上时,耍猴人将嘴巴悄悄地瞄准了将军。

这耍猴人在口中藏了个小巧的竹筒,竹筒中又暗藏毒针。只需舌尖一卷,触动绷簧,毒针就会离膛而出。

此时,猴子装作一个老妪蹒跚摔倒,众人一阵哄笑,护卫们也稍微放松了警惕。耍猴人觉得时机已到,他触动口中的机关,毒针直向将军面门飞去。不料一个护卫大笑时身子一晃,毒针竟然刺中了他的

肩头。这毒针见血封喉，护卫中针后立即倒地身亡。其他的护卫马上围住了耍猴人，将他乱刀砍死。

谁也没想到，刚才摔倒在地的猴子此时一跃而起，在空中发力，猛地向将军扑去。猴子乃由侏儒假扮，为了等待这一扑的机会，他浑身贴满猴毛，不惜数年如一日模仿猴子的举止。侏儒手中没有武器，力量又小，扑到将军身上后，他以牙为刃，向将军的喉咙连咬数口。待到护卫赶来砍杀了侏儒，将军的喉咙早已血肉模糊。人牙终归不是兽牙，侏儒咬得虽凶却未致命，将军仍是活了下来。

这件事发生在寿宴之上，知情人众多，很快就传遍了大街小巷。人们很快猜出了整件事的缘由，暗中赞叹耍猴人和侏儒的处心积虑。

听完郎中的叙述，将军冷冷地说："耍猴人口中的暗器早已销毁，你怎知是一个竹筒？"

郎中笑道："都是道听途说来的，不知是说对了还是说错了？"

沉默了一会儿，将军开口说："有一件事，我从不曾对人说过——那刀客和护卫的长相有几分相似。到了寿宴那一天，我发现刀客、护卫、耍猴人甚至侏儒，他们四个人的脸都长得很像！"接着，将军狠狠地指着郎中，说："我觉得你和他们长得也很像！"

郎中抚手大笑，说："大人好眼力，我们五人是亲兄弟。"

护卫们闻言都紧张了起来，一部分人把将军团团围住，另一部分人则手执兵刃将郎中围在当中，只等将军一声令下。

其实，将军早就猜测这四名刺客彼此相识，担心还会有余党前赴后继，便以寻医为名，引诱同党上钩。谁知同党真的现身，将军反倒更加紧张，一时不知该如何处置。

在护卫的钢刀利斧面前，郎中继续说："家父是将军的手下败将，现在说起家父的名字，想必将军也不会记得，但杀父之仇不共戴天，数年来我兄弟五人一直伺机寻仇。我大哥潜伏在你身边多年，始终得不到信任，找不到下手的机会，不得已跟二哥商量，演了一出苦肉计。可惜老天不开眼，我二哥舍出一条性命，却只砍掉你一块头皮。得知大哥、二哥惨遭毒手，我三哥、四哥另辟蹊径，利用我四哥天赋异禀，二人的计策本来十拿九稳，但是你的护卫竟然连'猴子'都搜身防备，搜去了我四哥的随身小刀。要不然，你就算不死在三哥的毒针之下，也

·传闻轶事·

是我四哥的刀下亡魂。"

将军阴沉着脸说:"那你呢?你又能做什么?"

郎中用力抠抠耳朵,说:"我现在就能取你性命。"

说罢,郎中猛地站起身来,他刚一站起来,十余把刀斧就砍了过来,郎中无处可躲,顷刻毙命。

郎中虽死,但大堂之上谁都不敢松懈。前两次刺杀,哪一次不是一波三折,死里求生?

这时,郎中的耳朵中缓缓飞出几只血蜂。血蜂黄豆大小,通体猩红,就像是几滴鲜血浮在空中。血蜂在郎中尸体上稍作停留,就齐刷刷地飞向了将军。

众人顿时乱作一团。护卫手中的刀斧成了摆设,根本砍不中飞舞的血蜂。将军面前的铁网也失去了作用,血蜂飞舞着绕过铁网,直扑将军面门。这些血蜂剧毒无比,只需一只便能取人性命。将军的护卫虽多,却只能眼睁睁看着将军倒在地上,发出阵阵痛苦的哀号,很快,将军停止了呼吸。

哀号声一直传到了大门之外,一个年轻人含泪缓步走了开去。

其实,刺客共有兄弟六人!这个年轻人便是六弟,他以蛊术饲养血蜂,待血蜂长成,再把将军的血肉喂给血蜂,然后,只要将血蜂带到将军身旁,血蜂便会自动追寻将军的气味,取其性命。将军的血肉正是从侏儒四哥尸体口中取得。但如何将血蜂带到将军面前?五哥此时站了出来,将血蜂藏在耳道之中,再以蜜蜡封住,蜜蜡上留小孔保证血蜂呼吸。在与将军交谈之际,五哥用手指慢慢抠破蜜蜡,等待血蜂飞出即可。

五哥当众说自己乃兄弟五人,如今他和将军同归于尽,将军府的人自然不会再去找六弟寻仇了……

(发稿编辑:陶云韬)

(题图、插图:刘为民)

· 东方夜谈 ·

起来。陈壮束手无策,赶紧请来郎中。郎中把脉后推辞道:"这病是鬼症,我看不了,快去请李天师!"

陈壮备了厚礼,去武陵山请来了李天师。李天师查看了陈母的状况,吩咐在院里摆上贡品,接着,他披头散发,嘴中喃喃有声,鼓捣了好一阵后,说:"你母亲被鬼附身了,这个鬼是年前去世的王二赖,死后缺吃少穿,不得安生,就从阴间跑出来闹腾。他生前与你有小仇小恨,所以到你这里讨些衣食银两,你多多准备,供奉一下,他满意了,你母亲自然就好了……"

陈壮一听是王二赖,气不打一处来,想:我俩以前是为一些琐碎事儿吵过,但他干吗招惹我母亲?陈壮急于让母亲好转,赶紧照办。

李天师又舞弄一番,大喝一声,说:"行了,王二赖吃饱喝足,拿着银两走了。"

话音刚落,陈母从屋里走了出来,精神恢复如初。陈壮心里高兴,给了李天师一包碎银,聊表谢意。

送李天师回山的路上,陈壮忍不住说:"天师,我咽不下这口气,要是有办法去阴间,我真想跟王二赖当面说道说道!"

李天师一愣,随即冷笑一声,

人鬼仇未了

□ 刘建平

从前,重庆府有一个年轻人叫陈壮,与母亲相依为命,是有名的孝子。

一天,陈壮母亲半夜去了趟茅厕,回来突然神志不清,胡言乱语

说:"阴间入口在武陵山东边的酆都县幽穴,有去无回。奉劝你一句,别为出口气搭上自己的小命。"说罢,李天师加快脚步径直走了。

陈壮没有被李天师的话吓倒,他一回家,就跟母亲说自己要出一趟远门。

陈母从枕头底下摸出了一个小巧的金锁,上面刻着"平安"两个字,交给陈壮,说:"儿啊,带着这个,保佑你一路平平安安。"陈壮接过金锁,装入囊中,收拾一番就去了酆都县。

陈壮一路打听,总算找到了幽穴。幽穴是一口废弃的水井,往下看漆黑一片,深不见底,陈壮在井栏上绑了绳子,顺着绳子溜下去了。

许久,陈壮到了井底,四周摸了摸,旁边有一扇小门,推开进去是一个狭窄的山洞,远处有一丝光亮,他顺着光亮走了一段,前面豁然开朗。不远处是一座雄伟的城池,门匾上写着"酆都"二字。

酆都城门大开,陈壮进了城,满眼都是来往行人,陈壮心说:"这是阴间?这不是世外桃源吗?"

陈壮拦住一人:"请问,王二赖家在哪儿,你知道吗?"

那人却像没听见,突然满脸通红,像被针刺一般跑远了,一边跑一边嘀咕:"刚才怎么感觉特别燥热,跟中了邪似的!"

陈壮又拦住一人,却发现自己直直地从那人身上穿了过去!陈壮明白了,刚才他看到的,都是鬼。他能看见鬼、听见鬼说话,但是鬼看不见他、听不见他说话。

问不上话,陈壮只能自己找王二赖。在街上转悠了三天,总算迎面撞见了王二赖。王二赖正跟一个女人一起走,陈壮一看见他,不禁大怒,上前就抱住了他,叫道:"王二赖,我看你今天往哪儿跑!"

接着,陈壮听见自己身上发出了王二赖的声音:"哎哟,老婆,我这是怎么了?浑身上下忽冷忽热,是不是发病了?快扶我回家!"

王二赖老婆赶紧扶着他往回走,陈壮不由自主也被扶着走了,他明白了,自己这是"附"到王二赖身上了。他想挣脱开,还挺费劲。

不一会儿到了王二赖家,王二赖老婆伺候他躺倒在床上,陈壮也跟着躺倒了。王二赖老婆匆匆出门,不久请来了郎中,郎中看了看王二赖,又切脉片刻,说:"这病是人症,我看不了,快去请阎地师吧!"

王二赖老婆送走郎中,又匆匆请来了阎地师,阎地师查看了一下

·荒诞视点 虚幻笔记·

王二赖的情况,吩咐在院里摆上香案贡品,他披头散发,嘴中喃喃有声,鼓捣了好一阵,跟陈壮对上了话:"你是谁?为什么要从阳间来到阴间,附身到王二赖身上?"

陈壮怒气冲冲地说:"可算有个能听懂话的了。我叫陈壮,因前些日子,这个王二赖跑到我家,附身我母亲,我气得不行,今天来是想讨个说法,不让我满意,我就不走!"

阎地师说:"好好好,请息怒,我跟王二赖说说,让他多准备饭菜,多赔你些银子作为补偿,并向你磕头赔罪,你看怎么样?"

陈壮"哼"了一声,怒道:"你代我问问他,为什么祸害我母亲!"陈壮一发怒,从王二赖身上坐了起来,和王二赖的身子脱离了。王二赖立马清醒过来,他听阎地师说了情况,便吩咐媳妇准备吃的和银两,并对阎地师说:"地师,上回我去祸害他母亲,是因为陈壮阳气太足,只好拣软柿子捏。至于为什么挑陈壮家,那还不是因为……"

阎地师匆忙打断道:"知道了!以后不能再跑出去闯祸了,这次花钱消灾,长长教训。我这就作法,保证陈壮不再骚扰你!"

阎地师舞弄起来,跟陈壮说:"王二赖已经知错,他准备了衣食和银两,已经摆上了,他也跪在地上认错了,你就饶了他吧!"

就在陈壮犹豫时,阎地师突然奇袭,用一个罐子扣住了陈壮,封住口,贴上了符咒,"哈哈"大笑道:"从今往后你就长留阴间,永世不得超生,跟我斗,你还嫩了点!"

陈壮大惊失色,心想:我要是回不去,阳间的老母亲谁来照顾?他摸着母亲给的金锁,怆然道:"娘,孩儿不孝,恐怕没法子给您养老送终了……"死也得死个明白,陈壮不甘心地问阎地师:"你为何要囚禁我?还有,刚才王二赖想说什么,你为何不让人家说?"

阎地师见已经制住了陈壮,便放下了戒备,等王二赖包了银子送出门,再走远之后,阎地师这才说:"一会儿我就找个偏僻地方把你埋了,事到如今,告诉你也无妨……"

原来,阎地师和李天师本是师兄弟,两人生活贫苦,一直想动歪主意多赚钱。后来,阎地师出了点意外,一命归西,李天师掌管了武陵山。一次,阎地师在阴间作法,设法联系上李天师,说他有个绝好的主意:他在阴间指使鬼出来祟人,李天师假装除祟,一应一和,李天

·东方夜谈·

师赚到钱,到时烧点回扣给他。李天师自然非常高兴地同意了。

阴间饿鬼多得是,祟人可以解决温饱,又能借机报复生前看不惯的人,阎地师稍一透露,饿鬼们应者云集。从那时起,重庆府不得安生,处处有人中邪,李天师忙得不亦乐乎,银子赚得盆满钵满。不想这次王二赖去招惹陈壮,陈壮却跑到阴间闹了一通,李天师通告阎地师后,阎地师提前做了准备,在王二赖家作法时,先是连哄带骗稳住陈壮,然后出其不意将他封印……

等陈壮听明白了前因后果,他气愤地说道:"没想到是这么回事儿,不行,我得去找李天师!"他使劲去推罐子口,竟一下子将罐口的封印给撑破了。他跳出来一反手,将罐子扣到了阎地师头上:"带你去阳间走一遭!"

阎地师没想到会有这么一出,他在罐子里拼命挣扎,却无济于事。

陈壮抱着罐子回到阳间,找到武陵山李天师。听了罐子里阎地师的哭诉,李天师无地自容,悄悄收拾行李出走,再也没回武陵山。封印阎地师的罐子,被陈壮找了个偏僻角落埋下,阎地师永远回不去了。

后来,陈壮问武陵山新任天师:"为什么我那么轻松就从阎地师的罐子里逃出来了?"新任天师说:"精诚所至,金石为开。一是你母亲给的金锁能除邪气;二是你孝意通天,这是任何妖魔鬼怪都奈何不了的……"

(发稿编辑:陶云韫)

(题图、插图:谢 颖)

微信扫码,您每周获得的权益主要有:
专属娱乐资讯;配套线上读书活动;精选好书推荐

· 外国文学故事鉴赏 ·

杰弗里·阿彻（1940—），英国作家，他的小说多涉及谋杀、政治和国际争端方面的内容，被誉为"全世界顶级说书人前十名"。代表作有《生而为囚》《美国恩仇录》等。

谁杀了镇长

[英] 杰弗里·阿彻

恶棍之死

安东尼奥是那不勒斯警察局一名精明能干的年轻警探。最近，局长派他去附近的小镇调查一起案件——小镇的镇长隆巴尔迪上任不到一年，就被人谋杀了。

出发前，安东尼奥仔细看了卷宗。案发的小镇风景如画，有三大特产：松露、橄榄油和葡萄酒。小镇的居民只有1400多人，人们在那里过着人间天堂般的生活，直到隆巴尔迪出现。

没有人知道隆巴尔迪来自哪里，他仿佛乌云一样，一夜之间就出现了。他拥有重量级拳击手的体格，来到小镇后，他就开始对镇上较弱势的居民收取保护费。没过多久，老镇长去世了，选举新镇长时，隆巴尔迪用了令人不齿的手段——负责计票的书记官是腿上打着石膏、拄着拐杖上台的。票数显示，隆巴尔迪当选为新一任镇长。听到

这个结果,小镇所有居民都倒吸了一口凉气。

隆巴尔迪上任没几天,就开始对镇上的店铺征收高额销售税,还向买卖双方索要回扣。不到一年,人间天堂变成了人间地狱,所以,当隆巴尔迪被谋杀后,没有人感到吃惊和惋惜。

小镇上只有一名警察,名叫卢卡,他已经六十多岁了,他把案情上报了那不勒斯当局。他在报告中承认,1400多个小镇居民都是嫌疑人,他完全不知道谁是凶手。

安东尼奥接到任务后,决心尽快找出凶手。然而,他还没来得及踏上小镇,卢卡就突发心脏病去世了,没能帮上任何忙。除了卢卡,唯一对此案有所了解的人是负责尸检的医生,他住在附近的村子里。

去小镇的路上,安东尼奥和医生见了一面。医生告诉安东尼奥,隆巴尔迪死后几小时就被火化了,只有他和警察卢卡见过尸体。"所以现在只有你和我知道谋杀是怎么发生的。"医生说着,把尸检报告交给了安东尼奥。

安东尼奥抵达小镇后,在当地设立了办公室。他列了一张从隆巴尔迪之死中获益最多的人员名单,决定先从镇上几户最大的商家入手。他首先找到了松露公司的老板。

安东尼奥问松露公司的老板,对镇长之死是否知道什么信息。出乎他意料的是,老板说:"警督,我当然知道,因为是我杀了隆巴尔迪。"

安东尼奥很是惊讶,没想到这么快就有人招供了,他问:"你为什么要杀隆巴尔迪?"

老板说:"他是一个邪恶的人,他对我的松露征收高额销售税,还向我的老客户索要回扣。如果继续这样下去,他会让我破产的。"

安东尼奥点点头,这动机十分合理,他又问:"我还有一个问题,你是怎么杀死他的?"

老板毫不犹豫地说:"用松露刀捅的。"

"你捅了他几刀?"

"六七刀。"老板边说边拿起一把刀做了示范,"现在我认罪了,你可以逮捕我了。"

安东尼奥哭笑不得:"我很乐意这么做,如果隆巴尔迪真的是被捅死的。"

老板耸了耸肩,说:"这很重要吗?只要你告诉我隆巴尔迪是怎么死的,我会认罪的。"

这是安东尼奥第一次知道有人会冒名顶罪。

争相顶罪

离开松露公司,在回办公室的路上,安东尼奥看到路边有一家药房,他刚好要买些润喉药,就走了进去。一名年轻女子在柜台后招呼道:"早上好,你需要什么?"

安东尼奥只看了女子一眼,就陷入了情网。那不勒斯最凶狠的恶徒都吓不倒安东尼奥,但这位女药剂师的美丽却让他张口结舌。

安东尼奥迷迷糊糊地买了药。回到办公室后,他坐在办公桌前,开始写这次失败的会面报告,但女药剂师的倩影还留在他的脑海中,使他很难集中精力。待缓过神后,他拿出之前的名单,划掉了"松露"。

接下来,安东尼奥去拜访橄榄油公司的经理。经理见到安东尼奥,似乎毫不惊讶,他说:"人人都知道你正在调查隆巴尔迪谋杀案,我本以为你会第一个来找我。"

安东尼奥问为什么,经理直言不讳:"因为是我杀了镇长,他毁了我的生意。"

这次,安东尼奥没有那么惊讶了,他问:"你是怎么杀死隆巴尔迪的?"

经理说:"我勒死了他。"

"用什么?"

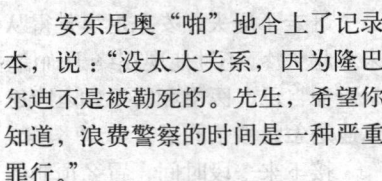

· 世界之窗 精品共赏 ·

经理犹豫了一下,说:"这有关系吗?"

安东尼奥"啪"地合上了记录本,说:"没太大关系,因为隆巴尔迪不是被勒死的。先生,希望你知道,浪费警察的时间是一种严重罪行。"

回到办公室,安东尼奥准备去拜访名单上的第三个对象——葡萄酒庄的老板。这时有人敲门,来人是小镇上的屠夫,他低声对安东尼奥说:"警督,如果我告诉你是谁杀了隆巴尔迪,你能保证,案件不会扯上我吗?"

安东尼奥欣慰地想,终于出现了告密者,他点点头说:"我保证,前提是审判时不需要你做证人。"

屠夫说:"你不需要证人,因为我可以告诉你凶手藏枪的地方。"

安东尼奥听到这里,简直气得说不出话来,因为隆巴尔迪根本不是中弹而死的。在他的逼问下,屠夫终于承认,他和朋友扔硬币打赌,谁赢了谁就说自己杀了隆巴尔迪,输了的那个人去告密。

安东尼奥忍不住好奇地问:"你们为什么都如此热衷于承认是自己杀了隆巴尔迪?"

屠夫憨厚地笑笑,说隆巴尔迪把镇上每个人都害苦了,杀了他是

·外国文学故事鉴赏·

为民除害,这是一种荣誉。

赶走了屠夫,安东尼奥觉得从未如此头疼,不过他现在终于确信,只有他自己、医生和凶手知道隆巴尔迪是怎么被杀的了。

接下来一段时间,冒名顶罪的人络绎不绝,说法也花样百出。镇上的邮递员说,他把隆巴尔迪摁在浴缸里淹死了;小镇足球队的队员们也跑来自首,说他们11个人一起把隆巴尔迪推下了悬崖……听着这些荒唐的供词,安东尼奥甚至都没有拿出笔来记录。

喜得佳人

调查期间,唯一让安东尼奥快乐的是,在他接连几次光顾药房后,女药剂师弗兰切斯卡终于答应和他共进晚餐。那天,她穿着红色丝绸上衣、黑色裙子和一双高跟鞋,长发披肩。这是安东尼奥第一次看到她没穿白大褂。他一直觉得她很美,但没想到还能变得更美。

吃完饭,安东尼奥送弗兰切斯卡回家。他们一起走过迷宫般的鹅卵石街道,两人像老朋友似的聊着天。当最终来到她家门口时,他们第一次接了吻。

月底时,那不勒斯警察局的局长打电话给安东尼奥,询问调查进展。安东尼奥如实汇报了情况。局长告诉安东尼奥,刚刚收到报告,隆巴尔迪原来是那不勒斯一个黑帮的成员,因为过于暴力被开除了。局长说,如果下个月底还不能破案,希望安东尼奥返回那不勒斯。

接下来的一个月,小镇上承认杀害隆巴尔迪的人上升到41人。安东尼奥承认当地人击败了他,也许是时候结束案子,回到现实世界了。

这天,小镇的新任镇长,也就是葡萄酒庄的老板打电话给安东尼奥,要求和他见面谈些私事。安东尼奥以为镇上的谋杀嫌疑人将从41人上升到42人,但当他来到镇会议厅时,他发现新镇长和镇议员们都坐在座位上,显然是在恭候他。

安东尼奥满腹狐疑地坐了下来,新镇长首先开腔:"先生,我们刚刚召开了会议,一致同意任命你为本镇新的警察局局长。"

安东尼奥呆住了,他提醒镇长:"但是你们一向只有一个警察。"

镇长说:"我们认为,因为现在有这么多谋杀嫌疑人逍遥法外,所以你需要一个副手。我们还核实了那不勒斯警察局局长的薪酬,同意让你的薪酬与他持平。"

"但是……"安东尼奥张了张嘴,语气已经变得不那么坚决。

镇长继续说道:"我们还没进行投票,但是如果你能娶一个本地女孩为妻,我想你会很受选民们的欢迎。"

安东尼奥并没犹豫多久就做出了决定:向弗兰切斯卡求婚。他很确定,自己遇到了想娶的女人,不仅仅是因为她的美貌。弗兰切斯卡答应了。

全镇人见证了安东尼奥和弗兰切斯卡的婚礼。在镇广场上,人们开心地跳舞、喝酒,庆祝一直持续到午夜。随后,安东尼奥和新婚妻子离开婚礼庆典,前往威尼斯度蜜月。

蜜月的最后一天,新婚夫妇在酒吧享用了一顿难忘的晚餐,随后乘坐贡多拉小舟回到酒店,欢度在威尼斯的最后一夜。安东尼奥坐在床上看着妻子轻脱裙衫,当她钻进被窝时,他把她搂在了怀里。

弗兰切斯卡说:"谢谢你,这两周过得真愉快。最重要的是,你一次也没有提到隆巴尔迪。"

安东尼奥笑眯眯地说:"你大概是我唯一没有问过的人。你认为是谁杀了他?"

弗兰切斯卡更紧地靠着丈夫,说:"是我。"

安东尼奥大笑起来,问:"你是怎么杀死他的,亲爱的?"

"我毒死了他。就在他上床睡觉前,我在他的咖啡里放了两滴氰化物。"弗兰切斯卡边说边关掉了床头灯。

安东尼奥僵住了。

(推荐者:刘晓慧;改编:罗 杰)

(发稿编辑:吕 佳)

(题图、插图:佐 夫)

微信扫码
为您讲述故事会趣闻逸事

动人的情话

村上春树与高桥阳子在大学图书馆相识。当时,村上春树对阳子一见钟情,为了借到阳子想看的图书,他总是第一个到图书馆门口排队,然后将书架上唯一的那本图书借到手,亲自交给阳子。一次,村上春树鼓起勇气,在图书中夹了一张写满情话的纸条向阳子表白,可对方没有接受。

后来一连几天,阳子因为牙痛而没有来图书馆看书。村上春树得知后很着急,但又没什么好办法。他想起老家一个习俗,有人生病时,另一个人如果当着那人的面说"我愿意买下你的疾病",过不了多久,生病的人就会痊愈。

尽管这种习俗充满迷信色彩,村上春树还是决定亲身试一试。为了表达自己的虔诚之心,五公里的路程,他没有乘车,一路步行来到阳子家。一进门,村上春树就大声说:"阳子,我要买下你的牙痛,替你痛!"

阳子半边脸肿着,本来不愿意见人,听了村上春树的话,她急忙从卧室跑出来。看到眼前的大男孩满脸汗水、风尘仆仆地站在门口,阳子心头一热,泪珠在眼眶打转。她站在那里,柔声说:"除夕夜,我们一同去听钟声吧……"

真心的傻话,有时比华丽的情话更动人。

(**作者**:侯美玲;**推荐者**:田宇轩)

盗马亡国

南宋末年,蒙古将领伯颜率骑兵南下,和宋军隔着长江对峙。只要渡过长江,就能一举攻下南宋,可伯颜不习水战,不知道从哪儿才能安全地渡过长江。

宋军呢,见长江对岸,元军的马匹又多又壮,就起了偷马的念头。于是在夜色的掩护下,宋军士兵涉水过了江,到达对岸后,偷偷地将元军的马匹牵走,屡屡得手。

元军丢失马匹的事引起了伯颜的注意。

一天晚上,宋军偷马的士兵刚靠近马厩,就被元军给俘获了。伯颜死盯着俘虏问:"只要说出你们是从哪儿渡过来偷马的,我就不杀你们。"宋军士兵架不住严刑拷打,只好招了:"我们是从阳罗堡过来的。"伯颜大喜过望,于是就派人到阳罗堡勘察水情。阳罗堡这个地方的江水水流不急,江面开阔,果然最适合过江。伯颜立即将数万大军集合到阳罗堡,一声令下,全线出击。元军很快就过了江,宋军哪里抵挡得住?没多长时间,南宋就灭亡了。

凡事莫要贪小,往往有一丝贪念,就有十分危险。

(作者:赵元波;推荐者:寒池)

两个小木匠

有个手艺高超的老木匠,他有两个学徒。高个儿学徒眼力好,脑子灵活,动手能力强;矮个儿学徒很勤奋,只是做事有些拖泥带水。老木匠上了岁数后,便决定在两个学徒里选一位接班人,把毕生所学中最重要的一招教给他。

这天,老木匠要两个学徒到山上砍木材,然后亲手做一个板凳,谁做出的成品好,谁就是胜者。第二天,两个年轻人一起上山。高个儿学徒手脚麻利,他在树林里很快选出一棵又高又直的杨树,抡起斧头砍了起来;矮个儿学徒则选了一棵又细又矮的杨树。

两个年轻人把砍好的杨树运到家里后,就开始动手做板凳。高个儿学徒砍的树又粗又壮、材质好,加上他做活速度快,没多久就把板凳做好了。矮个儿学徒选的木材不太好,做活也慢……不用说,两个学徒谁优谁劣,胜负立判。老木匠问矮个儿学徒:"我不明白,树林里那么多又高又粗的树,你为何挑了一棵不入眼的呢?"

矮个儿学徒说:"我发现,那些又高又粗的树不能砍,因为树枝上有鸟窝。"

最后,矮个儿学徒被选做了接班人。老木匠说,矮个儿学徒已经领悟到了那最重要的一招:葆有一颗爱心的人,总会离成功更近。

(作者:李景香;推荐者:晓晓竹)

(本栏插图:陆小弟)

· 传闻轶事 ·

御厨的秘方

□ 陈艳梅

清朝末年,慈禧太后当权,她平日里骄奢淫逸,非常难伺候,给她做饭真是难上加难!

大总管李莲英为了讨主子欢心,让御膳房专门为慈禧太后准备了一间小灶。小灶里设大厨和二厨,还有各种勤杂人员五十多个。平日里都是大厨负责各种菜肴的烹饪,二厨站在一旁打下手。时间长了,二厨就有想法了:同样是厨子,为什么他能掌勺烹饪,我只能在一旁递个调料炊具什么的?有了这想法,二厨就不愿伺候大厨了,他也要亲自掌勺,也要当大厨!

当年这位大厨不仅厨艺精湛,而且为人非常聪明,他把慈禧太后的胃口研究透了,做的菜令她赞不绝口。太后吃高兴了,赏银当然也少不了,这更加坚定了二厨想取代大厨的决心。二厨深知,要想替代大厨,背后必须要做足功课。大厨之所以深得慈禧太后的喜欢,最主要是靠一道名菜——鲤鱼开口。

鲤鱼开口,其实就是一道能够逗慈禧太后开心的菜肴。它看上去普通,却有着独特的技巧,那就是一条做熟的糖醋鲤鱼,端上餐桌后还能张几下嘴。负责上菜的小太监在鲤鱼张嘴的同时,不失时机地说上一句:"老佛爷,鲤鱼开口祝老佛爷万寿无疆!"慈禧太后最喜欢听这句话,于是鲤鱼开口就成了她每天用餐的必备菜肴。

尽管二厨多方打听,可鲤鱼开口这道菜的秘方他始终都没得到。大厨每次烧制鲤鱼开口时,都把旁人全赶走,说是家传秘方不能让外人知道。不会做鲤鱼开口这道菜,就不能博得慈禧太后的欢心,当然也就不能赶走大厨取而代之。二厨想不通,被宰杀后的鲤鱼,在油锅里炸了个外焦里嫩,再加上各种调料烹制一番,端上餐桌后怎么还能张开嘴巴"说话"呢?

这天,二厨走到一个胡同,突然,一个骨瘦如柴的年轻男子走到他面前,两眼一翻,倒在地上抽搐起来。若在平时,遇到这种事二厨都是绕着走的,可这次他眼睛猛然一亮,立刻热情地把年轻人扶起来,问:"少爷,您这是怎么了?"

这个年轻人是大厨的独生子!

二厨早就听说,大厨的儿子是个大烟鬼,他这是烟瘾犯了。二厨立刻把他扶进附近的一家烟馆,一个烟泡儿抽上,大厨的儿子就来了精神。他说自己刚才想到这家烟馆抽个泡儿,怎奈囊中羞涩,被赶了出来……二厨立刻掏出五十两银子,说:"我出门在外身上没带多少银子,这点钱请少爷笑纳!"

大厨儿子不认识二厨,他被这个"好心人"感动了,站起来深施一礼,说:"你我萍水相逢,请恩人留下姓名,来日定当报答!"

二厨随口编了个假名,说自己是个外地厨子,久闻京城有人会做鲤鱼开口,他是专程来拜师学艺的,谁料来到京城人生地不熟,不知去哪里找那位厨师。大厨儿子一听这话,顿时笑道:"太巧了,我就是那个厨师的儿子啊!"接着,他附在二厨的耳边,说了家中的祖传秘方:"家父每次就是把一条活泥鳅放进烹制好的鲤鱼喉咙里,泥鳅受热后不停蠕动,鱼嘴自然就一张一合,好像要说话的样子!"

二厨做梦也没想到,大厨竟然用这种雕虫小技瞒天过海!他追问道:"万一慈禧太后发现了这条泥鳅,岂不露馅了?"

大厨儿子说:"慈禧太后每顿饭几十道菜,难道每道菜都吃得干干净净?她也就是象征性地挑几个爱吃的尝一尝,那条藏在鲤鱼喉咙里的活泥鳅,永远也不会露馅!"

二厨点了点头,他没想到,鲤鱼开口的秘方就这样得到了。

很快,二厨给李莲英送了不少银子,又信誓旦旦地说,他烹制的

·传闻轶事·

菜,尤其是鲤鱼开口,绝不在大厨之下,保证能让老佛爷满意。

第二天,二厨就如愿以偿地替代大厨,成了掌勺御厨。

等菜品先后摆上餐桌,一个小太监端来了鲤鱼开口,李莲英连忙说:"老佛爷,您最喜欢的鲤鱼开口来了!"他一边说,一边给上菜的小太监递眼色,意思是让他赶快说出那句吉祥话。小太监心领神会,立刻恭敬地说:"老佛爷,鲤鱼开口祝老佛爷万寿无疆!"

可就在这时,那条藏在鲤鱼喉咙里的活泥鳅,竟然从鲤鱼嘴里钻出来了!小太监吓得说不出话,李莲英一时也吓傻了,好在他反应快,立刻用身体挡住慈禧太后的视线,然后又亲手夹了一块鱼肉放在慈禧太后的碗里,说:"老佛爷,您尝尝御膳房二厨的手艺。"

大总管亲自夹菜,慈禧太后心里也高兴,她象征性地吃了一口,说:"今天的鲤鱼味道还不错!"

李莲英趁机暗示小太监把那条泥鳅藏在袖子里,退了出去……

二厨捅出这么大的娄子,不但不能取代大厨,反而被李莲英狠狠地臭骂了一顿,又被敲诈了不少银子,这才没被赶出御膳房。

偷鸡不成反蚀一把米,二厨越想越窝火。他始终没弄明白:同样是用活泥鳅让烹制好的鲤鱼开口,大厨是用什么方法不让泥鳅从鲤鱼嘴里钻出来的呢?

若干年后,大清国灭亡,大厨和二厨也都不再是御厨了,两人分别在前门楼子一带开了一家酒楼,继续靠厨艺养活一家老小。

谁知平地起风波,有一天,大元帅张作霖的一名副官,耀武扬威地来到二厨家的酒楼,说大帅要吃当年慈禧太后吃过的鲤鱼开口。二厨一听,当即吓了个半死:万一当年御膳房那出戏重演,就张作霖那脾气,还不得把自己给杀了!无奈之下,二厨只得厚着脸皮去求大厨。大厨听了来由,笑道:"老弟不必如此,雕虫小技,我把秘方告诉你就是了!"

原来,大厨的秘方就是:用一根牙签把活泥鳅固定在鲤鱼的喉咙处,它就钻不出来啦!

二厨这才恍然大悟,说:"大哥,在您面前小弟永远是二厨!"

(发稿编辑:曹晴雯)

(插图:谢 颖)

加交流群,侃故事逸闻,聊人生百味,微信扫码

· 56个民族的故事 ·

维吾尔族主要聚居在新疆维吾尔自治区,其文学具有悠久的历史和丰富的内容,在维吾尔族文化中占有重要的地位。维吾尔族文学的主体由民间文学、古典文学、现当代文学三部分组成,其民间故事具有高度的现实性和鲜明的阶级倾向性。

农家姑娘

从前,有个正直的老人,他只有一个女儿。父女二人相依为命,白天到田里去劳动,晚上,父亲休息,女儿织布,过着平安祥和的日子。

有一天,父亲从外面回来,愁眉苦脸,唉声叹气。女儿问父亲:"爸爸,你身上不舒服?"

父亲一言不答,只长叹了一声。女儿又问:"爸爸,你病啦?"父亲摇了摇头,一句话也不说,还是不停地叹气。

女儿急得哭了起来,一边哭,一边问父亲,到底出了什么事。父亲没法子,只好把自己的心事说了出来:原来这里的国王,要让农家姑娘做一件衣裳,料子却是一块坚硬的、无法挪动的石头。如果做不成,村里所有的农家姑娘,日子恐怕都不好过了。

女儿听了,对父亲说:"这件事交给我好了,你到国王那儿去,请求他把他的右胳膊和衣袖一起剪下来,以便我给他裁剪衣服。"

第二天,老人来到国王面前,说:"石头衣服可以做,但因为石

头不能挪动,没法搬来比照大小,所以恐怕要把陛下的胳膊砍下来,带去给我女儿量一下!"

国王听完,无话可说,只好不要求做石头衣服。他又拿出了二十个熟鸡蛋,说:"限你在二十天内,给我孵出小鸡来。"

老人没办法,只好把鸡蛋带回家去,把国王说的话告诉了女儿。

女儿说:"咱们好长时间没有吃鸡蛋,恰好来了熟鸡蛋,咱们先吃了再说。"

二十天期限要到了,女儿捡了一大把小石头装在茶壶里,对父亲说:"你对国王说,小鸡孵出来了,请他把石头嚼碎,给小鸡当食物。"

老人提着水壶,装着小石子,来到国王面前,把女儿交代的话说了。国王看到那些小石子,皱了皱眉,不说话了。过了一会儿,国王才说:"你刚才讲的这些,是你自己想的,还是别人教你的?"

老人从来没有说过一句谎话,他如实坦白,是女儿教他的。

国王说:"让你的女儿来吧,但不要步行,也不要骑马;不要穿衣,也不要裸体;不要带礼物,但要带礼物!"

老人听了国王的吩咐,一愣一愣的。他回到家,把国王的话一一告诉了自己的女儿。

女儿说:"爸爸,我们准备一下,把渔网给我当衣穿,把绵羊给我当马骑,再抓一只麻雀作礼物吧!"

这天,父女俩做好了准备,一起来到王宫。农家姑娘见了国王,说:"遵照国王的命令,我来了,没穿衣,也没有裸体;没步行,也没骑马。现在,就给国王献上礼物吧!"

姑娘捧着麻雀走到国王面前,等国王伸手来接时,她两手一松,麻雀飞了。姑娘说:"这就是我带了礼物,又没有带礼物。"

国王被农家姑娘的一席话说得目瞪口呆。他十分钦佩农家姑娘的智慧,便让她做了自己的右大臣,老人也跟着女儿过上了幸福的晚年生活。

(翻译:金 琳)

(发稿编辑:姚自豪)

(题图:豆 薇)

2020年10月(下)动感地带答案

神探夏洛克答案:登山时,为了预防雷电天气,一般是不会戴手表的,并且登山时会在脸上抹防晒霜,以防被高海拔强烈的紫外线晒伤。

思维风暴答案:因为长了两个头的小猪实在罕见。

·海外故事·

女主人

□ 稻野熊

露西和丈夫亚瑟结婚十年了。最近露西发现,丈夫对自己越来越冷淡,他总是以工作繁忙为由,借机躲开自己。

露西怀疑,丈夫出轨了,出轨对象就是他的秘书,一个叫艾莉丝的女人。露西是从种种蛛丝马迹中猜到这一点的,比如,丈夫衬衣口袋里的电影票根,领子上浅浅的口红印,还有他在睡梦中不停念叨着的名字。

露西没有揭穿丈夫,她表现出毫不知情的样子。她只是去了保险经纪人那里,将丈夫的意外保险额度往上提高了三成,受益人是露西自己。她要让丈夫和那个女人付出代价。

露西制定了周详的计划,她在丈夫治疗失眠的药里混进了一些麻醉神经的毒药。露西本以为计划得天衣无缝,不料,家里的家政机器人竟然将她精心准备的药物当作垃圾倒掉。露西险些气昏过去,要知道,那些药是她费了不少心思才搞来的。

露西将机器人拉到壁橱里,劈头盖脸地大骂了一顿:"你这个笨蛋,白长了一副人样,脑袋里的处理器却蠢得要命,真不明白当初亚瑟干吗非要把你买回家!"

·海外故事·

一计不成,露西很快又想到一计。这天夜里,她在丈夫睡下后,关上门窗,打开了煤气,随后她离开家去公司加了一夜班。

第二天早上,露西满怀期待地回到家,却看到丈夫坐在客厅的沙发上,懒洋洋地嚼着三明治,看着早新闻。他斜着眼睛盯着露西,抱怨说:"你昨天怎么回事,出门前为什么不检查一下煤气?幸亏它及时叫醒了我,不然你现在看到的就是鬼魂了。"

露西只得不住地道歉,眼睛却瞄向了沙发的另一侧。丈夫说的"它"——家政机器人此刻就在男主人的身边,正猫着腰认真地拖地。露西觉得,家政机器人似乎是在刻意回避自己的目光。又是它坏了好事!露西真想在它那仿真皮肤做的脸上扇个几巴掌,不过再怎么发狠也不管用,它只是一个机器人。露西提醒自己,此刻要对付的目标可是坐在沙发上的那个大活人。

虽然已经失败了两次,但露西还有一个终极方案。这天,露西把香蕉皮放在了二楼楼梯的边缘处。一楼那尊半人高、举着长矛的装饰铜像也被她扭转了方向,长矛的矛尖直冲着楼上,位置刚刚好。为了不再被机器人搅局,露西卸下它的电池,让它彻底变成了一个摆设。所有准备工作全部完成,只等悲剧的男主角下班回家。可是左等右等,已经过了往常丈夫回家的时间,露西还是没有见到人。此时电话铃响起,露西看了一眼来电显示,是丈夫办公室的电话。

露西接起电话,那头说:"您好,我是您先生的秘书。"

"哦,是艾莉丝啊,早有耳闻……"露西强压着心中的怒火,不停地提醒自己,千万不要坏了正事,她便问,"你有什么事?"

电话那头说:"是这样的,您先生今天上班时神情非常紧张,开会的内容也没有准备,我们都很担心他,不知是不是家里出了什么事?他不会是生病了吧?"

露西皱了一下眉,感觉事情有些不对:"没有啊,早上他出门时还好得很……"

"哦,那可能是我们多心了,请代我们向您先生表示问候。"对方顿了一下,继续说道,"还有,夫人,不好意思,我的名字是艾莉森,不是艾莉丝,很高兴认识您。"对方礼貌地挂掉了电话。

这时,门开了,丈夫亚瑟走了进来,露西惊讶地发现,他后面跟着两个警察。其中一个警察掏出一副银色手铐,说:"夫人,请您跟我走一趟。"

露西问:"你要干什么?为什么要抓我?"警察看了一眼亚瑟,亚瑟摇着头对露西说:"你为什么要害我?我们结婚十年了,你为什么要这样做?"

露西只惊慌了片刻,她快速回想了一遍,确定自己所做的事没有留下任何证据,丈夫一定是在"诈"自己。她故作镇定地说:"你胡说什么?我什么时候要害你了!"

亚瑟拿出一个黑色的小匣子,像是某种存储器,他把小匣子扔在桌子上,说:"这是机器人的视觉录像,我今天无意中看了一遍,你做的所有丑事都被记录下来了!"

"不,这不可能!"

"夫人,不要激动。"警察说着,上前按住了露西的双手。

露西的防线开始崩溃,她歇斯底里地喊叫:"是他先对不起我的,我才是受害者!是那个叫艾莉丝的女人,是她勾引了我的丈夫,她是我丈夫的秘书,你们应该去抓她!"

亚瑟冷冷地说:"从来就没有什么叫艾莉丝的女人,我的秘书叫艾莉森,我们只是普通同事关系。"

露西发现,丈夫看着自己的目光中流露出一丝不易察觉的得意。她愤怒地咆哮道:"那电影票和口红印怎么解释?还有你说梦话时念叨的名字!"

露西感觉自己都快疯了,丈夫却平静得出奇,他只是微微地冷笑了一声。露西突然意识到,刚才自己所说的一切,并没有任何证据。

露西被警察带出了家门,一辆厢式货车刚好停在警车旁边,那是机器人制造公司的运货车。

车身上显眼的位置印着这样的广告语:"艾莉丝——新型家政机器人。洗衣、做饭、暖床,单身汉的福音。只要将您的老款机器人做一下升级,您就可以得到一个仿真度99%、外貌及身材可随意调节的伴侣。谁还需要一个真实的妻子?"

露西猛地回过头,看着家的方向。不知何时,丈夫已经为家政机器人重新装上了电池,他们牵着手站在院子前看着露西。露西注意到,那个机器人的嘴角向上扬着,仿佛它才是这个家的女主人……

(发稿编辑:吕 佳)

(题图:佐 夫)

·民间故事金库·

这个"瞎子"有一手

□ 王乃飞

从前有一年,章丘县大旱,县城里唯一能吃得饱的,就是孟财主家。孟财主家存着十几年吃不完的粮食,他知道外面不太平,就让家丁们日夜巡岗,自己还每天去粮库里查点存粮。

这天一早,丫鬟急匆匆地禀报孟财主:"老爷,三夫人要生了!"孟财主心头大喜,他活到五十头上了还没个孩子,好容易三夫人怀上了,这可是他家的希望!不料,接着丫鬟又来报,三夫人难产,一连请了几个稳婆,都无能为力。

孟财主听着屋里三夫人的叫声越来越惨,觉得天都要塌了。

这时,一个家丁对孟财主说:"老爷,外面有一个算命瞎子求见,说是来给您消灾的。"

孟财主现在哪有这个心思?他脱口而出:"叫他走。"可他转念一想:三夫人难产,命都要保不住了,这不正是灾吗?他忙改口说:"叫他来,叫他来!"

算命瞎子一进来,孟财主打眼一看,顿时有些失望:只见他两眼露出眼白,衣服破破烂烂,挂着一根盲杖,看上去再普通不过。

孟财主问:"先生,我家夫人难产,你可有什么法子?"

瞎子说:"我除了算命外,还

有一手祖传的绝活,就是掐脉。只要我掐住产妇手上的经脉,她就能顺顺利利地把孩子生下来。"

孟财主犹豫不决,瞎子便说:"我是个瞎子,什么都看不见,你又有什么可担心的呢?"

这时,产房内三夫人又惨叫了一声。孟财主一咬牙,死马当活马医吧,就让丫鬟把瞎子领进去。

瞎子刚进屋片刻,就听到屋里"哇"的一声,传来婴儿的哭声,三夫人生了!随后,瞎子也从屋里出来,说:"恭喜老爷,喜得贵子!"

孟财主这颗心才放下,看来这个瞎子还真是有一手呀!

孟财主摆上酒席款待瞎子,又拿出银子相赠,瞎子却不慌不忙地说:"孟老爷,我此番是来给你家消灾的,灾还没消,你怎么就送我钱呀?"

孟财主一惊,说:"灾不是已经消了吗?孩子都生出来了。"

瞎子神秘地一笑,说:"你的灾才刚开始呢!"

孟财主忙问:"先生,这话怎么说?"

瞎子说:"不瞒你说,你这儿子是个妨爹娘的主,刚才差点害死了他娘,等长大后他也是个败家子,要把你的家产败光呀!"

孟财主一听,心里冰凉,他抓住瞎子的手,问:"先生,可有什么破解的办法吗?"

瞎子说:"唯一的办法就是多积德,积德方能改命。"

孟财主说:"请先生指点!"

瞎子摇头道:"我只管给人算命,别的都不管。事在人为,事在人为呀!"说完,他就挂着盲杖走了。等瞎子走了,孟财主就想:今年大旱,百姓们都饿得要命,要是能让他们有口饭吃,就是救了他们的命,无疑是积德了。

于是,孟财主做了一件惊动全县的事:他打开粮仓,让灾民前来领粮。一天之内,粮食放出去一多半,家家户户都有了炊烟。

孟财主忙了一天累坏了,心里却很踏实。到了晚上,他突然想起什么,就问三夫人:"那天,那个瞎子到底掐的你哪根脉呀?"

三夫人的脸"腾"的一下红了,说:"他没掐脉呀!"

孟财主奇怪了:"那你怎么把孩子生出来了?"

三夫人说:"我是被吓的呀!"

原来,那天三夫人难产,力气已经用尽,这时,突然有个衣衫破烂的男人闯进产房,二话不说就向床边走来。要知道,三夫人一向有洁癖,此时她想逃又逃不开,想喊又喊不出,这么一羞一怕一着急,不知从哪里来的一股力气,竟然就把孩子生出来了。

孟财主听得直皱眉,这么说来,瞎子说的掐脉是骗人了,那瞎子说儿子是败家子,会妨爹娘,又可信不可信呢?想了半天没结果,孟财主安慰自己:不管怎样,自己总算有后了,捐出那些粮食也值了。

又过了一阵子,孟财主正准备给儿子过满月,却出事了。这天,几个家丁慌慌张张地跑来,说:"不好了,山上的土匪来抢粮了!"

县城外的山上有一伙土匪,经常下山来打家劫舍。孟财主家高门大院,不是一般人能进来的,可大旱之年,那些土匪都饿急了眼。孟财主慌忙登上门楼,只见土匪头子骑着高头大马,正指挥手下用一根粗大的圆木一下下地撞着大门。孟财主心中害怕,正想派人去报官,突然见一群乡亲不知从哪里冲出来,手里拿着棍子、斧头、镰刀,见了土匪就又砸又砍。土匪没提防,一下子就乱套了。这时候,迎面又来了官军,把土匪团团围住,只有几个土匪逃走了。

孟财主又惊又喜,后来他才知道,原来是乡亲们见孟家有难,想起前几日他家开仓放粮的恩情,大家就聚在一起,不要命地向土匪冲去,还有腿快的,跑去报了官……

这会儿,孟财主又想起算命瞎子的话来,若不是他让自己积德,全家或许已经被土匪杀死了。看来瞎子还是有一手的,他说儿子是个妨爹娘的主,不可不防呀!

从此,孟财主就对儿子管得很严。一转眼十几年过去了,儿子成了个大小伙子,知书达理,没染上半点恶习,也没有丝毫败家的迹象。那年正赶上乡试,儿子也参加了。不久传来喜讯,儿子乡试第一,高

中解元。

孟财主大摆宴席庆贺。酒席吃到一半,家丁跑来禀报:"老爷,主考大人来了!"

主考官能亲临,那可是天大的面子呀!孟财主马上和儿子出去迎接。等见了主考官,孟财主觉得他似曾相识,一时却想不起来。

主考官向孟财主笑了笑,把眼睛向上一翻,竟成了个瞎子的模样。孟财主惊疑不定,问:"您是——"

主考官拉起孟财主的手一起进屋。入席后,主考官才对孟财主说,他叫赵岩,当年是个穷书生,路过章丘城外,被山上的土匪劫持。土匪头子,也就是寨主,见他一表人才,又有学问,就硬把他留在山上做军师。

那年大旱,山上没了粮食,寨主便想去孟财主家抢粮,可孟财主家高门大院,寨主心里没底,就派赵岩前去探路。

赵岩下山后听说,孟财主家的三夫人难产,他便想借这个机会混进去。他以前救过一个算命先生,那算命先生教过他怎么装瞎子,于是他就用上了这招。等进了孟财主家,他谎称会掐脉,结果歪打正着,助产成功。至于他说孟财主的儿子妨爹娘,必须积德改命,那是即兴之说,只因他一路上看到不少灾民饿死,生了恻隐之心,才想出这一招……

赵岩回到山寨,对寨主说,孟家防守严密,劝寨主打消念头,不料寨主执意要抢粮,结果全军覆没,留守山寨的赵岩也就趁这个时机跑了。

后来,赵岩进京赶考,考取了功名,官越做越大。今年会试,他做了山东一地的主考。来到山东后,赵岩想起当年的事,一打听孟财主,才知新科解元竟然就是孟财主的儿子,于是他兴冲冲地赶来了。

孟财主一听这话,多年来压在心里的一块石头终于落了地。他对赵岩说:"大人,我们这里很多有钱人家的孩子都是败家子。多亏当年您为犬子算命,我这才早早防范,从严管教,总算没辜负您的苦心。"

赵岩听了也是感慨不已,突然他想起什么,附在孟财主耳边说:"还有一事——当年,我进入三夫人屋里,真的什么也没看到!"

两人相视大笑了起来。

(发稿编辑:吕 佳)
(题图、插图:刘为民)

微信扫码
为您讲述故事会趣闻逸事

·情感故事·

一辆被偷走的遥控小汽车，藏着几分年少岁月的荒唐与真情……

被偷走的小汽车

□ 时海潮

故事发生在一所美丽的乡村中学。这天课间休息时，林建正在看书，韩山阳神神秘秘地拿出一样好东西，同学们一见就惊呼起来，那是一辆漂亮的红色玩具小汽车！在那时，可真算是稀罕玩意儿。韩山阳得意地说，这是他舅舅到上海出差时买来送他的。

这还不算，韩山阳还拿出一样东西，上面有按钮，他说这叫遥控器。只见他把遥控器左一扭右一扭，天啊，小汽车竟闪着红灯，"呜啦呜啦"地开动起来了！

教室内沸腾了，林建更是看得目瞪口呆，这么神奇的东西，要是能亲手体验一把，该有多带劲！于是他挤过去小心翼翼地问："韩山阳，汽车让我玩一把好吗？"

谁知韩山阳一昂头，冷冷地说："想都别想，谁也不让碰！"说着，他掉过头，对一位叫周晓蝶的漂亮女生说："周晓蝶，你想玩吗？"谁知周晓蝶扭过脸，不屑地说："我才不要。"

韩山阳默默地收起小汽车，不出声了，而从那天起，林建的心却完全被小汽车吸引住了，做梦都想

·心灵特区 温馨港湾·

玩一把。周日,他终于鼓足勇气往韩山阳家走去,他想再碰碰运气。离韩山阳家不远了,林建忽然听到一阵"哐哐哐"的铜锣声,有人惊恐地大叫:"着火了,着火了!"

林建吓坏了,还没等他反应过来,就听得"呼啦啦"一阵杂乱的响动,村里人各自从家里奔了出来,手上拎桶的拎桶、拿盆的拿盆,"咚咚咚"地跑向失火的那一家,抢着救火去了。在救火的人流中,林建看到了韩山阳一家子,不知怎么,林建的心忽地一动。

林建鬼使神差地推开了韩山阳家的院门,家里一个人也没有,林建一眼就看到屋里的地板上放着那辆玩具小汽车。刹那间,他像着了魔一般,上前一把捡起小汽车揣在怀里,掉头就走……

火被扑灭了,大伙儿也陆续回到各自家里。很快,从韩山阳家传来巨大的尖叫声——韩山阳发现心爱的小汽车被偷了。

林建早已把小汽车藏在床肚下的小木箱内,他心慌得不得了:韩山阳会发现我是小偷吗?万一被发现,老师、同学会怎么看我呀……正在他惶恐不安时,又有一个更加惊人的消息传来了,说是小偷找着了,是周晓蝶。

林建简直不敢相信,周晓蝶怎么成了小偷?他佯装没事人似的问东问西悄悄打听,终于知道了事情的经过:原来有邻居恰好看到周晓蝶从韩山阳家出来,当时她正把小汽车的遥控器慌慌张张地往怀里藏。遥控器是她偷的,那小汽车自然也是她偷的了。

周晓蝶不承认也不说话,只是一个劲地哭。这下子事情闹大了,那年月的乡村,一个女孩被说偷东西,那还得了?尽管后来,韩山阳一个劲地解释说,小汽车是被他自己弄丢的,但没人相信他的话。

林建也想为周晓蝶做点什么,毕竟周晓蝶一直对他很好,可他一次次给自己打气,想找韩山阳说出真相,那勇气却像戳了针的气球,一转眼就漏没了。

第二天上学的时候,同学们都开始朝周晓蝶指指戳戳的,老师也找了周晓蝶谈话。当周晓蝶从老师办公室出来时,林建偷眼看到她那双好看的眼睛都哭肿了。

学校里开始有人在背地里,甚至是当着面地叫周晓蝶"小偷",林建也被几个要好的同学怂恿要这么做。他叫不出口,但他怕大家嘲笑自己包庇周晓蝶,更怕大家怀疑到自己头上。

·情感故事·

当轮到林建上前喊时,他不敢正眼看周晓蝶,但还是喊了那两个字。他看到周晓蝶愣了一下,脸色煞白,直勾勾地盯着自己看,眼神却恍惚得不得了。

就在这时,有个人冲过来,揪住林建就打,是韩山阳。韩山阳疯了一样地叫道:"谁再瞎喊,我就跟谁拼了!告诉你们,小汽车被我不小心开到河里了,听到没有!"

后来,周晓蝶一家搬走了。

一晃好多年过去了,林建也早已离开老家,在城里定居。快三十了,他还没成家。很多往事都淡忘了,但他一直没能忘记一个人,那就是周晓蝶,那是他的心结。

这天,林建终于鼓足勇气回到老家,经过一番努力,他打听到了周晓蝶的下落。周晓蝶就住在离老家不远的镇子上,林建再次见到她时,心"怦怦"地直跳。周晓蝶好像一直没变,依旧是那么漂亮。她看到林建,也愣了。

林建沉默了好久后,艰难地吐出三个字:"对不起!"接着,林建像是搬开了压住喷泉的一块巨石,下面的话一涌而出。他把当年的故事一字不漏地说了出来,最后深深地弯下腰,说:"韩山阳的小汽车是我偷的,可一直让你背着黑锅,周晓蝶,对不起!"

林建深弯的腰还没直起来,就听得"哇"的一声,周晓蝶大哭起来,一边哭一边说:"林建,别人都可以骂我小偷,但你不能呀!"

周晓蝶好像把压抑多年的眼泪全哭了出来,好一会儿,她终于止住了哭声,说:"林建,实际上大伙儿并没有完全冤枉我,遥控器,确实是我偷的。"

林建听傻了,周晓蝶面有愧色地说:"那天,韩山阳非要喊我到他家玩小汽车,我只好去了,就在这时外面有人喊'着火',我们一起跑了出去,然后我看到你朝韩山阳家走去……"

周晓蝶说,当时人很多,场面又乱,她扔下韩山阳,独自回头,想找林建玩,却看到林建神色慌张地从韩山阳家走出来,衣服里还鼓鼓囊囊的。她走进韩山阳家,发现地上的小汽车不见了,便猜想可能被林建拿走了。

周晓蝶脸颊泛红:"当时我也像着了魔,看到地上的遥控器时,只有一个念头,就是把遥控器给你,没有遥控器,小汽车跑不起来……"

两人沉默了,过了片刻,林建从挎包里小心地拿出一样东西,正是那辆已褪色的红色小汽车,这么多年了,他一直精心收着。

林建苦笑着说:"晓蝶,正如你所说,没有遥控器,小汽车我一直没玩过,这么多年来它压在我心里,把我压得喘不过气。"

周晓蝶盯着小汽车看,然后转身走进屋里,也拿出一个小包,一层层打开,里面正是那个遥控器。

林建和周晓蝶对视了一眼,都不好意思地笑了,他们似乎同时想到了什么。

"听说韩山阳结婚了。"

"嗯,他一直对我很好,追我来着,但我没答应。去年,他相亲遇上一个好姑娘,就结婚了。"

林建若有所思地点点头,周晓蝶也低头沉吟了一下。两人抬眼间,做了一个决定。他们决定带着玩具小汽车和遥控器去韩山阳家,他们要还原当年的真相,并郑重其事地向老同学道歉。

在去韩山阳家的路上,林建和周晓蝶的手紧紧握在一起,汗津津的,一刻也没有分开。

(发稿编辑:丁娴瑶)

(题图、插图:豆 薇)

·法律知识故事·

难拆的防盗门

□ 王 芬

老黄夫妻与邻居小金的关系一向处得还不错,但是自从一个月前小金家新装了防盗门,两家的摩擦便开始了。

老黄家与小金家呈直角相邻,两户的房门紧挨着。小金家在安装防盗门时,将防盗门安装成向老黄家房门的方向开门。这样一来,小金家的防盗门一打开,老黄家的房门就被挡住了。

老黄夫妻俩心里难免觉得不舒服,但碍于邻里情面,他们还是隐忍着,只是私下和熟人抱怨两句。有一个朋友听说了这件事后,对老黄夫妻说:"平时有一点不方便就算了,但安全隐患才是大问题啊!这要是有什么火灾、地震之类的突发状况,你们两家无法同时开门,该有多危险?出了事谁承担责任?"

真可谓一语惊醒梦中人,老黄夫妻意识到了问题的严重性,考虑再三后,他们决定和小金谈一谈,希望他能从安全的角度考虑,把防盗门拆了。谁知小金的回答是:"这防盗门是特意定做的,造价昂贵,安装上去还不到一个月,哪能说拆就拆?拆了这钱不就打水漂了吗?"

老黄听了有些生气,语气也不免生硬起来:"你这门贵,我们两口子的命就不值钱了?光是出入不

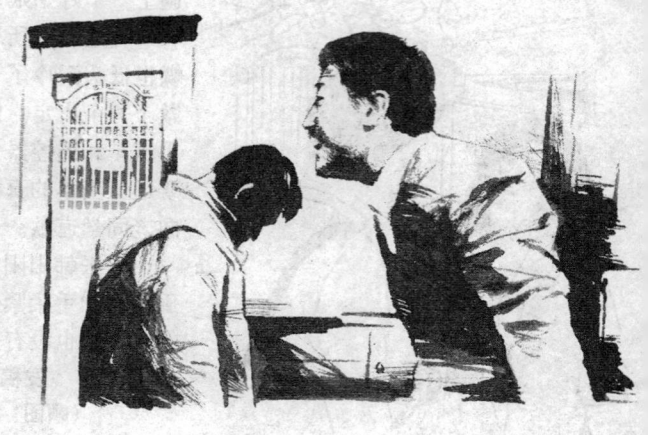

·解剖一个案例　明白一个道理·

方便的话,我们也就不和你计较了,可这涉及安全问题!"

小金这边也犟上了:"你只考虑你家的安全问题,就不考虑我家的安全问题了?我特意定做了防盗门就是为了安全,拆了防盗门,我家进了小偷,你能负责啊?"

两家越说越激动,差点动手打了起来,最终还是物业管理人员过来劝解,把双方劝回了家。

老黄回家后越想越生气。之前那位朋友听说后,便对老黄说:"现在是法制社会了,对小金这种人,你也没必要和他大呼小叫的,直接上法院告他去,看他到法院还讲不讲理!"

一句话把老黄点醒了:"对,我要和这小子打官司,我就不信,到时法院让他拆防盗门,他敢不拆!"

老黄一点也没耽搁,第二天就风风火火地干开了,一纸诉状把小金告上了法庭。老黄夫妻俩等着看小金败诉,谁知判决结果是:驳回老黄的诉讼请求,小金家的防盗门无须拆除。这下老黄可傻眼了,小金家的防盗门明显给邻居造成不便,还带来相关的安全隐患,怎么就不用拆除呢?

看了法院的判决书,老黄才明白。判决书上说,两家的门口呈直角相邻,属于开发商的工程设计缺陷,老黄诉请拆除防盗门,缺乏事实和法律依据,难以获得支持。

小金的高价防盗门算是保住了,不过他也高兴不起来,因为老黄已经说了,过几天他家也要装一扇防盗门,就朝小金家的方向开门。小金不禁挠起了头……

律师点评:

故事涉及的一个法律问题,即当事人依法主张自己权利才能获得支持。根据法律规定,诉讼当事人在诉讼中主张自己权利,必须提供事实依据并根据法律规定,要求对方承担违法所产生的法律后果。

本故事中,小金安装防盗门是其合法权利,他人无权干预。老黄家认为自己受到了影响,给生活带来不便,这就要看这件事造成的后果中,是谁有过错和责任。从法院调查分析看,是开发商设计有误所致。对于此类案件,还是通过有效沟通和协商,各退一步,达成一个对双方影响不大、妥善解决问题的调解方案较妥。

(发稿编辑:吕　佳)

(题图:张恩卫)

·中篇故事·

东北的"浑江",古时候曾被称为"大虫江"。每年开春冰雪消融之际,江水丰盈,波涛汹涌,冲击着东北平原,真有点势如猛虎的意思。今天说的故事,便从一个跳浑江的男子说起……

空棺之谜

□ 田雪梅

1. 峻岭难题

通化境内有一条江,今名"浑江",旧称"佟佳江",听着很是文雅,但它曾无情地吞噬过不少鲜活的生命。不过,大多数人是在江中捕鱼或洗澡时意外身亡的,若说主动跳江求死,张大公子算是为数不多的一个。

张大公子跳江是1944年夏天。

那时,太平洋战争局势渐渐明朗,日本正加快速度,从中国东北掠夺物资。年初,"满铁"决定修建一条通化直达朝鲜的铁路。

"满铁"全称"南满洲铁路株式会社",是日本政府在中国设置的特殊机构。别看它表面上是个铁路经营公司,实际上还涉足政治、军事和情报领域。

铁路的起点是通化,它北邻长春,南接奉天,东面便是朝鲜,地理位置绝佳。日本意图借道朝鲜,将钢铁、煤炭、木材等资源运回国内。但通化四面环山,崇山峻岭连绵不绝,要在这里建设铁路,工程难度可想而知。

话说通化街上有个吉祥饭店,老板姓张,有两个儿子。大公子叫"吉",二公子名"祥"。常见的是老二,老大平时在奉天姑姑家。那段时间张夫人病重,张吉这才回到通化,守在母亲床前尽人子之孝。家和饭店相距不远,赶上饭点儿店里忙不开,张吉也会去帮帮忙。

这天,一个在满铁工作的中国老客进了店,张老板热情地打招呼:"有日子没见,听说铁路要开工,还以为您跟着进山了。"

"一时半会儿开不了,高茂岭的事还没解决呢!"老客边说边找了一张空桌坐下。

张老板亲自从柜台里拿了酒杯过来:"怎么还没解决?不就是打个洞穿过去,有那么难吗?"

老客笑了:"瞧你说话就是外行,那不叫洞,叫隧道。本来打隧道不难,可是一测量,岭南的路比岭北高了二百多米,从岭南打入口,岭北的出口就悬在半空;要是从岭北打入口,就相当于一直在挖地道,永远出不来,你说难不难?"

张老板眨着眼睛琢磨了一会儿才明白:"哦,这么说是不好办。"

"没那么难,有办法的。"不知是谁插了一句,二人循声一看,大公子张吉边收拾桌子边漫不经心地说。

张老板立马厉声喝道:"哪说话哪有你,见过火车吗?知道火车在哪儿跑吗?少多嘴,好好干你的活。"

张吉讪讪地笑了一下,端着收拾完的碗碟去了后厨。

老客看着那年轻人的背影,一伸手,拉着张老板在自己身边坐下,悄声言道:"令公子懂隧道设计?他要是真有办法,可别藏着掖着,这可是发财的好机会。告诉你,上个月,总部派下来一个叫小野的设计师,社长很重视,还专门给他安排了助手。小野看过高茂岭也没辙了,说要请他一个姓释的同学一起设计,现在人还没请到,等过段时间人家来了,你们可就没机会了。"

张老板"嘿嘿"笑了几声:"您别听他的,他不懂,在那瞎说呢!行了,咱不说这事,店里刚到的烧刀子还没开封,按老规矩,来半斤?"

老客一听烧刀子,两眼登时放亮:"来半斤,再好好整盘下酒菜。"

"给您来个炸三样。"说罢,张老板站起身,亲自去开酒坛子。

说者无意,听者有心。此时,店堂西南角位置正坐着一个人,头戴礼帽,身穿西装,三十多岁的样

·中篇故事·

子,棱角分明的脸上,眼睛鹰一样锐利,正暗暗窥视着里外忙碌的张大公子。他叫木村,是小野的助手,也是满铁的情报人员。经过多年训练,木村职业嗅觉很灵敏,听到那句"没那么难"时,他心头一惊,赶紧回头去看谁这么大口气,没想到,看在眼里的竟是一个跑堂伙计。

一番打量之后,木村断定,那人绝不是普通伙计,他眼不尖、嘴不甜、腿不勤,干活时伸出来一双细皮嫩肉的手。木村又留心观察和倾听了一阵子,他明白了——这是张家大公子,难怪一副读书人模样。不过,即便这小子懂点工程设计,水平能高得过小野?连小野都挠头的事他却说不难,可信吗?

木村思来想去,最后决定:先查查张大公子是干什么的,如果真是干这行的,别管他是老猫还是小猫,让他抓抓耗子试试。小野那个姓释的同学至今也没找到,社长每天都在催,万一张大公子真有奇思妙想能解了难题,自己不但省去了找人的周折,一番推荐之功也是少不了的。

出饭店右走不远就是张家,木村向几位老邻居打听张大公子的情况,没想到,大家都说不熟悉这张家老大,只知道他从小身体不好,跟着姑姑去了奉天治病,很少回来。木村没打听到什么有用的信息,决定先把人抓回去,肚子里有几两油,捏一捏就知道了。他再次来到饭店,此时已过饭点儿,客人不多,柜台里,张老板在扒拉算盘珠子算账。

木村看着张老板,脑子里忽然想到小野:疏忽了,这事应该先跟小野汇报,自己的公开身份毕竟是他的助手,贸然带回去一个声称高茂岭的问题不难的人,非让小野误会不可。木村庆幸自己没有莽撞,折身出了饭店。

张老板停下手,目光从老花镜镜框上方探出,看着那个像风一样刮进又刮出的背影,怔了一下。

木村回到公司,向小野做了报告。小野对张公子其人也产生了兴趣,他嘱咐木村不能用强,应该好言相请。张公子是不是真的有才学,小野要亲自去鉴别一下。

第二天,小野独自去饭店会了会张公子,小野如何鉴别又如何对其好言相请,不得而知。总之,张吉答应试着设计一下,不过他提了个要求:做设计得常驻现场,但现在母亲病重,大夫说挺不了多少日子,这段时间自己不能离开,一定得给母亲送了终才能安心工作。小野当时就同意了。

2. 公子跳江

一个月后,张夫人撒手人寰。小野和木村得到消息,第一时间就赶来吊唁,整个葬礼他们更是全程陪同,木村的两只眼睛紧紧盯在张吉身上,生怕他找机会跑掉。

张夫人下了葬,木村当即就要带人走,张吉却跟小野说:"按照旧俗,下葬三天后圆坟,圆坟后我就跟你们走。"小野觉得也不差这三天,随他吧。

圆坟那天,木村不放心,一路跟着张家父子上了山。直到中午,张吉才辞别家人,跟木村先下了山。

山下不远就是佟佳江渡口,火辣辣的阳光照得人睁不开眼。渡口一个人都没有,江面也是安安静静,渡船都靠了岸,只有成群野鸭肆意在波光中嬉戏、捕食。

小野的车已经停在那儿等着,木村带张吉走到车前,他松开抓着张吉的手去开车门,这时,一个人影就像一道黑色的"闪电"劈进了佟佳江,木村下意识地扭头去看身边的张吉——人已经不见了。

千算万算,木村没算到张吉会跳江,顿时,他心头蹿起怒火:张吉明明宁死不肯合作,还假意欺瞒,戏耍他们!木村掏出枪对着江面就要扣动扳机,小野却冲下车,眼疾手快地抓住木村的胳膊一抬,子弹飞向了天空。

小野夺下木村的枪扔到一边,嘴里喊了句:"先救人!"话音未落,小野也跳进了江中。木村冷静下来想,事关高茂岭隧道的设计,不能意气用事,的确得先把人救上来,这笔账可以慢慢算。不过木村是个旱鸭子,不敢下水,他只得站在岸上高声呼救。

· 中篇故事 ·

张老板和二儿子张祥刚离开墓地就听到一声枪响,爷俩情知不妙,忙向渡口飞奔。江岸上,木村扯着嗓子呼救,江水中,小野在四处寻人,不用问也知道发生了什么。爷俩顾不得危险,也跳进江里,边喊边找。

此时,从江对岸的窝棚里走出来一个老汉,他听到喊声,再看看江面的情景,知道有人落了水,赶紧叫出正在窝棚里吃饭的儿子,两人划着船也参加了搜救。

老汉姓周,50多岁,从小在江边长大,成年后以摆渡为生。佟佳江表面看着温柔恬静,实则暗藏凶险,常有地方形成漩涡,每年都有人溺身其中,救人和捞尸便成了这父子俩的第二职业。周老汉有经验,他知道哪的水"馋",一般都是让儿子直接划船到他指定的地方,老汉就在那里下水,几乎一找一个准,或者救上来活的,或者捞上来死的,都放在渡船甲板上送到岸边。

今天却奇怪,连周老汉都已经搜索了二十多分钟,张吉就是活不见人死不见尸。又过了半个小时,周老汉不再下水了,他对着岸上的木村摆手喊道:"别找了,等着尸体自己浮上来吧。"木村也认定张吉必死无疑,岸上视野开阔,他一直盯着江面,张吉跳江后就没露头,潜水不可能憋气那么久!江面没有藏身之处,除了渡口,江两侧都是高山,他也上不了岸,怎么会有活下来的可能?木村喊着让小野赶紧回来,可小野好像还不死心,反而向江心游去。突然,小野的腿好像被什么东西缠住了,在不停地挣扎、扑腾,木村吓坏了,让周老汉和张家父子快去救小野。

周老汉正在甲板上歇息,待他

72

听到喊声去确定小野的位置时，小野已经沉了水，沉水的地方正是人称"馋嘴窝"的凶险水域。周老汉知道，那里不能贸然前往，得等着尸体被漩涡自然甩出来才能捞。他在"馋嘴窝"周边出水、入水，看着是在搜救，实际是在等待。

木村眼见周老汉每次出水都是空手而归，他又急又怕。这时，听到枪声的一小队日本兵赶了过来，木村忙上前说明情况，请求援助。日本兵有下水搜救的，有回去报信的，过不多时，满铁公司派来了更多的人，江面顿时人声鼎沸。可奇怪的是，这么多人一起搜救，都没看到小野和张吉的影子，两个人仿佛水汽一般蒸发掉。若只是张吉死了倒也罢了，可小野是满铁的高级设计师，不能弃尸不管。

搜救工作持续到第五天凌晨，终于有人在下游发现了张公子的尸体，又过了一天，发现了小野的。

张吉死了，老父亲哭得死去活来。短短几天之内失去了两个亲人，谁能受得了？满铁那边，木村也因小野的死被降职，不过，社长还是给了他一个将功赎罪的机会，那就是找到小野所说的同学——释言。其实，这是个可以忽略不计的机会，只有小野认识释言，小野一死，仅凭一个名字找人，还是在战乱中的中国，何等艰难！

3. 诸多疑点

木村找了大半年还是一无所获，在总部工作的一个朋友透露给他两个消息：其一是，公司总部等不及了，准备采取绕过高茂岭的策略，虽然工期要大大延长，但总比困死在高茂岭要强；其二是，有情报人员查到，在佟佳江上摆渡的周老汉跟抗联有过联系，他利用渡船的货舱给抗联运送过物资，有人在搜查货舱时，竟然发现了小野制服上的纽扣，小野溺亡似有蹊跷。

第一个消息木村已经有感觉，近一个月，社长没有催问他寻找释言的进展。而第二个消息让木村震惊不小，他向朋友询问纽扣背面的数字，对方告诉他，是"2"。

满铁公司几名重要设计师都有编号，小野的编号就是"2"。木村回想发现小野尸体时，制服上确实少了一枚纽扣，当时没在意，现在，这枚纽扣出现在货舱，说明小野曾经在货舱待过，这极不寻常。

木村暂停了找人的工作，总部决定绕行高茂岭，意味着找到释言

· 中篇故事 ·

已不重要，他正好腾出手来好好查查小野溺亡一事，自己是小野的助手，又是小野溺亡事件的目击者，他比谁都想知道小野溺亡的真相。

周老汉的渡船已经被拖上岸，木村上船后研究了半天，终于发现了货舱的秘密：甲板有三块活动木板，打开木板，下面就是个长两米、宽一米、高不足半米的小货舱，木村试着在里面坐了一下，根本直不起腰，所以，即便小野活着时坐过渡船也不可能坐在这里，只剩下一种可能性，就是小野死后，尸体在这存放过，搬运尸体时弄掉了纽扣。

木村仔细回忆着小野溺亡当日的情景，在满铁公司出动大量人员入江之后，周老汉就退出了搜救，因此，周老汉若藏尸，只能是在那之前的一小段时间，而自己一直在现场，岸上视野开阔，周老汉的一举一动都能看在眼里，怎么就是没看到他藏尸呢？木村想到自己曾经回头呼叫日本兵，目光离开江面大概十几秒钟，可是藏尸需要从水里拖上尸体，再打开木板把尸体放进去，这些动作需要时间，十几秒怎么够用？木村又静静地回忆，猛然间，他想起了一个被自己忽略的细节：当日只有周老汉下了水，他的儿子始终在船上，如果儿子提前打开木板，周老汉用后背把尸体一顶，儿子顺势一拉直接放进货舱，应该用不了多长时间。

木村需要验证自己的这个想法，他提出要审审周老汉，有人告诉他，晚了一步，审不了了。关东军也查到周老汉"通匪"，一大早就带了他们父子去关东军军部，路上，这爷俩趁人不备跳车逃跑，被当场击毙了。木村听了极为气恼，大骂关东军是废物，能让两个手无寸铁的人逃了，更蠢的是又开枪给打死了！这下怎么办，周老汉藏尸的秘密找谁去问？木村靠在椅子上不停地捶着脑袋，这一捶，两个人的面庞迅速在脑海里浮上来——张家父子！当时他们也在江里，有没有可能看到些什么？

木村赶紧动身去吉祥饭店，远远地看到饭店招牌，他就傻眼了，"吉祥"二字已经换成了"春晖"，店主也换成了姓朱的，说半年前张老板就把饭店盘给了他。问张老板的去向，姓朱的说不知道，不但他不知道，周围邻居也没有一个知道的。张家房子没卖，他们是悄悄走的。

的确，张家屋里东西还是原样放着，只是落满了灰尘。木村里里

· 社会长廊 生活广角 ·

外外地看了一遍,灶坑里面满满的灰引起了他的注意,那不是烧秸秆和木柴的灰,像是纸灰。木村找了根棍子掏一掏,在灰烬里扒拉出一张没有完全烧光的纸,上面印的是英文。木村看了几个单词,自己完全不懂,他拿着这半页纸回到公司给了个会英语的人看。那人看过后说:"这应该是隧道工程方面的书,你看'Central Pit Guide',这个翻译过来是'中央导坑法',这是交通工程术语。其他单词我也没见过,要是小野活着,他肯定能看懂。"

木村皱着眉头思考着:这本书出现在张家,不可能是旁人看的,只能是张吉的,张吉在看只有小野能看懂的英文工程书,说明什么?一个念头在木村脑中闪过:张吉会不会就是释言?

念头闪过之后,木村自己就给否定了,如果张吉就是释言,小野怎么会认不出来?虽然木村否定了这个想法,但张家父子俩鬼鬼祟祟离开通化的行为绝对不简单,他们身上一定带着什么秘密!木村隐隐感到,这秘密跟高茂岭隧道有关,跟小野溺亡也有关,他凭着记忆画出了这父子俩的画像,印刷之后分发在各地张贴,并承诺,提供线索的有重赏。

几天后,辑安县城的一个伪军报告,说曾见过跟画像相似的人,一行三人,像是父子。三人?木村有些不相信自己的耳朵,大公子明明跳江死了,张老板身边只有一位二公子了,怎么会是三人?若是以前,木村会认为伪军认错了人,可是如今,他对于张家之事一点也不敢大意,只有开棺验尸后才能安心。

不到一年的新坟,黑土还没有变黄就被再次挖开,木村虽说做了充足的心理准备,但看着空空如也的棺材还是惊呆了。回想当日情景,

张吉绝无生路,何况几天后,木村眼见着张吉的尸体从江里被捞上来,虽然尸体在江里泡了几天已经面目全非,但是凭那一身黑色的丧服可以确定是张吉。尸体被装进棺材抬去了张家墓地,现在棺材怎么会是空的呢?难道张吉没死,在辑安出现的真是张家父子三人?木村无论如何也做不到待在通化被动地等消息了,他要亲自去搜捕张家父子。

木村和当地伪军一起拿着画像在辑安挨家挨户地找,各个路口也进行了布控,可张家父子再也没有出现。

半年后,日本投降,绕行高茂岭的铁路工程刚开工就停工,木村也和所有日籍满铁员工一起撤离通化,回归本土……

4. 再见故人

战争给两国人民都带来深重的灾难,但牢记历史并不意味着要延续仇恨,1972年,在日本首相田中角荣访华后,两国实现了邦交正常化。坚冰消融,民间往来和交流逐渐增多。1974年,已过花甲之年的木村再次来到通化,他是受小野家人的委托来带小野的遗骨回国的。

佟佳江还是那样水平如镜,时值深秋,一对对野鸭在江面饱餐之后展翅飞向高空,继续南迁的旅程。在中方人员陪同下,木村走上雄伟的跨江大桥,他扶栏凝视着江水,口中喃喃自语:"小野君,当初是我失职,没有保护好你,如今,三十年过去了,我来带你回家。"

木村凭着记忆爬上了当年渡口正对面的半山腰,远远地看到一棵歪脖树,那里就是小野的埋骨之地。然而,当木村气喘吁吁地走到树下时,眼前的一幕让他跌坐在地上,足足有十几分钟大气不出:荒草中,墓碑不知去向,只有一具空棺,棺盖被丢在一旁,早已腐烂,棺底空无一物。

当年小野只是一个刚到中国月余的设计师,谁会对他有如此深仇大恨,竟然要挖坟掘墓?一时间,木村的脑中如一团乱麻,他连连向中方人员抗议。

就在此时,风中传来了一阵"唰唰唰"的声音,那声音由远及近,在木村身后停下,接着是一声略显苍老的呼唤:"是木村先生吧?"

犹如一股电流通过全身,木村颤抖了一下,转过头来,他看到了一张似曾相识的脸:"你是——"

那人说:"你还记得1944年跳江的张吉吗?"

"张吉"两个字让木村血流瞬间加速,他怎么会忘?木村的声音开始颤抖:"你是张吉?"

"我是他弟弟——张祥。"

是张家人!木村做梦都想找到张家人,没想到今天竟然在这里见到了。他"腾"的一下站起来,一把抓住张祥的手,好像是怕他再跑了似的,问:"你怎么会在这里?"

张祥说:"你要带走小野的遗骨,这事儿上了报纸。我一早就候在这里了。"

·社会长廊 生活广角·

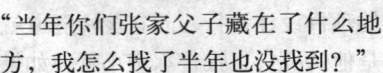

木村急切地问出了深埋在心底多年的问题:"当年你们张家父子藏在了什么地方,我怎么找了半年也没找到?"

张祥说:"辑安深山里有很多抗联留下来的地窖子,父亲早就储存了足够的粮食,我们藏两年都不成问题。"

"你们为什么要躲起来?"

"因为你们到处在找释言!"见木村不明就里,张祥又说,"我哥就是你们一直在找的释言。"

木村听了这话,眼睛都直了。

张祥解释道:"大哥从小身体不好,在奉天姑姑家治病,有一次姑姑带他去寺院上香,老和尚说他应是佛家之人,所以姑姑给他改了释迦牟尼的姓氏,后来,身体真就渐渐好了,他才去美国留学,跟小野做了两年同学。"

木村缓了缓,眼睛终于可以眨动,可还是一副不相信的表情,问道:"如果他就是释言,小野怎么一直没说呢?"

其实,小野那天在饭店里认出张吉就是释言。张吉清楚,一旦这个身份被日本人知道,自己若不给出设计方案,一定会连累家人,所以必须让小野帮他隐瞒身份。

小野在满铁公司只是2号设计

师，若想晋级为1号，得独立完成一个更高级的项目设计才行，而高茂岭隧道就是他的机会。张吉承诺小野，如果帮他隐瞒释言的身份，他可以将设计图纸送给小野，功劳自然也是小野的，这对于小野来说是无法拒绝的诱惑。木村这下明白了，小野为什么奋不顾身地跳江去救人。他若有所悟地说着："难怪，难怪！"

木村又问起张吉的空棺是怎么回事，他到底死没死，张祥拉着木村找了块山石坐下，他说："说来话长，事情还得从那天大哥在饭店多了一句嘴开始说起。"

5. 空棺之谜

当天晚上，张老板早早关了店门回家，把老大张吉好一顿骂："学了点东西就到处卖弄，你知不知道多这一句嘴会惹出多大的祸？这客人是给日本人做事的，万一把这话说给日本人听，你知道会是什么后果吗？"

张吉满不在乎地说："即便知道了，让我给出个设计方案，我出就是了，修铁路又不是杀人放火，对咱们老百姓也是好事。"

张老板听了这话气得声音都颤抖了："你认为日本人会为咱们做好事？修这条铁路是要把咱们东北的资源运到日本去，有高茂岭挡着，他们想了多少方案都没成，今天你要是帮着把这个难题解了，知道得有多少人骂你、骂咱们老张家？"

张吉被父亲的话吓得惊慌失措，他赶紧问父亲怎么办，张老板平复了一下情绪，说："日本人已经在找你，用不了多长时间，就能知道你就是释言，而且今天有个奇怪的人来店里，我记得他明明吃过饭的……总之，咱们得提前做准备，要想个办法彻底断了日本人的念头。"

若想让日本人断了念头，只有去死，张吉想到自己有潜水的天赋，他说可以当着日本人的面跳江。张老板想了想，觉得这个办法可行，只不过还得考虑得细致些，不能有疏漏。周老汉熟知江水情况，如果有他相助，胜算便多了几成，于是张老板连夜带着张吉去了渡口。

周老汉问明情况后琢磨了一会儿，说："日本人鬼着呢，为保万无一失，不但得在他们面前跳江，最好还得让他们确信公子必死无疑，如果能有个尸体就更好了。公子虽说有潜水的天赋，但我估计他顶天也就能憋气五六分钟，江面没有遮挡物,只要露头呼吸定会被发现,除非……"

周老汉说到这里顿了一下,张老板急得追问:"除非什么?"

"除非公子能在水下憋气十分钟,这可不是一般人能做到的,我在二十年前体力最棒的时候才勉强能达到。"

张老板看向儿子,张吉皱皱眉,摇摇头,这是个让他绝望的数字。张老板一咬牙:"老周,这个问题我们再另想解决办法,先说说你的计划,如果能达到十分钟怎么办?"

周老汉拿出纸简单画了张图,边画边说,跳江的时间得选在中午,在水下迎着光线游,免得错了方向。渡口以南300米的地方,崖壁有一个被水常年冲刷的小凹洞,站在江岸看不见那个小洞。今年水位低了一点,那里紧挨水面的山石上长出了一根拇指粗的小树,潜水十分钟到那儿,手抓着小树,头紧紧贴着凹洞可以稍微探出来呼吸,那是唯一可以探出头不被人发现的地方。周老汉接着说:"公子在那里等着,我会划着渡船过去把公子拉上船,藏进货舱里。"

张老板又问:"尸体怎么办?"

周老汉说:"如果能找到跟公子体貌差不多能代替的尸体最好,

没有的话就只能临机应变。"

几人又商定好具体的细节,张家父子俩回了家。第二天下午,小野去了店里,张吉先是说服了小野,让自己隐瞒身份,又以母亲重病为由,拖延了些时间。利用这段时间,张吉想到了中途换气的办法,并告知周老汉提前安排。张家父子去圆坟时,周老汉在渡口以南150米左右的水下放渔网,里面有鱼,吸引野鸭集中在那里。由于八月份是野鸭的换羽期,即便受到惊吓也飞不起来,张吉在渡口跳水后五分钟潜到那里,在野鸭群的掩护下探出头完成换气,继续游到凹洞处躲避。

那日,张吉跳江的时间和位置都是计划中的,但小野跳江救人是计划之外的,偏偏他游到了最凶险的"馋嘴窝"溺了水。周老汉避开漩涡等待,很快,小野的尸体被甩了出来。周老汉发现小野的年龄、体貌特征跟张公子很是接近,这是最合适的替身了,于是他们父子俩利用木村与日本兵说话的时间,把尸体拽进船,藏进货舱。日本兵下水后,周老汉便有意往下游划船,划一段再装模作样地跳下水找一会儿,船终于靠近了凹洞,周老汉快速把张公子拽上来,同样藏在了货

舱里。

天黑后,张吉在周老汉的窝棚里脱下了自己的衣服给小野穿上,同时把小野的衣服藏了起来。周老汉把小野的尸体固定在上游的江底,他说,人刚淹死时沉底,后来会往下游漂,日本人绝对不会去上游找尸体,在那里放着安全。五天后,周老汉看到尸体已经泡发得面目全非,他趁着天黑把尸体运到下游,尸体被发现,人们根据那一身黑色丧服都认定是张公子。尸体很快被入殓下葬,而实际上入土的是一具空棺材,周老汉又把尸体换回了小野的衣服,放到了下游。所以,小野的尸体是第二天被发现的。

"哦,原来你们当年埋的就是空棺,"木村明白了,他又指着面前小野的空棺问,"那这棺材里小野的尸体呢?"

张祥说:"哥哥因为利用了小野的遗体,对他很是不敬,一直心有愧疚。几年前这里发大水,我哥说,不能让小野的坟墓被冲毁,尸

骨无存,所以在这高处重建了一个坟,把他的遗骨迁了过去。"

木村闻言松了口气。

张祥起身道:"走吧,咱们现在去看小野。"

山顶,木村看到了小野的新坟。一番祭拜祝祷之后,棺木被重新打开,木村收好遗骨,一行人下山了。

途中,木村提出要见见张吉,张祥说:"这次肯定见不成了,你们没有修成的铁路我们要修,大哥去年就跟着施工队进山了,现在高茂岭隧道已经开工。如果明年你再来,就能坐火车体验一下大隧道连接小隧道形成螺旋下岭的奇妙感受了……"

(发稿编辑:陶云韫)
(题图、插图:杨宏富)

故事会微信号：story63，欢迎添加故事会微信，参与互动！

·动感地带·

·神探夏洛克·

帐篷里的青草

听说一起凶杀案的嫌疑人正在山里野营，夏洛克驱车前往调查。嫌疑人的帐篷搭在群山之间的一片绿茵上。夏洛克进入帐篷，他看到吊床边有两个金属制品在绿草地上闪闪发光，那是两颗步枪的子弹壳，与杀害死者的子弹口径相同。嫌疑人辩解说，这是他在山上捡来的，他在这个帐篷里已经住了一个多月了，根本没去过凶案现场。夏洛克略一思忖，说："我想，你需要重新编造谎言。"

那么，夏洛克从哪里看出了破绽呢？

超级视觉

画中的人群，头部的位置刚好被画布上的建筑遮挡住了。他们的职业与建筑形成了有趣的对应，你能猜出画中人都是从事什么职业的吗？

疯狂 QA

一个人有一个，全国12亿人只有12个，请您想一想，这东西是什么？

想知道答案吗？

1. 您可直接扫描下侧二维码；

2. 您也可以登录故事中国官网查询答案：
www.storychina.cn；
3. 购买2020年11月下《故事会》。

动感地带，与您不见不散！
上期答案见本期P54。

·浮世绘·

唐伯虎巧判鹤犬案

明朝弘治年间,宁王府的仆人带着御赐的一只鹤招摇过市,谁料路上蹿出一条黄狗,咬伤了鹤的翅膀。宁王府的人拟了状词,要求处死狗的主人,知府大人为此很是为难。恰在此时,在府上做客的唐伯虎看到状词上写有"鹤系金牌,系出御赐"的话后,他大笑:"拿着鹤当金牌,厚着脸皮吓人,天下竟有此等无知之人!"说完,他帮知府大人写下判词:"鹤系金牌,犬不识字,禽兽相伤,不关人事。"知府大人一看,连连称妙。后来,宁王府的人收到判词,也是哑口无言。

(汤思)

病人巧诱傅山

傅山是明末清初的大书法家,他也擅长治病,因此来家里求字问病的人很多。傅山为人清高,不肯跟"俗人"有太多交流,因此病人往往很难见到他。有个病人,打听到傅山有赏花的爱好,便投其所好,在自己家门口摆了很多名花,把傅山先吸引过去。等到傅山细细赏花的时候,这个病人就呻吟起来,于是傅山当即为他诊治,分文不取,而且药到病除。

赵匡胤"钓鱼"

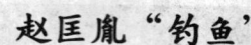一天,赵匡胤微服出游,看到街上有个无赖在骂人。被骂的人再三道歉,无赖还是不依不饶,最后赵匡胤看不下去,趁人不注意,拔刀砍了无赖一刀并弃刀而去。赵匡胤回宫后,假意让开封府尹捉拿砍人的嫌犯。府尹很快就把那个被无赖骂的人抓来了。赵匡胤说:"人命关天,你说他是嫌犯,有证据吗?"府尹说:"他自己录的口供。"赵匡胤大怒,叫侍卫把自己的刀鞘拿

·史林外传 尘海遗珠·

来,他把凶器插进了刀鞘,完全匹配。赵匡胤对府尹说:"你这样糊涂判案,还当什么官!"

卫瓘的叹息

晋惠帝司马衷还是太子的时候,大臣们都认为他淳朴天真,不堪重任。宰相卫瓘也这么想,但不敢说。后来,晋武帝司马炎大宴群臣,卫瓘假装醉酒,跪在武帝座位前,说:"臣有事想要说。"武帝问:"你想说什么?"卫瓘用手摸着御座说:"这个座位可惜了!"晋武帝知道他的意思,但不肯废掉太子,便说:"你真的喝醉了吧?"卫瓘知道晋武帝的意思,就不敢再提这茬了。

书法与中气

傅山常说:"一个人的中气能体现在写字上,如果字的中气不足,可能写字的人寿命也将尽。"这话,人们都不太相信。一天,傅山酒后写了一幅草书,然后便醉倒了。他的儿子就用一个刚去世的书法家写的字,跟傅山的字调换了,然后问他"中气如何"。傅山看后,吃惊地说:"我的字中气这么弱,难道是大限将至了吗?"说完他竟要准备后事了。儿子赶紧告诉他实情,傅山这才松了口气。

金状元的朴实

清朝有个状元叫金甡,家中清贫。他在做翰林的时候,按照惯例,每年都要向乾隆进贡礼物。不少翰林都抓住机会拍马屁,金状元却不以为意,只给乾隆献了一块带花纹的石头,美其名曰"东篱"。同僚纷纷讥笑他,金状元却说:"天子富有四海,哪里会要我们给他送东西?送礼,无非是联络感情罢了,不在于东西有多珍贵嘛!"这话传到乾隆耳朵里,皇帝哭笑不得,只好夸金状元"朴实"。

贪吃的苏曼殊

苏曼殊是我国近代史上少见的多才多艺的艺术家,但他却贪于饮食。他爱吃摩尔登糖,糖从不离嘴。一次,他身上没有钱买糖,便把嘴里所镶的金牙取下变卖,还风趣地称自己是"糖僧"。在日本留学时,有一次他给友人柳亚子写信,落款时津津有味地署名"写于红烧牛肉鸡片黄鱼之畔",令收信的柳亚子捧腹大笑。

(本栏插图:孙小片)

· 网文热读 ·

女孩与鼠

□ 孙春平

前几年,我去辽西大山深处支教。那个村庄真是太僻远了,小学校在村东坡冈上,教室倒是不少,但学生从一年级到六年级,加起来也只有四五十人,所以实际只占用了两间教室,一、三、五年级一间,二、四、六年级一间。我负责教一、三、五年级,教二、四、六年级的是位大姐,要不是为了照顾家里卧床的老人,估计她也早走了。平时我就住村里,因为村主任说让年轻的女老师住村外,不放心。眼下的东北农村,中青年外出打工,留守的多是老人和儿童,新常态,不奇怪。

因为学生少,平时上课就得拼教室。我的教室里也就二十来个学生,我给一年级上课时,三年级和五年级的学生便自习或写作业,要想孩子们不闹腾,只能连哄带吓唬。有时我生气地一摔课本,说:"你们闹吧,我明天就回城里去!"孩子们会立刻安静下来。迎着那一双双可怜兮兮的眼睛,我又怎能忍心?

孩子们可哄、可吓,耗子们却从不信这一套。教室是几十年前盖的"北京平",虽然地面也铺过水泥,但啮齿类动物的牙齿可谓天下无敌,再加上当初用的水泥标号低,这么多年下来,早成了豆腐渣。时

·天下故事 e 网打尽·

常是大白天的,半尺多长的老鼠便堂而皇之地出现在教室里,甚至蹿到讲台上去。

我这人天生怕鼠,一看见鼠游脚下,难免大惊失色。每到那时,教室里就"热闹"了,胆小的孩子"哇哇"喊叫;胆大的男生则又是扫帚打,又是朝老鼠甩石块土疙瘩,简直乱成一锅粥。为了这事,我曾动员学生们把家里的猫抱来。可时下乡村又有几家养猫呢?再说,猫是奸臣呀!好不容易有学生抱来从亲友家借来的、那养尊处优惯了的御猫,见了老鼠非但不扑不咬,竟从窗口跳出远遁。

后来,我也曾几次找村主任,建议买鼠夹、鼠药,没想到主任摇头苦笑,说:"可不敢再试。你想想看,学生们都不大不小的,真要一疏忽没照应到,哪个手脚被夹了,或者鼠药被孩子送进嘴巴,那毛病可就大了!使不得,使不得呀!"我说,那就用水泥将教室地面重铺一次。主任仍是苦笑,说:"钱呢?"

有一天放学时,三年级的小秋有意留在最后,小声对我说:"老师,我能打耗子,我家的耗子早被我打绝啦!"

我大惊。小秋不过十岁,瘦瘦弱弱的一个黄毛丫头,平时不爱说话,学习却努力,从来不耽误作业。我问:"你怎么打?"

小秋说:"反正我能打,你一看就知道了。但是,我要夜里打,天黑后我不敢一个人待在教室,老师能陪陪我吗?"

我说:"好,我陪你,但家长会让你夜里一个人出来吗?"

小秋的神色顿时黯然,但只一瞬,又咧嘴笑了:"我也是一人吃饱,全家不饿呀!"

唉,又一个留守儿童,而且是一人独守。

那晚,我把小秋拉到我的住处,煮挂面吃,还为她窝了两个鸡蛋。去学校前,小秋说:"我回趟家,总得带上打耗子的武器呀!"

在村口,我再见小秋时,她仍是背着双肩包,手上并没多出任何物件。我问:"'武器'带来了吗?拿出来给我看看。"

小秋仍是笑:"暗器不可轻易示人的,别急嘛!"

那夜,天空高悬圆圆的月亮,教室里铺满了银辉。小秋特意选择这样的夜晚打老鼠,也是她谋划中的一部分吗?小秋拉我坐在暗处,掰碎一块饼子撒在脚下,示意我不许出声。果然,耗子出现了,是两只。

·网文热读·

我刚要提醒,小秋突然出手,甩出什么去,"砰",一只耗子应声倒毙,另一只则霎时没了踪影。小秋急将甩出的东西扯回,又将那只死耗子远远踢到墙角,重新坐回我身边,小声说:"耗子鬼得很,不踢远点,别的就不来了。"我去抓她放到课桌上的小物件看,小秋急忙拨开我的手,说:"老师别动,脏死了。"

果然是暗器——老式10斤盘秤的小秤砣,铁铸的,听说里面还灌了铅,现时集市上还偶尔可见。因为拴了两米多长、纤细而结实的尼龙绳,沉甸甸的小物件打出去便有了收放自如的手感。我惊异的是,这么小的女孩竟有如此手段,稳、准、狠,十打九中,不是亲眼见,真是让人难以相信呀!

那夜,小秋一共击毙五只老鼠。本来还可以更多,但夜半时分,第六只出现时,小秋却突然发了慈悲。那是一只大老鼠,身材颀长却显干瘦,重要的是,它身后还跟着三只小鼠,看来是刚出窝的,一只衔着一只的尾巴,形成长长的一串。我问怎么不打,小秋发出一声与她的年龄极不相称的叹息:"打死大的,三个孩子就都没有妈妈了。唉,够了,最少十天半月,耗子不敢出来了,这东西有记性。"

那夜,我和小秋同睡在我住处的土炕上。我问:"你怎么不跟你爸妈一起去外地呢?"小秋说:"我爸和我爷一起下矿,都死了。我妈又嫁了人,可我不愿当拖油瓶,就没去。"我问:"那你怎么不跟你奶奶在一起?"小秋说:"我奶帮我叔、我姑照看孩子呢,都比我小。"我再问:"是谁教的你打秤砣呀?"

小秋说:"村里的孙爷爷呀。孙爷爷说,女孩子一人在家,不能没有防身之术。所以,夜里我都是枕着秤砣睡觉的。孙爷爷还说,梁山泊里有个好汉,叫没羽箭张清,专用这个办法制敌,老厉害了。老师,我打秤砣的事,你可一定要替我保密呀!"

我在那个小山村只待了两年。时至今日,我在街上看到半大的女孩子,还不时发呆。小秋也长这么大了吧,她还好吗?

(此稿为第十八届中国微型小说年度奖入围作品)

(推荐者:亚　牛)
(发稿编辑:丁娴瑶)
(题图:孙小片)

加交流群,侃故事逸闻,
聊人生百味,微信扫码

·海外故事·

甜蜜的吻

□ 罗倩仪

托比是一家公司的职员，前不久，他再一次打败竞争对手强尼，赢得了升职的机会。后来，他就被派往国外的分公司，跟进一个大项目。

三个月后，托比回到家，赫然发现养母瑞茜竟没了半条腿。

瑞茜是一个舞蹈家，为了保持身材，她选择了不生育，托比是她收养的孤儿。在托比的印象中，瑞茜一向追求完美，截断她的腿可能比要她的命还难受。

托比一脸震惊地问："这是怎么回事？"

"我的腿有毛病，需要截肢，就是这么简单。"瑞茜尽可能平静地说，但她脸上的苦涩已经被托比尽收眼底。

到底发生了什么事？瑞茜不愿意说，托比也不敢问，他生怕刺激到瑞茜，使她做出什么过激的行为来。于是，托比把目光投向用人，他想用人肯定知道一些内情。

托比找了个理由，把用人叫到屋外，迫不及待地问："瑞茜为什么会截肢？我不在的这段时间发生了什么事情？"

用人说，就在托比离开的第二天，她就因为家里有事，请了两个星期的假。等她回来时，瑞茜已经

·海外故事·

截肢了。瑞茜躺在床上,看起来生不如死,有一个医生天天来照料她。用人还说,瑞茜的左腿确实有毛病,但还没有严重到需要截肢。有一次,她听到瑞茜接了个电话,对着电话那头的人大吼:"要不要保留这条腿是我的权利,你凭什么替我做主?"等瑞茜心情平复后,用人小心翼翼地告诉瑞茜,可以起诉那个私自替她做决定的人。瑞茜却摇摇头,淡淡地说:"算了,他曾给过我甜蜜的吻。"

托比得知后说:"那个男人侵犯了瑞茜的权利,令她那么痛苦,我不会放过他的。"他下定决心要替瑞茜出一口气。

托比想,瑞茜一直是个爱浪漫的人,对她来说,初恋应该是最难忘的,初吻应该是很甜蜜的。于是,托比把目标锁定在瑞茜的初恋男友身上,有意无意地与瑞茜谈论她的初恋,于是知道了她初恋男友的一些信息。但根据瑞茜的讲述,她似乎很久没跟初恋男友联系了,而且那人长期居住在墨西哥,根本不可能管瑞茜的事。

"甜蜜的吻,甜蜜的吻……"托比反复琢磨,"初恋彼此都太青涩,也许最深刻的那次爱恋才是最甜蜜的。"以前,托比就听瑞茜说过,她这辈子都不会忘记哈里森,分手后他们一直都是要好的朋友。

托比迅速找到哈里森,逼问他为什么要如此对待瑞茜。哈里森双目深陷,一脸惊诧道:"我最近一年都没怎么联系瑞茜了,我的公司面临难关,忙得焦头烂额,根本不清楚她发生了这样的事。"托比一开始不相信,但后来从哈里森的员工那里了解到,他的确没撒谎。

那么,曾给过瑞茜甜蜜的吻的男人到底是谁?托比很快又锁定了下一个目标。他在翻看瑞茜的旧相册时,看到了一张特别的照片,上面写着"罗伯特与瑞茜"。罗伯特应该是一位糕点师,照片上的他穿着厨师服,正在喂瑞茜吃甜品。

"糕点师……甜点……甜蜜的吻……"托比眼前一亮,"应该就是他了!"

托比试探性地在瑞茜面前提起罗伯特,瑞茜立刻皱起眉头来,不愿多说,这进一步加深了托比对他的怀疑。经过多方打听,托比找到了罗伯特,直截了当地说明来意。罗伯特大吃一惊,吃惊之余眼神里夹带着一丝愧疚。他曾多次做甜点给瑞茜吃,每次瑞茜吃完甜点,他都会深情一吻,瑞茜便忍不住说:"这真是甜蜜的吻。"

·域外传奇 环球万象·

罗伯特没想到托比会找上门来,他内心挣扎了一下,最后还是决定和盘托出。

"瑞茜的主治医师是我的好朋友,他知道我和瑞茜曾是恋人,他告诉我,如果瑞茜不截肢就活不了了。"罗伯特难过地说,"当时你在国外,瑞茜没有其他亲人,我没有办法,如果我不替她做主,她就活不下去了。"

托比感到很困惑:"可家里的用人说瑞茜的腿疾没有那么严重。"

这时,罗伯特望了托比一眼,说出了一个惊人的秘密。

原来,有一天晚上,瑞茜独自在家时,被人射了一枪,击中左腿。旧病加新伤,造成大面积感染,但瑞茜视舞蹈为生命,不愿截肢。罗伯特冒着被瑞茜起诉的危险,替她做了决定……

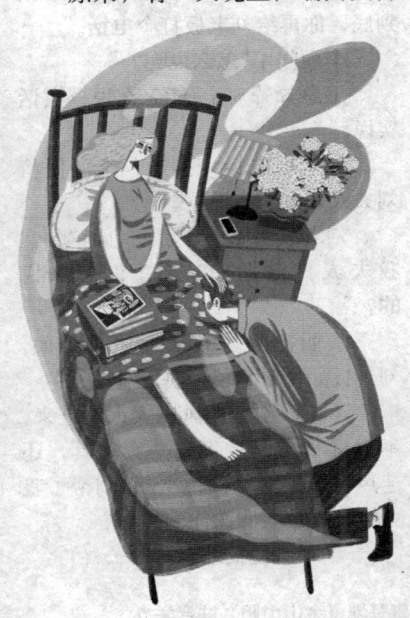

托比恍然大悟,又无比气愤:"这件事瑞茜为什么不肯告诉我?那个袭击瑞茜的人抓到了吗?"

"抓到了,当时有目击者报警了。"罗伯特点点头,说了一个令人震惊的真相,"袭击瑞茜的人就是被你比下去的对手——强尼。"

托比惊掉了下巴,差点没站稳。原来,强尼多次被托比打败,感到非常丢脸,愤然离职。离职后,由于没有找到更好的工作,他再次迁怒于托比,产生了报复托比的想法。那天晚上,他真正想要袭击的人其实是托比,可他不知道托比几天前已经出国了。瑞茜不想托比内疚,所以一直不提此事。得知真相后,托比一个字都说不出来。

"我什么都知道了。"托比回家后,伏在瑞茜的床边,深深地吻了一下她的断腿。

瑞茜微微一愣,继而微笑着说:"你是第一个不嫌弃这条断腿的人,这真是一个甜蜜的吻。"

(发稿编辑:曹晴雯)

(题图、插图:孙小片)

· 幽默世界 ·

好事做到底

□ 沈顺富

李丽在家具厂工作,是老板王总的助理。这天她一上班,就接到了一个电话,听声音是个中年女子,语气凶巴巴的:"你们王总的朋友刘老板,昨天是不是带了一个女人过来,两个人订了一套家具?"

昨天,家具厂搞展销会,那个刘老板确实带了一个年轻漂亮的女人过来,订了一套昂贵的家具。李丽立刻明白了,电话那头的中年女子一定是刘老板的夫人!

不过李丽足够机灵,连忙说:"刘夫人您好,昨天我休息……我查一下订单,马上给您回电话,好吗?"放下电话,李丽连忙把事情告诉了老板王总。

王总想了想,计上心来:"咱得帮刘老板一把。你就这么回复,'刘老板昨天来过,的确带了一个女人,是他老妈,说要把家里家具换了,刘老板没让您来,是想给您一个惊喜'。"

等李丽依葫芦画瓢地回完电话,王总问:"刘夫人怎么说?"

"没说啥,就是半信半疑。"

王总一笑:"既然这样,好事做到底,你再给刘老板打个电话。"

李丽问:"怎么说呢?"

王总耸耸肩:"能怎么说,实话实说。"

刘老板电话一接通,李丽便将刘夫人来电的事说了。

刘老板明显十分紧张,问:"啊?我夫人打电话了?你、你怎么说的?"

李丽把刚才的话复述了一遍,刘老板如释重负:"我马上过来。"

不久,刘老板风风火火地赶来,不但订了店里最贵的一套家具,还连声对王总和李丽说:"你们帮了我大忙,真是太谢谢你们了!"

(发稿编辑:陶云韫)

· 幽默世界 ·

气象专家

□ 麻 坚

阿南是个气象专家,早些年,他常去电视台做预测天气的节目。有一年冬至,阿南到叔叔家参加家庭聚会,叔叔拿出一个"小太阳"取暖器给阿南取暖,可小太阳功率太小了,阿南还是冻得直发抖。最后,阿南受不了了,说道:"叔叔,太冷了,快生炉子吧!"

叔叔白了阿南一眼,说道:"我也想生炉子,可煤棚里哪里有生炉子的煤啊?现在别说我家了,村里大家都缺煤。"阿南一惊,问道:"叔叔,冬天很冷的,你们怎么不知道多准备点煤过冬呢?"

叔叔说:"还不是因为你!"

阿南又是一惊:"这跟我有什么关系啊?"

"怎么跟你没关系?"叔叔气鼓鼓地说,"入冬前,你去电视台做节目,你拍着胸脯说,今年肯定是暖冬!你是我们村的骄傲,大家都相信你,听了你的话,所以都没做什么准备,谁知道今年冬天格外冷。阿南,我们都被你坑苦啦!"

阿南尴尬极了,恨不得马上找个地缝钻进去。这时,阿南的姑姑说:"姑姑家倒还有些煤可以取暖,是你姑父提前准备的。"

阿南一听,抬起头,说:"叔叔,专家是人不是神,我们也有预测不准的时候。在这一点上,你得向我姑父学习,多留个心眼,他就没听我的,否则也要挨冻了。"

姑姑摆摆手,皱眉道:"阿南,你姑父不是你想的那样,有那么多心眼。其实你去电视台做预测前,你姑父就从外面进了一批煤,准备大赚一笔,可因为你的预测,他又把进的煤给退了,只留了一点自己家里用。唉,要不是你,我们今年冬天肯定要大赚一笔的……"

(发稿编辑:曹晴雯)

·幽默世界·

最牛骑行者

□ 叶 卫

小张叫同学大林一起去一家网红餐厅吃饭,因为餐厅不好找,两人约好在附近的医院门口碰头。小张平时一直吹嘘自己的自行车骑行技术,这次,他特意骑着自行车从家里过去,想着等到了餐厅,可要好好跟大林吹嘘一番。

刚出发不久,小张就接到了大林的电话,问他到哪儿了。小张说预计12点钟能到,大林问他怎么那么慢,小张藏不住了,得意地说:"我可是骑自行车去的!"

大林惊道:"不会吧?你家离餐厅那么远,你居然骑自行车?"

"这还不是小菜一碟?比这更远的我都骑过呢!"小张吹嘘道,"不信我们打个赌,如果我12点没到,今天的午餐我来买单;否则,你来买单,怎么样?"

大林撇撇嘴说:"好吧,你尽量快一点,我大概11点就到了。"

小张一边加快速度,一边信心满满地说道:"放心吧,我现在就来个快马加鞭,争取提前赶到!"说完,他就挂断了电话。

大林快到时,又给小张打了个电话。小张过了半晌才接,大林急道:"你到哪儿了?"小张的声音有点轻,但说肯定能提前到。

大林"哦"了一声,又说:"你是不是换乘公交车了?或是打车过来的?"小张都说"不是"。

打完电话,大林疑惑不解,这家伙骑的到底是什么自行车,速度真能这样快?没一会儿,大林到了医院门口,这时小张打来电话,说自己已经到了。大林赶紧往四周看看,可怎么也不见小张的身影,就问:"我怎么没看到你?"

小张说:"我在门口的救护车上,路上骑得太快,撞车了……不过我可是提前到的啊,待会儿还是你买单……"

(发稿编辑:曹晴雯)

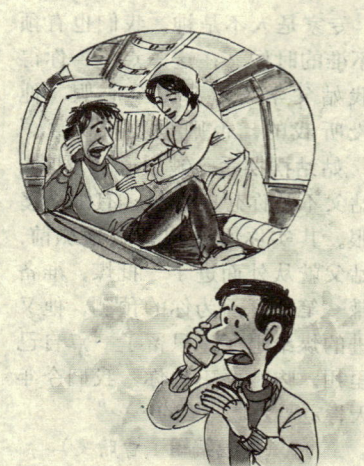

·幽默世界·

黑眼圈

□ 董川北

这天早上,孙师傅刚下楼,就碰上了对门的小张。

小张笑呵呵地问:"孙师傅,您这黑眼圈真大,咋了,学年轻人熬夜了?"

孙师傅摆摆手,一脸无奈地说:"说起年轻人我就来气。谈恋爱时卿卿我我,像狗皮膏药天天黏在一起。结婚后呢,鸡毛蒜皮的小事,也吵得面红耳赤,到了晚上,还要把老公赶到沙发上睡。"

"哟,您肯定是说您儿子跟他媳妇吧?"小张猜到了,准是小两口吵架,让孙师傅失眠了,所以他才有这么明显的黑眼圈!

孙师傅愤愤地说:"除了他俩还能有谁?就为了玩手机游戏,两个人都能吵起来。我儿子连赢了媳妇两把,媳妇说我儿子不让着她,说着说着就吵起来了。最后,媳妇把手机一摔,把我儿子推到客厅沙发上,反锁房门睡觉了。对了,你有我儿子微信,你帮我劝劝他,做男人大度点,对女人要忍让点,多大个事,不然吃亏的是自己!"

小张笑着安慰孙师傅:"过两年有了孩子就好了。再说,小夫妻吵吵闹闹很正常,床头吵架床尾和,您不必太操心了。"

孙师傅不屑地说:"我才懒得操心,他们自己过小日子,只要不打扰我就行。"

"这么想得开,那您昨晚咋还没休息好呢?"小张指了指孙师傅的黑眼圈。

孙师傅尴尬地咳嗽了两声,说:"是这样的,我地下工作没做好,私房钱被老太婆发现了,她让我好好反省反省。"孙师傅瞅瞅四周,小声说:"和我儿子睡一张沙发,两个人实在太挤了,根本睡不好啊……"

(发稿编辑:陶云韫)

·幽默世界·

卖洋葱

□ 黄超鹏

阿德的父亲最近又在为"老大难"问题犯愁:自家蔬菜大棚里产的洋葱卖不出去,眼见就要烂在仓库里了。

阿德听说后,安慰道:"爸,您别急,我把咱家的洋葱全放到网店去卖,到时候请几个朋友做直播,保证帮您清库存!"

"又搞直播啊?"父亲显得不大乐意。也是,之前,阿德也帮父亲弄过网络销售,可父亲看不上阿德学人家的那种套路——要他一个老人家穿得破破烂烂地站在洋葱堆前,扮出一副愁眉苦脸的惨相,然后拍个照,再在相片旁边写上几个大字:"洋葱滞销,爱心助农。"

想到这儿,父亲连连摆手,说:"我丢不起那人了,上次村里人就都笑话我!"

阿德看了看日历,说:"放心,这次不一样。这网络销售,不同的日子有不同的方法嘛!"

两天后,阿德打来电话,叫父亲把十来个洋葱一组,剥掉表皮,切块后直接装进快递盒,然后按地址寄发出去。

父亲不解,但还是照办了。没想到,网店的生意很火,不到一周,仓库里的洋葱都卖光了。

父亲想想不放心:"洋葱哪有这么卖的?你搞什么鬼?"

阿德得意地说:"我卖'分手礼盒'呢!"

父亲一愣:"啥礼盒?"

阿德笑着说:"光棍节快到了,很多女孩给刚分手的前男友送礼物,指定要我这'分手礼盒',她们都铁了心,要前男友们一拆礼盒,就眼泪直流呀!"

(发稿编辑:丁娴瑶)

·幽默世界·

驱蚊妙招

□ 陈 新

这天,大牛和朋友们一起去山上露营。天黑后,几个人坐在帐篷里,边喝酒边聊天。不一会儿,大牛就喝大了。

突然,大牛朝大腿上狠狠拍了一下,嚷道:"痒死我了!山上的蚊子怎么这么多呀!"接着,他一会儿朝脖子上抓一下,一会儿拍打着手臂……尽管其他朋友也被蚊子叮了,但都没有像大牛一样被叮得这么厉害。

大牛他们是初次出来露营,都忘了带防蚊药水。大牛实在受不了了,就拿起一个手电筒,边走边说:"我去采些驱蚊草,要不然今晚会被蚊子吸干血的。"

然而过了很久,大牛都没回来,大家有些担心,毕竟大牛喝得也不少,而且还没带手机。于是,朋友们就出去寻找。从山上找到山下,最后终于在一块稻田里找到了浑身都是泥巴的大牛,他正靠在田垄边打呼噜。朋友们猜测,可能是大牛喝了酒,走到田垄上时,脚底打滑滚到了田里。朋友们七手八脚地把大牛抬到山泉边,脱掉了他的衣裤,帮他擦净身上的泥巴。

就在这时,大牛突然半醉半醒地大喊大叫起来:"谁把我的衣服都脱光啦?"

朋友们赶紧说了事情经过,大牛一听,却责怪道:"唉,你们真是帮倒忙!我刚才四处找驱蚊草,可一株都没找到,于是我就想到去田里滚一滚,跟我家水牛一样,让全身都裹上一层厚厚的泥土,这样蚊子就叮不了了,后来竟然舒服得在田里睡着了。可是,现在我又被你们擦洗得这么干净,全身还赤裸裸的,你们这不是又让蚊子来围攻我嘛……"

(发稿编辑:曹晴雯)

(本栏插图:顾子易 小黑孩)

 ·听故事·

解放眼力 随时听书
享受身临其境的阅读体验

紧张、刺激、烧脑、惊险,带感的声音、精彩的音效,领你走进层层迷雾,抽丝剥茧,遇见真相!

《珍珠案》

京城数一数二的当铺里,出了一桩珍珠案,掌柜的花两千两银子得来的一串珍珠,转眼间竟成了石头。掌柜的气疯了,赶紧跑去刘墉那儿告状,可素有清官美名的刘大人却撒手不管,这还有没有天理了……

看书,听故事,聊人生百态
免费获取您的《故事会》阅读计划

【电子故事书】 【故事音频库】 【聊天书友群】

建议配合二维码一起使用本书

◀◀◀ 微信扫码
听故事,
聊人生百态

本刊为了让您更好地享受阅读,帮您轻松沉浸于精彩故事中,特别为您提供了电子故事书、精彩故事音频库,让您放松身心、纵享故事;为您提供了本刊专属聊天书友群,入群可参与话题聊天,可随意侃大山,可结交群内同好为好友。

阅读本刊,您将获得以下专属读者权益:

立刻获得的主要权益

- ▶ **专享本刊社群服务**:群内参与话题讨论,聊天交友
- ▶ **本刊配套资料包**:许您一段轻松悠闲的时光
- ▶ **阅读工具**:辅助您轻松读故事

每周获得的主要权益

- ▶ **专属热点资讯**:16周专享娱乐资讯服务,每周2次
- ▶ **配套线上读书活动**:群内16周有趣的话题聊天,每周1~3次
- ▶ **精选好书推荐**:16周热门休闲好书推荐,每周1次

长期获得的主要权益

线下读书活动推荐:
精选活动,扩充知识开拓视野

抢兑礼品:
免费抽取实物大礼

喜报:《名作欣赏·10分钟读解外国经典小说》
荣获2020上海书籍设计双年展暨第十一届华东书籍设计

双年展封面设计一等奖

名作欣赏系列共10册,甄选了《故事会》杂志"外国文学故事鉴赏"栏目中历年来的名篇佳作。

为更好服务《故事会》读者,特优惠如下(2020年12月8日截止):

全套8折,原价280元,现 **224元** 包邮

淘宝扫码购买

微信扫码购买

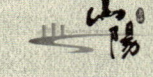

2020年中国十大幽默故事

最高奖金 每则4600元

为鼓励广大作者创作出老百姓喜爱的幽默故事,中国幽默故事基地上海金山山阳镇与《故事会》杂志社,联合推出2020年中国十大幽默故事评选活动。

评选范围:2020年《故事会》"幽默世界"栏目发表的所有作品。

评选方法:1.每季度评选出**6**篇季度奖作品;2.荣获季度奖的作品再参加年度总决赛,经专家评选及网络投票,评选出2020年中国十大幽默故事。

奖项设置:季度奖奖金为每篇1000元,全年共24篇;年度奖奖金为每篇**3000**元,全年共**10**篇。所有获奖作品将颁发获奖证书。

来稿请寄:上海市黄浦区绍兴路74号《故事会》杂志社,邮编:200020;征文信箱:gushihui999@126.com。请作者自留底稿,参赛稿一律不退。

开卷故事

孩子的想和爱

田芳 Tian Fang 故事会绿版编辑

有个6岁的孩子,平时特别调皮。有一天,他看到妈妈在敷面膜,就说:"妈妈,我不想让你做面膜,我想让你变老。"妈妈以为他又在调皮,正要发火,忽然孩子抱住了她,说道:"妈妈,你老了,我就长大了,长大了就可以照顾你了。"

这话让妈妈气消了,眼也湿润了。原来,看似调皮的孩子竟有这样的心思!我们常常觉得孩童顽劣、不懂事,其实,孩子和我们对他们的定义有太多不一样,甚至有的超出了我们的想象。

我曾经读过这样一个故事,发生在二战时期。一天晚上,一个从事情报工作的女人,把一段装着绝密情报的小金属管藏在半截儿蜡烛中,外面用蜡封好,然后把蜡烛插在一个烛台上。刚做完这些不久,一个德国军官突然闯了进来,他把装有情报的蜡烛点燃照明。蜡烛一旦烧到金属管那儿就会熄灭,秘密便会暴露。女人很着急,她想用一根蜡烛换下那根短的,却被军官拒绝了。

情势万分紧急,这时,她的小女儿站了出来,娇声地对军官说:"先生,天晚了,楼上黑,我可以拿一盏灯上楼睡觉吗?"军官看了看她,想起了自己家中的小女儿,他便收起了冷酷的面孔,亲切地拉住小姑娘,想要和她聊一聊。小姑娘仰起小脸,高兴地说:"好呀……不过,现在我的头很痛,我想睡觉了,下次再给我讲好吗?"军官答应了,小姑娘镇定地端起烛台,向人们道过晚安就上楼了。正当她踏上最后一级台阶时,蜡烛熄灭了。

就这样,一场危机被一个孩子消除了,结局有点意外,孩子的懂事更让人心疼。

(插图:陈明贵)

看完这则故事,你有什么想法吗?想看更多的故事,可扫码购买!

715 CONTENTS 2020 SEMIMONTHLY 11月下半月刊

故事会网上书店

微信订阅故事会

欢迎登录故事会官方网站：www.storychina.cn

开卷故事	2
笑话14则…………………………木小沫等	4
东方夜谈	
鬼推磨……………………………………吴 港	8
情节聚焦	
………………………………………………杜 辉	11
学方言	
赛马………………………………………梁柱生	87
网文热读	
仓山………………………………………云无心	14
最后一个顾客……………………………黄荣才	46
鬼六………………………………………秋子红	54
诙段子	16
央企故事	
与死神赛跑……………………中煤地质总局	17
新传说	
选女婿……………………………………吴 嫡	21
古董见人心………………………………顾敬堂	25
猫偷鱼……………………………………金承法	28
限行风波…………………………………杨信社	32
捅蜂窝……………………………………查老三	36
姜还是老的辣……………………………刘 浪	84
阿P系列幽默故事	
阿P得奖…………………………………刘振涛	39
民间故事金库	
心病………………………………………魏 炜	43
3分钟典藏故事	48
外国文学故事鉴赏	
不对劲的车	50
56个民族的故事	
伊里和拉纳莫	56
情感故事	
金扁担……………………………………崔建华	59
法律知识故事	
房屋买卖有说法…………………………王秀申	62
传闻轶事	
冒名顶替…………………………………吴 滨	64
中篇故事	
路在脚下…………………………………钱 岩	67
动感地带	81
细节	82
幽默世界	
《老祖宗的拷问》等7则…………………海 生等	89
听故事	96
本刊信息传真	63

故事会

绿版·11月下半月刊

社　长、主　编　夏一鸣
副社长　张　凯
副主编　朱　虹　吕　佳
本期责任编辑　田　芳
电子邮箱　greygrass527@126.com
发稿编辑
朱　虹　王　琦　赵媛佳　赵俊斐
美术编辑　郭瑾玮　王怡斐
本社办公室电话　021-6437 5030
红版编辑部电话　021-6433 2325
绿版编辑部电话　021-6433 6469
地址　上海市绍兴路74号　邮编　200020
主管　上海文艺出版总社
主办　上海文艺出版总社
出版单位　《故事会》编辑部
发行范围　公开
·出版发行部·
发行业务　021-6431 3938
发行经理　钮　颖
媒介合作　021-6433 8113
广告业务　021-6433 4376
广告经营许可证
沪工商广字 3100320080016 号
新媒体广告　021-6445 0660
·融媒体中心·
《故事会》微博　@故事会
《故事会》微信　story63
故事中国网　www.storychina.cn
《故事会》网店
shop36332989.taobao.com

故事会公众号

故事会App下载二维码

国外发行　中国图书贸易总公司
印刷　上海四维数字图文有限公司
发行　中国邮政集团公司报刊发行局总发行
国内代号　4-225　定价　6.00元

特别提示：凡本刊录用的作品，本刊均已获得该作品与《故事会》相关的权利。除非中华人民共和国法律另有规定，未经本刊许可，不得以任何方式擅自转载、摘编或利用其他方式使用上述作品。已经本刊许可使用的作品，应在许可范围内使用。违反上述声明的，本刊将依法追究其法律责任。

· 笑话 ·

(本栏插图：包丰一)

饼小了

男子买大饼，对老板说："这饼比以前小了。"老板说："没有的事儿，一直是一口锅烙四张饼！"

男子掏出手机，翻出一个月前自己发的朋友圈说："这是一个月前我在你这儿买的饼，那时的饼和我的脸是一样大的，你再看现在！"

老板看了看照片，又看了看男子，有些尴尬地说："兄弟，是你的发际线上移了，脸变大了！"

(木小沫)

下辈子

一对夫妻庆祝银婚纪念日，妻子问丈夫："世界这么大，你说咱俩下辈子还能在一起吗？"

丈夫回答："能的，不过最好不要住在这个老房子里。"

妻子奇怪地问："你这是什么意思？"

丈夫忙解释："都下辈子了，这房子还没拆迁，那还有啥盼头啊！"

(杨立博)

摆地摊

阿贤摆地摊，生意不错，相邻的摊主看着眼热，就向阿贤打听进货渠道。谁知，他的生意好起来以后，阿贤的生意却冷清了。

朋友知道后，埋怨阿贤道："你太善良了，真不该将进货渠道告诉他。"

阿贤笑着说："随他去吧，反正他进货的店铺是我妈开的。"

(郭宝宁)

· 笑口常开 轻松一刻 ·

烧纸钱

有个男子带孩子到墓园祭拜父母,从墓园出来后,他又在附近找了个地方开始烧纸钱。孩子觉得奇怪,问他:"你不是已经在墓碑前烧过不少纸钱了吗?"

男子解释说:"刚才烧的肯定都被你奶奶拿走了,现在我单独给你爷爷烧点私房钱。" （白云红叶）

分手的理由

小王上班时,不住地叹气,坐他对面的同事听到了,就问他怎么了。小王说:"我和女朋友吹了。她对我不忠,怎么能要?"

同事问:"你怎么知道的?"

小王说:"大师给我算命,说我这辈子有两个子女;她去算命,大师却说她这辈子有三个子女。你说,这多出来的一个是谁的?"

（万 杰）

烛 台

妈妈买了一个烛台回家,四岁的儿子问:"妈妈,这是什么?"

妈妈说:"这是烛台,烛台就是插蜡烛的东西。"

儿子恍然大悟:"哦,原来是蛋糕啊!"

（白云红叶）

智力测验

鲍勃请教一个精神科医生:"我怎么判断一个人是否有智力缺陷呢?"

医生说:"只要问他一个特别简单的问题,假如他根本答不上来,就能证明他的智力有缺陷了。"

鲍勃继续问:"问什么样的问题呢?"

医生说:"比如,库克船长曾三次环游世界,但他在其中一次旅行途中遇难了。是哪一次呢?"

鲍勃想了一会儿,紧张地说:"您能换个例子吗?我对历史不太了解。"

（胡 英）

· 笑话 ·

有钱没钱

妈妈叫女儿好好读书,女儿说:"你别叫我好好读书了,要是我成绩好,以后考上大学怎么办?听说学费很贵,咱家这么穷,到时候拿不出钱,怎么办?"

妈妈笑着说:"这些你别管,咱们家不差钱,你只管好好读书就行。"

女儿噘着嘴说:"哼,我才不相信你们大人的话呢!昨晚我要两块钱买棉花糖,你都说咱家没钱!"

(张 愚)

继续服务

这天晚上,张大叔接到一个电话,里面是一个甜美的女声:"您好,我们是幸福佳缘交友网,可以帮您介绍对象。"

张大叔仔细一想,年轻时自己是在这个网站注册过,他生气地回道:"都啥时候了,怎么还在打电话啊?我儿子都上大学啦!"

电话那头急忙道:"实在是不好意思,要不我们继续帮您找儿媳妇?"

(木小沫)

长大的理想

小宝八岁了,他的爸爸脾气很火爆,动不动就打他。这天,爸爸问起小宝长大后的理想。小宝想了想说:"我长大后想当一名警察。"

爸爸好奇地问:"为什么呢?"

小宝回答:"这样一来,你再打我,我就可以告你袭警了。"

(离萧天)

不会游泳

一对父子在看电影。当看到美军的船沉了,海里有好多士兵在乱扑腾时,儿子问爸爸:"爸,海军怎么不会游泳啊?"

爸爸瞟了儿子一眼,说:"那你见过空军飞行员在天上飞吗?"

(司志政)

· 笑口常开 轻松一刻 ·

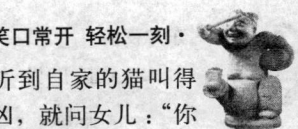

谁能证明

胖子要进一家高档小区办事,被门口保安拦了下来,两人争执了一番,保安说:"我要知道你是好人还是坏人,只要有人能证明你是好人,我就放你进去。"

胖子想了想,拨通了一个电话,说:"丽丽,我都追了你八年了,你就答应我吧。"

说完,他开了免提,这时就听电话里传来一个女子的声音:"胖子,我都和你说过多少次了,你是个好人,但是我们真的不合适。"挂断电话,胖子笑着问保安:"这下我可以进去了吧?"

(任万杰)

借 钱

朋友向大张借钱。大张很大方地说:"当然可以,卡给你,密码等会儿发到你的手机上,你自己去取!"

过了一会儿,朋友打来电话:"兄弟,你卡上怎么一分钱都没有?"

大张说:"不可能啊,你上次向我借一万块,说周转几天后还到我这张卡上的。这都两个礼拜了,卡里的钱我连动也没动呢!"

朋友听了,忙说:"你看我真的很健忘,改天请你吃饭,挂了啊……"

(田晓丽)

给猫洗澡

妈妈听到自家的猫叫得很凶,就问女儿:"你在给猫洗澡吗?"女儿说:"对啊!怎么了?"

妈妈说:"它咋叫这么凶呢?"女儿不解:"难道你给它洗澡,它不叫的吗?"

妈妈点点头:"从来不这么叫啊……"女儿追问道:"你把猫身上的毛拧干的时候,它也不叫吗?"

(江一城)

微信扫码,您立即获得的权益主要有:
本刊专享社群服务、本刊配套资料包、阅读工具

·东方夜谈·

俗话说,有钱能使鬼推磨,但真的是这样吗?

鬼推磨

□ 吴 港

这事儿发生在几十年前。丁老汉开着一家豆腐坊,靠质量赢得信誉,生意在当地小有名气,虽说没有大富大贵,但日子过得也不差。

然而天有不测风云,这一年丁老汉的老伴得了场急病,他忙请来当地有名的郎中诊脉。郎中开出了救命药方,药价十分昂贵。

老夫妻感情深厚,花多少钱也要治,可丁老汉做生意一向关照顾客,许多人都是赊账吃豆腐,年底才结账还钱,若遇年景不好,有还不上钱的,丁老汉也会将欠账一笔勾销,因此丁老汉一时之间根本凑不到钱。没别的法子,他只好把拉磨的小毛驴卖了应急。

这天,丁老汉在北关集卖了驴,又赶往南园镇抓药,匆匆来到药房时,却发觉腰包已经空了。

原来丁老汉为抢时间,从一片坟地抄近道。当时天已擦黑,有个坟头鬼出来游荡,正好与丁老汉相遇,那鬼十分调皮,伸腿将丁老汉绊了个趔趄。丁老汉的钱袋落到地上,被坟头鬼拾了个正着。

钱丢了,丁老汉忙找人借钱,但老伴没熬到钱凑够便撒手归西。丁老汉悲痛万分,葬了老伴,跪在坟前痛哭失声,只因自己丢钱误事,

·荒诞视点 虚幻笔记·

让老伴命丧黄泉,他追悔莫及呀!哭到最后,丁老汉掏出那一纸药方,点燃祭送给老伴,祈愿她在阴间把病治好。

阳间一纸成灰,转到阴曹地府恢复了原状。阎王看罢,知晓了缘由,便招来坟头鬼训斥:"那丁老汉夫妻都是善良之人,你劫取不义之财,无端害了人家一条命,该当何罪?"坟头鬼满脸愧色道:"请大王见谅,我本只想与那老汉开个玩笑。我愿去丁家帮工,以作补偿。"

再说丁老汉,老伴走了,豆腐坊不能停工,但驴卖掉了,推磨的活儿只得丁老汉自己干。谁知丁老汉丧妻后身心俱疲,推到一半便累得晕倒在地上。当他醒来时,却见那盘磨依然在转,正是坟头鬼来帮忙了。

鬼推磨的故事,在乡间流传已久,因此丁老汉没感觉怎么稀奇,只是心里非常感激。他每天盛好一碗热豆浆,放在窗台上,完工停磨后,丁老汉看着豆浆被慢慢吸光,然后风吹门帘,坟头鬼悄然离去。

坟头鬼与丁老汉都很勤奋,每天为顾客生产好豆腐,丁家豆腐坊重新走上了正轨,鬼推磨一事也在乡间成为美谈。

几年后丁老汉过世,儿子丁昭接手豆腐坊。一开始,他还遵循父亲嘱托,做良心生意,但后来为了赚大钱,良心就渐渐变黑了。他低价购进了一批发霉变质的黄豆,制成黑心豆腐出售,妻子多次规劝,丁昭都不听。为遮掩霉变味道,他还配上了一些添加剂,骗人口感。

普通人尝不出来,对丁家豆腐依然赞赏有加,但丁昭那点伎俩却骗不过坟头鬼,半碗豆浆入口,它便尝出是非来。坟头鬼将此事汇报给阎王,阎王大怒,下令不许坟头鬼再去丁家帮忙。

这下,大磨突然停止运转,丁昭一时手足无措。他曾听说"有钱能使鬼推磨",于是在豆腐坊门前烧纸钱请小鬼,引来不少邻居围观看热闹。

人们发现那些纸灰风吹不散,只在门前飞舞旋转,便有人说:"看来小鬼不肯收贿赂嘛。"不知是不是巧合,这时正好有车送来原料,其中一只麻袋口没扎紧,霉变发黑的豆料撒落了一地。众人一见都明白了,不由骂声四起,吓得丁家人躲在屋内,闷声不语。

这样一来,丁家豆腐坊便倒闭了,丁昭没脸见人,躲在外头不敢回家。这天,他躲到天黑,往家赶

·东方夜谈·

时路过那片坟地,恰好碰到了坟头鬼。坟头鬼对丁昭很是厌恶,于是伸腿绊了他一个跟头,然后嘻嘻笑着跑开了。

不一会儿,阎王殿前便突然闯进个折寿鬼,登记的姓名为"丁昭"。这折寿鬼,就是寿命尚有余年、不期遭遇灾祸而丧命者。原来丁昭被坟头鬼绊了个跟头之后,不偏不倚撞到一块墓碑上,折寿身亡。

把丁昭的去处安排完,阎王沉吟片刻,招来坟头鬼说道:"这丁昭虽有恶行,但命不该绝,你弄死他,惩罚过重了。"

坟头鬼回道:"我只想戏弄他一下,并不想取他性命,没承想……"

阎王说:"要怎么将功赎罪,你自己心里清楚。"

于是,坟头鬼又来到丁家豆腐坊,却见门窗紧闭,人去屋空。原来黑心豆腐曝光后,引起了人们的愤恨,别说豆腐坊开不下去,连丁家人天天都被人唾骂,没法在村里待下去了。于是,丁昭的妻子索性带着儿子,外出打工挣钱去了。坟头鬼在村里打听到这些,无奈之下只得回到坟头,等待丁家母子回村的那天。

三年后,丁家母子真的回来了。他们找来曾吃过黑心豆腐的乡亲们,当面谢罪,并按双倍价值赔偿了当年的豆腐款,终于赢得了众乡亲的谅解。

半月后,丁家豆腐坊重新开业,鲜嫩爽口的豆腐人人爱吃,老字号很快重获新生。但人们更感兴趣的是,丁家那个石磨仍然是被鬼推着转的,老人都说如今丁家人心存善念,鬼神自然又回来相助了。

这不,村中有位老人就深信这一说。这年春节,老人的孙子从城里来看他,听他说起了鬼推磨的事。孙子偏不信,祖孙二人争执不下,便一起去豆腐坊辨真假,村中一群老老少少闻声也跟来看热闹。

进了磨房,只见大磨隆隆转,既没驴拉也没人推,孙子围磨盘绕了一圈,指着一块铁疙瘩说:"爷爷您看,这叫电动机,是它在推磨。"老人伸手摸了摸,道:"依我看,这一定是小鬼变的。"

在场的老头老太全都表态赞同,说那电动机就是当年那个小鬼,而几个姑娘小伙儿,则"嘎嘎嘎"地笑了个天翻地覆。

各位看官,你们觉得,这电动机是不是小鬼变的呢?

(发稿编辑:赵嫒佳)
(题图:孙小片)

·情节聚焦·

学 方 言

□ 杜 辉

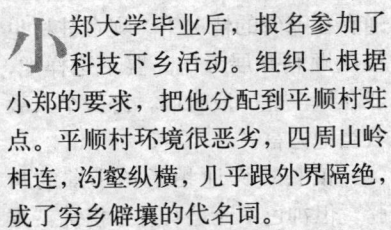

小郑大学毕业后,报名参加了科技下乡活动。组织上根据小郑的要求,把他分配到平顺村驻点。平顺村环境很恶劣,四周山岭相连,沟壑纵横,几乎跟外界隔绝,成了穷乡僻壤的代名词。

小郑兴冲冲地去镇政府报到,受到了镇长的热情招待。镇长让他先歇一歇,小郑表示现在就想去平顺村看看。镇长要派人送他去,小郑摆手说道:"我自己找着去就行了,正好熟悉一下路线。"

可等小郑钻进大山深处,才发现在这千山万壑之中,想找到一个小村子,如同大海捞针,实在是太难了。

好在大山里偶尔还是可以遇到人的,远处的草坡上有一个老汉在放羊,小郑快步走过去,见老汉精神健旺,看上去也很热情,心想从他口中问出路线肯定是不难的。可小郑跟老汉一对话却傻眼了,老汉说的是一口浓重的当地方言,他一个字都听不懂。

接下来小郑又遇到几个人,有采药的,有砍柴的,但无一例外都操着那种难懂的方言,让小郑干着急没咒念,那种感觉简直像是进入了另一个国度。

小郑只好原路返回,又差点在山里迷了路,回去时天已经黑透了,镇长正急得团团转,看见他才

·情节聚焦·

长出一口气:"我给平顺村的村主任通了几次电话,他说根本没见到你,可把我急坏了。"

等小郑把情况一说,镇长用力一拍桌子,说道:"我怎么把这茬儿给忘了?我们这里的方言是挺难懂的,怪我工作不细致,考虑问题不周全。"

小郑沉吟道:"平顺村的村民也全是用那种方言说话,都不会说普通话吗?"

镇长点点头说:"当然了,都是土生土长的当地人嘛。会点普通话的年轻人都出去打工了。留守村里的大多是中老年人,都不会说普通话。"

小郑面露难色,嘀咕了一句:"那我以后怎么跟村民交流?怎么开展工作啊?"

镇长误会了小郑的意思,以为他心生退意,忙说:"干任何工作都会遇到困难的,年轻人可不要轻易打退堂鼓啊。知道你要来的消息,村里人都很高兴,村主任还组织了欢迎仪式。乡亲们穷怕了,迫切需要你这样一个领路人啊!"

小郑赶紧表态:"您误会了,我来了就会干到底,绝不会半路当逃兵的。我刚才是在想办法,在沟通存在障碍的情况下,现在驻村也没法顺利开展工作。要不这样吧,我在镇上住一段时间,您找个人教我当地方言。"

镇长赞许地拍了拍小郑的肩膀,但神色中还是有几分担忧:"难懂的方言也难学,这可是块难啃的骨头啊!"

小郑很有信心:"功到自然成,您就放心吧。请帮我转告村主任和乡亲们,我很快就会去向他们报到!"

镇长又问了一句:"你估计需要多长时间?"小郑想了想说:"一

个月时间,应该够了!"

镇文化站的站长前段时间出车祸受了伤,在家里休养,镇长就把教小郑方言的任务交给了他。站长本身就是对工作认真负责的人,再加上他的老家就在平顺村,自然对这件事又多了几分热忱。他提出让小郑搬进自己家,这样可以随时随地教小郑方言。小郑想尽快学会这种方言,也就没客气,真搬了过去。

除了睡觉时间,小郑几乎每分每秒都在跟站长学习方言,这种密切交流让两人很快成了忘年交。然而,小郑掌握这种方言的进度却没法让人满意,镇长的担心是有道理的,想学会一种方言没那么容易,更何况当地这种方言发音复杂,语速很快,跟普通话差别极大,对小郑来说,几乎相当于学习一门外国语言,难度可想而知。

小郑身上有种不服输的劲头,他干脆把站长的话录下来,填鸭似的往耳朵里灌,连睡觉时都戴着耳机。他还跟站长商量好,平时对话全用方言,禁用普通话。可尽管这样,还是没有达到理想的效果。

眼看一个月就要到了,小郑心里急得不行,他干脆跑到大街上,问路、下棋、买东西,想方设法用方言跟当地人交流,可惜没有几个人能听懂他的话,有听懂一句半句的,也会露出忍俊不禁的表情,可见他那不伦不类的方言有多蹩脚了。

该来的迟早会来,躲是躲不过去的,一个月过去后,镇长打电话给小郑,问他方言学得怎么样了,小郑硬着头皮答道:"还可以吧,应该能勉强应付了。"

"那就好!"镇长高兴地说,"我先派人送你去平顺村,让你跟乡亲们见见面,大家一直记挂着你呢。"

太阳当顶的时候,小郑赶到了平顺村,一路上心情忐忑不安,他不知道自己半生不熟的方言会不会遭到嘲笑,也不知道村里人会用什么样的态度来对待他。

村口聚着许多乡亲,大伙儿看到小郑来了,纷纷迎了上去。小郑举起手用方言跟他们打声招呼,憋了半天却怎么也说不出口,反倒是乡亲们七嘴八舌的,热情地跟小郑打起了招呼。

就在这一瞬间,小郑呆住了:他们说的竟然是普通话!那么生硬,却又那么暖心。原来,就在自己苦练方言的同时,乡亲们也在练习普通话!

(发稿编辑:朱 虹)
(题图、插图:孙小片)

· 网文热读 ·

仓 山

□ 云无心

青叶是美术学院的学生,没课的时候,她会去天桥底下给人画素描像。

天桥底下摆了很多小摊,青叶的画架摆在一个卖草鞋的小摊边。摊主是个年轻男孩,叫仓山,草鞋是他自己编的,很别致,但是来看的人多,买的却少。

这天,青叶的脚后跟被新买的凉鞋磨出一个大水泡,到了傍晚她准备收画架走的时候,仓山忽然递过来一双草鞋,草鞋里编进了青色的丝线,显得十分精致秀气。

青叶穿上鞋,合适又轻巧,她问道:"你怎么知道我的鞋码?"仓山红了脸,青叶假装没看见,想给仓山钱,但仓山不肯收。"不要钱,我就不要了。"青叶说着就要脱鞋。

仓山用清亮的眼睛看着青叶,说:"你给我画幅画像好了。"

天快黑了,天桥底下没有灯,青叶四处望了望,说:"那我明天给你画。"

谁知晚上下起了暴雨,且断断续续下了十多天。天桥底下是低洼地,一下雨就积水,所以第二天青叶没去,她心想,如果有仓山的电话就好了,可以打个电话跟他解释一下。

等雨彻底停下,已经是半个月之后了,青叶背着画架去天桥。天桥底下还是老样子,只是少了卖草鞋的仓山，于是青叶向其他小贩打听他的去向。

"死了，都上新闻了！"有一个小贩说，"下了那么大的雨，这里水积得跟河塘一样，有个顽皮鬼玩水时掉了进去，他正好来了就去救。结果他在水底下踩到玻璃，脚受伤了，把小孩举起来后就晕了，跌进了水里。等小孩把人叫来，他已经没救了。"小贩说着把手机给青叶看："就是这条新闻。"

从新闻里，青叶得知仓山是瑞金人，还是个大学生，平常没课就来卖草鞋。小贩感慨说："都知道雨天这边摆不了摊，谁让他来呢！一来就遇着小孩落水，这呀，就是命！"青叶看着脚上的草鞋，眼泪滴落，她知道，仓山是来等她的……

几天后，青叶来到了仓山家。古朴的村庄，瓦房门口坐着一个中年女人，正在编草鞋，手法是青叶熟悉的。青叶说："阿姨，我是仓山的同学。"

听到"仓山"两个字，女人眼睛红了，她看了看青叶脚上的草鞋，接着背过脸去："这臭小子！"

老旧的屋子里堆了很多草鞋，青叶问道："阿姨，这么多草鞋都卖到哪里去？"

女人说："哪里有人买？这都是我编着给家里人穿的，其实穿草鞋的好处可多了……"

"如果是我脚上这样子的，保管受欢迎。"青叶看着女人的眼睛，"阿姨，您愿意教我吗？"

半响，女人说："你学这个干什么？"青叶看着脚上的草鞋，不说话。

一个月后，青叶编出了一双女鞋，比仓山给她编的那双还要精巧。女人对她说："姑娘，你该走了。我知道你想陪陪我，已经够了，快回去看看你爸妈吧。"

青叶在纸上画着草鞋的设计图，笑嘻嘻地说："我爸妈会来看我的。"原来，青叶是温州人，家里开了一家鞋厂。如果不是青叶的草鞋编得太精巧，她爸妈不会专门来这么一趟。

几年后，青叶在美术大赛拿了金奖，有人问她成功的秘诀是什么。青叶指着脚上的草鞋回答道："如果要说秘诀，那就是我脚上的草鞋。"青叶的获奖作品是一幅画——一个年轻男孩正在编草鞋，她给画取名为《仓山》。仓山，也是青叶创立的草鞋品牌的名称。

（发稿编辑：赵婌佳）

（题图：孙小片）

·该段子·

我发现了一个真相

- 去澡堂不泡澡就是怕金链子会浮起来,可我实在没想到,洗完澡后使用电吹风就能把它吹得飘起来。
- 洗碗机还是不够方便,应该像自动麻将机一样,集成到桌子里,吃完饭把碗往中间一推,就自动给你洗好,洗完整整齐齐摆放好。
- 一女性朋友要做开颅手术,她术前特别认真地叮嘱医生:"反正都要开颅了,缝合的时候最好把我脸上的皮拉紧一点。"
- 当代互联网两大酷刑:1. 你刚说一句话,群里瞬间安静了;2. 你的好友给你上边和下边都点了赞,唯独略过你发的那一条。
- 我国语言太博大精深了,比如你说"串儿"这个词,东北人想到的是"羊肉串",四川人想到的是"串串香",而北京人就更厉害了,有一半人想到的是"盘珠子",另一半人想到的是"杂交小狗"。

(推荐者:江一城)

公交车魔鬼定律

- 心情好时一辆接一辆来。
- 赶点上班等死不来。
- 刚上出租车,公交车缓缓驶来。
- 等好半天终于来了一辆,满的!
- 用尽吃奶的力气挤了上去,发现后面来了一辆空车。
- 你赶时间,后面的空车都跑前面了。
- 寒风中等了半个小时,晕,两辆公交车肩并肩地来了!

(推荐者:火土木)(本栏插图:孙小片)

·央企故事·

中国煤炭地质总局地质集团北京大地高科地质勘查有限公司是国内首先使用进口空气潜孔锤车载顶驱钻机进行快速钻井救生的专业队伍。2012年9月,国家矿山应急救援大地特勘救援队由国家安全生产监督管理总局正式批准成立。迄今为止,救援队参与矿山、隧道等事故抢险救灾达30余起,营救被困人员30余人,得到了业内和社会的一致肯定。2015年,救援队完成了山东平邑石膏矿坍塌救援任务,这是我国首次采取地面大孔径救援,系亚洲首例、世界第三例成功案例,载入中国大孔径救生钻孔成功救援史册。

与死神赛跑

□ 中煤地质总局

世界飞人博尔特跑完200米,用了19秒19;而在山东平邑石膏矿,同样是200米,4名矿工从遇险到成功升井,却用了850个小时。

2015年12月25日,山东平邑石膏矿发生重大坍塌事故。矿井大面积坍塌,顶板含水层以每小时150立方米的水量涌入矿井,升井舱钢丝绳断裂,逃生通道被阻,多名矿工被困井下……

情势万分紧急,救人刻不容缓!中国煤炭地质总局国家矿山应急救援大地特勘救援队接到救援命令后,第一时间千里驰援,奔赴一线。

救援队到了山东平邑石膏矿,立刻马不停蹄地投入救援。一次次分析井下灾情,一次次深入现场,一次次否定加肯定,抢险救援指挥

·央企故事·

部钻井救援专家组组长、大地救援队专家杜兵建凭借他对矿山灾害救援工作的多年探索，作出了一个大胆决策：救援钻孔与救生钻孔组合实施！而这一方案，在我国矿难救援中从未应用过，实施救援的困难前所未有，压力犹如泰山压顶！

地面钻孔救援，都是先探寻，再送给养，同时布置大口径救生钻孔，最后将被困人员救援、提升到地面。这次钻孔救援，共钻了7个钻孔，其中5号大口径救生钻孔钻进220米，并最终完成救人的任务。

2015年的那个冬天，寒风刺骨，寒意袭心，华东大地不显丝毫温情，比往年同期更显寒冷。钻进并不如预想的那般顺利，时间一点点流逝，抢险救援指挥部下了死命令：以百分之百的努力，争取那百分之一的希望！

10米，20米，30米……钻进到110米时，钻孔遇阻。

27岁的陈训虎冒着落石和塌孔的危险，腰系绳索，独自下坠，来到钻孔观察。破碎的地层碎石环绕，50米的范围内，鸡蛋大的石头便能将安全帽砸透，而这样的石头，随时都有可能击来，他在拿生命当赌注！而这个时候的陈训虎，神色竟然是那样的平静、坦然，他在想什么？或许他想的是：我是个救援队队员，除了这样做，我还能做什么？

救援队队长刘永彬带领大家在救援现场不眠不休地忙碌着，这里简陋狼藉，没有任何采暖设备。打钻要用水，但在零下15摄氏度的冰天雪地中，水瞬间成冰，为了有水打钻，人们只能用暖炉来"化冰"，而这个时候的暖炉，本应该是用来取暖的呀！

董恒义刚做过心脏手术，他把比他重两倍的钻具扛在肩上，送到钻井平台。途中，他滑倒又爬起，爬起又滑倒，橘红色的工作服渐渐渗出殷红的血迹。大家劝他："歇会儿吧！"他摇摇头，说："我有经验，让我来！"

而救援专家组成员杨涛声音嘶哑，无法正常发声说话，他完全是靠"喊"来说话的，整场救援，他就一直这么"喊"着……

12月29日，消息传来：2号小口径探查孔投放的生命探测仪收到了被困矿工的信息，一只孱弱的手抓住了探头那点微光，杜兵建大喊道："活着，他们都活着！"

十万火急，在距离被困矿工地点最近的巷道上方实施4号、5号救生钻孔,垂直救人,营救方案迅速实施。

1米、2米、3米……救援现场险象环生,稍有不慎,就会使费尽千辛万苦打通的巷道功亏一篑。但怕什么来什么,因地层不稳定,突然传来一声响,钻孔坍塌了,而这时候,离巷道穿透只剩50米了,只要再钻50米,就能见到被困矿工了,就能把他们从困境中、绝境中救出来了,而现在,钻井工作却戛然而止!

电话里,传来了被困矿工惊恐的声音:"我们还能活吗?我们想回家……"被困矿工绝望了,不行,必须让他们坚定起求生的意念!

杜兵建拨通井下电话,向被困人员坚定地喊话:"兄弟们,你们要挺住啊,地面上有一千多人在尽全力营救你们,我们一定会把你们救出来!"

可是,电话线的那头再也没有了声响,这种静寂,死一般地揪人心肺,那是绝望的沉默啊!

就在这个时候,杜兵建一声令下:"换井位,重新开打7号孔,必须在48小时内钻成新的联络孔,恢复投送食物!"

接到命令后,大地救援队迅速行动,30个小时后,7号孔成功透巷——与老巷道贯通!

井下给养恢复了,生命通道打通了,绷紧的那根弦,松了。

2016年1月30日,云开日出、石破天惊——

21点21分:第一名矿工,50岁的赵治诚成功升井;

21点49分:第二名矿工,39

·央企故事·

岁的李秋生升井；

22点25分：第三名矿工，58岁的管吉庆升井；

22点49分：最后一名矿工，36岁的华明喜成功升井，他是四名矿工中最年轻的一位。

四名矿工在井下的坚持与等待，终于换来新生，他们开心大喊道："我们成功了，成功了！"

这是一场绝处逢生的抢险，这是一场艰苦卓绝的战斗，这是一曲团结协作的胜利凯歌！

2016年齐鲁公益盛典上，齐鲁频道主持人对四位获奖者代表进行了现场采访。

临沂矿业集团董事长张希诚说："无论困难有多大，地层条件有多复杂，我们始终没有想过放弃。"

平邑矿难救援专家组组长杜兵建说："这是我国有史以来救援难度最大的一次。救援难度之大、复杂情况之多、危险系数之高，难以形容，需要克服种种困难。"

枣庄矿业集团矿山救护大队大队长刘金辉是第一批深入矿底救援的人员之一，他介绍说："当时坍塌一直在进行，井下不时传来坍塌声，并且出现积水，甚至排出有毒气体，非常危险。"

山东省卫计委应急办副主任郭凤雪说，这是他30多年以来经历的最冷的一个冬天，"救援现场和现在演播室的温度有着天壤之别，平时饮用的矿泉水都冻成了冰疙瘩，但是我们医护人员的心却是火热的，无论救援有多艰难，我们始终在坚持，一刻也不放弃"。

被救矿工管吉庆泣不成声地说："是你们给了我第二次生命！"

历时36天的山东平邑石膏矿抢险救援，创造了矿难救援史上亚洲首例、世界第三例大口径钻孔成功救援的奇迹。

科学有力的救援，感天动地；拯救生命的奇迹，不时上演。从郑煤集团超化矿到山东平邑石膏矿，大地特勘救援队一路风雨兼程，一路砥砺前行，与时间赛跑，与死神博弈，总计打通54条救援通道，成功营救30余人，挽回国家和企业经济损失20多亿元，彰显了央企的责任与担当。

（发稿编辑：姚自豪）
（题图、插图：陈明贵）

科学救援，创造奇迹。扫一扫左侧二维码，了解北京大地特勘救援队的更多感人故事。

· 新传说 ·

选女婿

□ 吴 嫡

刘老大一辈子没离开过刘家屯，年轻时当过猎户，后来当过护林员，靠着屯子里的地和山上的林子活了半辈子。他独自把女儿刘香供成了大学生，女儿十分孝顺，毕业后特意回到县城工作，方便周末回家看望老父亲。

这天，刘香回家时，跟刘老大说起了烦恼：眼下有两个小伙子在追求她，一个是高中同学李东，现在在做生意，经济条件好，攻势也猛；另一个是大学同学张建，现在是公务员，性格内敛。两人都较着劲，谁也不肯放弃，刘香一时不知该如何选择。

刘老大点着旱烟，"吧嗒"了两口说："你把俩人都带来给我看看，咱不能脚踩两条船，当面跟人家说清楚。"刘香答应了。

很快，刘香把两个人都请到了家里。眼下正是收玉米的时节，两人争着帮刘老大收了一天的玉米后，汗流浃背地回来了。刘香已经做好了一桌饭菜，刘老大拿出自己泡的药酒来，好家伙，整条蛇泡在酒里，看着就吓人。刘老大给两人各满上一杯，张建迟疑着说："叔，我不会喝酒。"李东则毫不在意地一饮而尽："好酒！兄弟，我看你不是不会喝酒，是膈应那条蛇吧！"刘老大不满地看了张建一眼，对李东说："男人还能不会喝酒？来，咱俩喝。"

张建咬咬牙，端起酒杯来一饮

·新传说·

而尽,不料呛到了,剧烈地咳嗽起来,可算是出了丑。李东陪着刘老大连喝几杯,又夹起一块肉吃了起来:"小香,你这手艺不得了啊,这肉好香啊!"

张建以为李东在拍马屁,也夹了一块吃,果然特别香,不禁赞道:"这不是现在的快速猪肉,这应该是土法养的年猪肉吧。"刘老大得意地喝了口酒:"年猪肉能有这味道?实话告诉你们,这是昨天晚上我放倒的一头野猪。"

顿时,饭桌上沉默了,半晌,张建说:"叔,您开玩笑的吧?"刘老大瞪他一眼,从旁边的袋子里拎出一颗硕大的野猪头来:"肉我收拾好放冰箱了,头还没处理呢!"

刘香又气又急:"爹,跟你说过多少次了,不能再打猎了!野猪是受保护动物,猎捕是犯法的!"刘老大脖子一梗:"它天天来糟蹋棒子,我拿铁叉打它都不怕,还差点把我给拱了。我靠老手艺下个套放倒它,怎么了?"张建声援刘香说:"叔,您在屯子里可能不知道,野猪是国家二级保护动物,猎捕是有可能判刑的。"

刘老大放下酒杯,怒视着张建:"放屁!许它糟蹋我地里的棒子,就不许我收拾它?还判刑,你吓唬谁啊?再说,我这山上死头野猪,外面人咋能知道?我昨天把肉都切成块了,过两天就吃完了,连根毛都不剩下,它还有户口本、身份证不成?"

张建涨红着脸,站起来说:"叔,这事不能瞒着,我看您还是去派出所自首吧,您对法律不了解,事出有因,自首的话,估计最多也就是罚款,不会判刑。"

刘老大火了,一拍桌子:"你啥意思,你要告密去是吧?去,你去!"李东连忙站起来,一边劝刘老大别生气,一遍埋怨刘香和张建:"我说你俩也太较真了吧,老人不懂这个,人都说不知者不罪呢。再说,说到底也就一头野猪呗,它来糟蹋庄稼,叔这也算是正当防卫。"

刘香也犹豫了,李东率先表态:"我发誓,我绝不会说出去。"张建却坚持说:"叔,您信我的,去自首,我们都给您作证,不会判刑的。"刘老大怒不可遏,指着张建吼道:"滚,你给我滚!"

就这样,一顿饭闹了个不欢而散。刘香回到县城后,张建和李东都给她打电话了,张建让她劝刘老大自首;李东说为了她,自己一定保密。她一夜没睡好,辗转反侧。

过了两天,刘老大给刘香打电

话,说自己被带到派出所了,让刘香赶紧过去。刘香吓坏了,赶紧跑到派出所问情况,没想到刘老大满不在乎地对刘香说:"给那俩小子打电话,让他们过来给我作证。"

电话打了,张建很快就过来了,手里还拎着个袋子。他从袋子里掏出几本有关野生动物保护方面的书,对警察说:"警察同志,刘叔确实是不懂,念在初犯,又是自首,应以罚款为主。罚多少,我们去凑,一定缴齐。"

警察说:"他的确是打电话自首了,不过还有个群众打匿名电话举报刘老大猎杀野猪,我们也确实在屋子里搜出了野猪头。"

张建愣了:"哪个电话在前?"警察说自首电话在前。张建松了口气:"那该算自首啊。"警察点了点头。

这时李东也赶到了,他听完大家的话,大声说:"张建,肯定是你举报的!你好狠啊,幸亏刘叔提前自首了,否则就让你给害死了。刘叔您别紧张,需要多少罚款,都算我的。"

刘老大斜着眼看着张建:"你装什么蒜,我没给警察打电话自首,是不是你冒充我的?"

这一句话,让几个人都愣住了。张建脸上红一阵白一阵的,最后咬咬牙说:"是,我本想说服小香一起去劝您自首,但她下不了决心,我就以您的名义给派出所打电话自首了。我不能看着您犯法,后果会很严重的!"

刘老大又斜着眼看着李东:"我昨天去找你,告诉你小香决定了要跟张建好,你是不是因此怀恨在心,想陷害张建,除掉竞争对手?"

李东顿时脸色大变:"刘叔,您这是什么话?虽然您昨天说小香

·新传说·

要跟张建好,可我也不会这么做啊。"

刘老大笑了笑说:"张建冒充我打电话自首,他干吗还要匿名举报我呢?这不是脱裤子放屁吗?这事就你们仨知道,要么是我闺女举报我,要么就是你了。"

李东知道瞒不住了,转头对刘香说:"小香,这事你也不能怪我,违法犯罪的事,我举报也没错,对吧?"

刘香摇摇头说:"举报这事本身没错,但你开始信誓旦旦地说要保密,一听说我不跟你好了就举报,这算啥?"她顾不上搭理李东了,赶紧问警察:"同志,我们家属代替自首,也应该算自首吧?"

警察说,得看是不是家属,是不是受嫌疑人委托。张建赶紧说:"是,是,我是他的家属,刘叔同意我打电话帮他自首,他不知道自首该打什么号码……"

警察哈哈大笑道:"刘叔,你不知道我们这里的号码吗?"

众人都愣了,刘老大却乐了:"小崽子,你刘叔我是咱们公安局特聘的森林巡逻员,派出所的号码我倒着都能背下来!"

大伙儿更是傻眼了,只见警察冲刘香说:"你们来之前,刘叔都跟我解释过了,他让我帮他搭搭戏,现在看来女婿是选出来了!"

李东眼看自己没戏了,不由得恶言相向:"他打死野猪总是事实吧?难道因为他是森林巡逻员,就可以犯法?"

警察拿出一张合格证递给李东,说:"这有合格证,还有发票。这头野猪是咱们县里特种养殖场养殖的野猪,可以合法购买和销售,不是山上的野猪。这是刘叔买来演戏的道具。"

这下李东什么话也说不出来了,气哼哼地走了。刘香羞愧地说:"爹,我对您太不关心了,连您当森林巡逻员都不知道,以后我一定多回家陪您。"

刘老大哈哈一笑:"傻孩子,县城路远,来回跑不方便嘛。以后让这小子买车带着你,就方便了。"

张建挠着脑袋,"嘿嘿"地笑着……

(发稿编辑:朱 虹)

(题图、插图:豆 薇)

2020年11月(上)动感地带答案

神探夏洛克:如果嫌疑人真的在草地上扎营了一个月,那么帐篷里根本不会长草。

疯狂QA:十二生肖。

· 新传说 ·

古董见人心

□ 顾敬堂

宝子和栓柱是发小,两人好得穿一条裤子都嫌肥。宝子脑袋灵光,做小生意攒了钱,在市里买了套房子,又谈了个城里的女朋友,让村里人羡慕不已。栓柱性子憨、能出力,讨了个贤惠的媳妇,连自家带承包一共种了五十亩地,一年能挣个一两万块,在20世纪90年代初,这个收入也蛮可观了。

这天,栓柱给宝子打电话,声音神秘又兴奋:"宝哥,今晚来我家喝两盅,哥们儿有喜事!"

宝子晚上去了栓柱家,一进院就闻到小鸡炖蘑菇的香味,进屋一看:日子不过了?整这么多菜!

栓柱从柜子里捧出一个花瓶来:"我挖到古董了!"宝子接过来仔细观察,这是个青花瓷瓶,底部写着"大清道光年制"。

栓柱笑眯眯地说:"今天我去地里灌老鼠洞,没想到居然挖出这么个东西。"

听栓柱讲完经过,宝子觉得这瓶子十有八九是真古董,他也替哥们儿高兴。

"看电视上演的,一件古董动不动就好几百万块,我这个瓶子哪怕卖个四五十万块也行呀!"栓柱说着,扭头看了看老婆怀里的儿子,

·新传说·

"到时候我也去市里买个楼,咱哥俩挨着!"

宝子笑道:"你呀,先留着,等过几年再说。"

栓柱点点头:"倒也是,反正也不着急用钱,等我儿子长大了,这玩意儿就算祖传的了。"

有道是乐极生悲,没过几天,栓柱儿子忽然得了血液方面的疾病,到市里住了阵院不见好转,医生说得转院,并告诉他:"你得有个心理准备,这病没有十万八万的治不好!"

当时这可不是个小数!栓柱自己凑了三万块钱,宝子刚买完房子,手里就剩五千块钱,一分没留全送来了。这也不够呀,栓柱打起了花瓶的主意:"宝子,你脑子灵、门路广,想想办法把花瓶卖了,能卖多少卖多少,孩子等钱救命呀!"

宝子接过花瓶,沉默了一会儿说道:"哥们儿,你先带大侄儿去省里,我弄到钱给你送去。"

随着钱流水般花出去,孩子的病情缓解了很多。眼瞅着要没钱的时候,宝子风尘仆仆地赶来了,从包里掏出七万块钱:"时间太紧,就卖了这些钱……"

栓柱很知足:"不错了,要是没这个瓶子,孩子只能等死了!"

天可怜见,钱花得差不多了,孩子的病也好了。因为卖了瓶子,栓柱也没欠多少外债,勤勤恳恳地干了两年,日子又有了起色。

宝子的运气却特别背:先是女朋友吹了,接着做生意赔了,城里的房子也卖了。无奈之下,他来到栓柱家,支支吾吾地想借五千块钱当路费,去南方闯荡闯荡。

栓柱狠狠捶了他一拳:"借个屁!当时孩子有病,你帮了我,这次你落难了,我帮你也是理所应当。"他嘴上虽然这么说,心里却并不舒服:你不多不少正好借五千块,不等于往回要债嘛,当初你可说是给我的!

宝子去南方打拼了几年,一点点发达了,在那里娶妻生子。他逢年过节回来看看,栓柱却显得生分了很多,两人慢慢疏远了。

一转眼二十多年过去了,这天宝子听说栓柱的儿子要结婚了,他一时心血来潮,便回村去参加婚礼。栓柱对此感到非常意外,他心里的疙瘩早随着时间的流逝解开了,两人又坐热炕头喝上了。

栓柱感慨道:"想当年,我刚挖个古董,儿子就病了,要是留到现在,那瓶子估计能值几百万块!和你一比,我就是受穷的命呀!"

宝子哈哈一笑,从身后拖过一个包来:"老弟,大侄儿结婚我也没啥送的!就帮你圆个梦吧。"

栓柱看到宝子手中的东西,眼睛顿时瞪得溜圆:"啊?这个瓶子你没卖呀!"

宝子苦笑着道:"你以为古董是萝卜白菜呢,站在街上一吆喝就能卖出去?咱这小地方,别说是个青花瓶,就是给你个秦始皇的玉玺,你都找不到买主。"

栓柱傻眼了:"那你当初从哪儿弄的钱呀?"

宝子拍了拍栓柱,说:"当初怕你有压力就没说,我把自己的房子卖了,女朋友因为这个分了手。"

栓柱愣住了,忽然跳到地上"扑通"跪下,抬手抽了自己好几个耳光:"宝哥,老弟就是个牲口!亏你为我倾家荡产,我还嫌弃你瓶子卖贱了,跟你摆了半辈子脸!"

宝子连忙把他弄了起来:"说这个干啥,要不是当初我去了南方,哪有现在这番事业!"

两人哭一阵笑一阵,仿佛又回到了从前的时光。栓柱把老婆孩子都喊到跟前,挨个给恩人敬酒。宝子很快就醉了,栓柱伺候着他睡下,然后把老婆孩子喊到外间。

栓柱严肃地说:"儿子,你去打听打听哪儿有鉴宝的,找正规的渠道把瓶子卖了,无论卖多少钱,都必须给你大爷,你欠他一条命!"

儿子点头道:"不用那么麻烦,网上就有通过视频给古董鉴定的专家。"说着,他用手机连线上了一位专家。专家详细观察了瓶子,最后说:"的确是道光年间的玩意儿。"

一家人顿时松了口气,栓柱在旁边插嘴问道:"您给估估能值多少钱?"

专家伸出了两根手指:"卖好了能值这个数。"

"二百万?!"栓柱惊叫道。

专家撇着嘴说道:"我说的是两万,别以为是古董就值钱!你看它底下这款识,书写字迹很潦草,说明是民窑出的,道光年间的民窑瓷器可不值钱。这玩意儿退回去三十年,能卖上千块钱就不错了!"

栓柱听完,眼圈都红了,指着屋里道:"咱这是欠了我哥天大的恩情呀!儿子,你宝大爷才是你亲爹呀!"儿子点了点头,老婆却在他的胳膊上狠狠地拧了一下。栓柱咧着嘴求饶:"老婆,我不是那个意思,你想歪了……"

(发稿编辑:赵婧佳)

(题图:谢 颖)

·新传说·

猫偷鱼

□金永法

运河村的巧玲今年三十来岁,丈夫前几年得了绝症,花了几十万块的医药费后两脚一伸走了,丢下了一屁股的债和一个年迈的母亲。丈夫走后,巧玲与婆婆相依为命,为了早日还清债务,她在家里开了个"土味馆",可生意半死不活,一个月也赚不了几个钱。

这天,网上有人向"土味馆"订餐,指明要用馒头山水库的清水胖头鱼,价格不是问题。巧玲为难了,自己家的鱼都是菜市场买的,养在盆里不会死,就算没客人也没关系。但馒头山水库的清水鱼不容易养,第二天就会死,需要现买现杀,怎么办呢?婆婆说:"巧玲呀,馒头山水库的清水鱼好办,你去找祥根买几条!"

一听到祥根这个名字,巧玲就气不打一处来:"就算土味馆倒闭,我也不去找那个流氓。"

巧玲生气是有原因的。这祥根是馒头山水库养鱼的承包人,他老婆前几年出车祸没了,去年他居然在网上找起了老婆,结果被女网友骗走了三十多万元……

就因为这事,巧玲对他一直没什么好感,直到后来有一次,巧玲买鱼时因为要付钱,加了祥根的微信,祥根竟隔三岔五给巧玲送些清水鱼,这让土味馆的生意有了点起色,巧玲心存感激,对祥根也有了好感。婆婆很开明,对巧玲说:"你和祥根都是单身,要不扯个结婚证,将来老了也可以做个伴。"巧玲红着脸点了点头。当天晚上网聊,巧玲试着提了结婚的事,没想到祥根竟然说:"我被网友骗过一次了,已断了结婚的念头。"

巧玲有点懊恼了,居然把她与网络骗子想到一起,当即就有了拉黑祥根微信的念头。可转念一想,人家是"一朝被蛇咬,十年怕井绳",算了,既然人家没这个意思,自己也不必把他放在心上。可过了几天,巧玲去水库找祥根,远远地看见树荫下躺着个女人,而那个死不要脸的祥根正抱着她在亲呢……

巧玲气得转身就走,回家就拉黑了祥根的微信。祥根来找过她,解释说那女人溺水了,自己那是在帮忙做人工呼吸呢!

巧玲说:"我和你啥关系也没有,你也不用向我解释,你救了人,报纸没登、新闻没播,鬼才信。"说着,将一盆水劈头盖脸地泼了出去,"咣当"一下关上了门。祥根想想也对,自己说过不想结婚,和她非亲非故的解释啥呀!他也就悻悻地走了。俩人就这样断了联系。

可到手的生意总不能不做,巧玲赶到菜市场,见有个鱼贩子在卖池塘鱼,巧玲咬了咬牙,买了一条八斤重的胖头鱼回家,用只大塑料盆放满清水养了起来。

婆婆看着这条胖头鱼担忧地说:"巧玲呀,这池塘鱼泥土味和腥味重,用它替代清水鱼,要是被客人吃出来,那可是砸招牌的事呀!"巧玲说:"妈,我用清水养两天,问题应该不大。"

说话间,家里养着的那只大花猫叫了一声,然后虎视眈眈地盯着盆里的胖头鱼。巧玲对着猫呵斥:"馋猫,走远点,别打胖头鱼的主意!"那猫似乎听懂了巧玲的话,夹着尾巴溜了。

婆婆看着这一切,叹了口气,莫名其妙地说了句:"鱼嘛养瘦,猫嘛饿瘦,何苦喔!"这句话提醒了巧玲,为了防止猫偷鱼,她找了只大竹匾盖在了塑料盆上面。

当天半夜,巧玲听到"啪嗒"一声响,连忙起床查看,只听得"喵呜"一声,大花猫从狗洞里溜走了,盖在塑料盆上的竹匾翻在了地上……

巧玲骂了句"该死的猫",将竹匾重新盖好,想想不放心,还在竹匾上压了个塑料凳子,这才放心地回屋睡觉。

第二天早上,巧玲起床时,竟发现塑料凳和竹匾都翻在地上,那条鱼不见了。巧玲东寻西找,在屋

·新传说·

外的转弯处发现了那条已经被大花猫啃得千疮百孔的胖头鱼。

无奈之下,巧玲只好再次赶去菜市场,又买了条胖头鱼养在塑料盆里,为了保险起见,她找了根绳子,将大花猫拴在了杂物间里。

本以为万无一失了,谁知,成了精的大花猫竟然在夜里挣脱了绳索,把那胖头鱼又变成血肉模糊的尸体了。

天哪!这该死的大花猫是怎么了?以前可从没发生过偷鱼的事呀!巧玲找了根棍子,打算给这只该死的猫一点颜色看看。可找来找去,连猫的影子也没见到。

眼看明天客人就要来了,再去买池塘鱼养着去腥味肯定是痴心妄想了。巧玲沮丧地摸出手机,想打电话回绝掉客人,婆婆忙阻止道:"多大点事呀?要回掉客人?"说着,她摸出老年机打起了电话:"祥根,你明天早上给我们送条五斤重的胖头鱼过来。"挂了电话,她又说:"巧玲呀,你不理睬祥根,妈能理解,但生意是生意,感情归感情,两码事!"事已至此,巧玲也只能同意了,她摸出钱递了过去,说:"妈,明天你把这鱼钱给他,我不想见他!"

第二天,客人来了,是一对夫妻还带个男孩,巧玲一看,总觉得这女的面熟,好像在哪儿见过。刚好,祥根送鱼来了,那女的竟然认识祥根,打招呼说:"祥根哥,你来送鱼啦?"

祥根愣了一下,说:"咦,你们怎么在这里?"

那女人笑着说:"我听说你为了救我,让巧玲姐误会了,这才在网上订了餐,带着老公和儿子来,想把那天的事和巧玲姐解释一下。"

巧玲有些糊涂了。这时,

· 大千世界 众生百相 ·

女人很认真地对巧玲说:"巧玲姐呀,祥根哥可是个好人啊!要是因为误会分了手,我们的罪过可就大了。"

等女人将事情一说,巧玲明白了。原来,这女人那天和老公到馒头山水库钓鱼,钓着钓着,老公肚子不舒服,就去寻厕所了。而恰在此时,鱼上钩了,女人去拉钓鱼竿,没想到这鱼的劲儿实在太大,女人脚下一滑,跌到水里去了。她不会游泳,在水里瞎扑腾了几下就沉下去了。这一幕刚好被祥根看到,他不顾一切跳了下去,把女人救上来,还做了人工呼吸,刚好被巧玲看到了……

刚解释清楚,脚下传来"喵呜"一声叫,巧玲一看到大花猫,"扑哧"一声笑了:"馋猫,要不是你天天偷鱼吃,我就用池塘鱼代替清水鱼了。"

话音刚落,边上的婆婆插话了:"你那池塘鱼是我扔出去喂猫的,那拴猫的绳子也是我解开的,我是怕你用池塘鱼代替清水鱼砸了土味馆的招牌,也怕你失去祥根这么好的人。"

此话一出,巧玲脸红了:"妈,你说啥呢!"

婆婆微笑着说:"妈是过来人,你想啥妈心里都清楚,妈也知道年轻守寡有多难,别为了赌一时之气,误了自己一辈子。"

这时,站在边上的祥根开口了:"巧玲,我当时说不想结婚,是因为被骗去的三十多万块中有十万块是借来的,我不想你因为我而背上债。前几天,那网上的骗子被派出所抓住了,钱也追回来了一大半,所以,我想,我想……"

"你想干啥?说呀!"被他救下的女人在一旁催促着。

祥根鼓足了勇气,大声说:"我想和巧玲结婚。巧玲,你嫁给我吧!"

巧玲一听,羞得跺了跺脚:"你发啥神经呀!"她连手中的鱼都忘了放,拎着鱼一溜烟跑出了屋,大花猫"喵"的一声,撒开腿追了出去。

祥根傻眼了,愣在那里一动也不动。那女人向祥根使了个眼色:"祥根哥,你真傻呀!连猫都知道追,你还不快追!"

祥根应了声,欢天喜地地追了出去……

(发稿编辑:朱 虹)
(题图、插图:豆 薇)

加交流群,侃故事逸闻,
聊人生百味,微信扫码

·新传说·

限行风波

□ 杨信社

马庄的马主任有俩儿子,大的叫马武,小的叫马文。前几年马武建筑专业毕业,很快就开了一家公司,还出资将村里那条申请多年都审批不下来的路给修好了。村里人经常夸马主任:"您大儿子真有出息!"马主任听了喜忧参半:大儿子有出息,那就是说小儿子不行?

马文今年考高中,马主任希望马文和哥哥一样,将来也搞建筑,可马文却喜欢画画。这不,现在是寒假,马文经常在屋里涂涂抹抹。马主任一生气,把马文的画笔和颜料收了要扔掉,马文吵闹着喊:"爹,那是我的梦啊……"

无奈之下,马主任就给马武打电话求助,马武答应抽空回来住几天。

这天,马武回来了,马主任像看到了救星,把在屋里画画的马文叫了出来。马武拍拍马文的肩膀说:"弟弟,三百六十行,行行出状元。你喜欢画画,就认准这条路走下去,哥哥支持你!"

"不行!"马主任一拍大腿说,"老大,我让你劝弟弟,像你一样学建筑,将来当大老板,你怎么劝他画画?"

正说着,忽然外面有人喊:"马主任,不好了!阿六的儿子在新修的村路上被卡车压了……"马主任一听,急忙叫上俩儿子直奔事故现场。

现场已经围了不少人,阿六媳妇趴在路上哭天抢地:"谁能救救我儿子……"原来,阿六儿子被一辆装满石子的大卡车撞倒了,此时卡在车厢底下不能动弹。

马武俯身趴下,看了看情况,立刻让卡车司机把车栏板打开,卸下石子。很快,车上的石子卸下了三分之二,再加上大伙儿七手八脚地帮忙,车上的石子越来越少。忽然,马武惊叫道:"行了,孩子能出来了!"

原来,马武发现,偌大的载重量使车轮比平时扁了四五厘米,若车体抬高四五厘米,说不定孩子就能被拉出来。果然,石子卸下来后车体抬高了,马武小心翼翼地把孩子拉了出来。

阿六两口子哭着抱住孩子,阿六发现孩子没有大碍,连忙对马武道谢。阿六媳妇却骂道:"谢他个屁!要不是他修了路,货车能跑那么快?不跑那么快能出事?"

这是什么逻辑?马主任气得脸都红了。可是眼下他家有难,马主任不愿意和阿六媳妇理论,让人开车拉上他们和卡车司机去医院检查了。

很快,村民都散了,只剩下马主任父子仨和村支书。村支书说:"老马,刚才阿六媳妇的话你别介意,你家修路是好事。"马主任说:"我不介意。女人家情急之下那样说,不算个事儿。可眼下路平了、车速快了,增加了安全隐患倒是事实,总得解决啊!"

这时,马武说:"支书,爹,我有个主意:在村口打一对限宽墩,禁止运输车辆通行。"

马主任说这是个好办法。车速快的往往是运输车辆,这些司机心里想的就是多拉快跑挣大钱,不让他们过就行了。可村支书却不太支持:"修路就是为了方便大家走,这样不太妥吧?"

"有啥不妥?"马主任说,"如果任由这些车辆通行,指不定哪天又出事呢,下次谁能保证不出人命?"

村支书看看马武,想着这条路毕竟是马武出资修的,最终同意了。

很快,村口的限宽墩打好了。这样一来,一些大型的运输车开到村口,只能掉头绕行,顶多骂上一句发发牢骚,但安全有了保障。马主任对马文说:"你看,学建筑多好,处处能发挥能耐,现在村里人又开始夸你哥有能耐了。你学画画有啥用?"

马文嘟着嘴说:"哥哥是聪明,

·新传说·

但这主意不见得是好主意。挺宽敞的路弄一对限宽墩,一下子破坏了美感!"马主任气得直骂马文书呆子,可马武听了却若有所思。

果然,不出几天,村支书过来说限宽墩必须马上拆除!因为周边几个跑运输的联合向县公路管理部门举报马庄的做法。他刚收到通知,说私自设置限宽墩是违法的!

咋还违法了?马主任很不解。但上面的指示不能不听,只能派人把限宽墩拆了。

这样一来,临马路几家有孩子的住户找到村委会,说拆了限宽墩,出了事谁负责?村委会一时也想不出好办法,就暂时让村干部轮流到村口值班,提醒运输车辆慢行。

这天轮到马主任值班,他正准备去村口,俩儿子说当爹的年纪大了,应该由儿子代替值班。马主任暗暗高兴,但看到他们提着一个箱子,就问咋回事。马武说:"爹,我已经劝过弟弟了,他答应放弃画画,这是您前几天要扔的画具,我们顺便拿出去扔了,断了念想!"

马主任一听,开心极了:老二终于开窍了。

傍晚,兄弟俩回来了,马主任发现俩人有点不对劲,正疑惑呢,县长打来了电话。县长刚好是马主任的表哥,他生气地问:"前几天你们村的限宽墩被人举报了,不是拆了吗?咋又弄上了……没有?举报电话都打到我这儿了!"

原来,公路管理局刚刚又接到举报,说马庄的限宽墩又重新立了起来。公路管理局认为马主任之所以有恃无恐,是因为有县长撑腰,不敢管了。结果那些司机直接举报给县长了。县长最后骂了一句:"你这不是给我脸上抹黑吗?赶紧拆了!"

马主任一头雾水地挂了电话,急忙赶去村口看究竟。

· 大千世界 众生百相 ·

到了村口一看,果然有一对限宽墩立在那里,马主任气得用脚一踹,谁知踹空了,"扑通"一声摔倒在地上。咋回事?马主任躺在地上边揉屁股边看,那限宽墩并没有高出地面,可等他站起来再看,限宽墩又变成了布满斑马线的"立方体"。原来,那限宽墩只是3D画而已!马主任一下子反应过来,八成是马文的"杰作",居然画得如此逼真,把他都给骗了。

这时,刚好有辆货车过来了,司机见了限宽墩,骂了几句要掉头,马主任连忙跑到跟前说限宽墩是假的。那司机不信,下车仔细一看,这才信了。可明知道是假的,司机重新上车后,却克服不了心理障碍,小心翼翼地开了过去。

马主任当即给县长发了一段用脚踢"限宽墩"的视频。县长惊讶地说:"原来是3D立体画,马庄还有这样的人才?"马主任得意地说:"那是老二干的!"

县长称赞了几句,最后还是说:"这个创意虽然不错,但很有可能还是违反相关法规的。而且这个法子短时间内管用,时间一长,司机们都知道了就不灵了。"马主任回道:"我们的本意不是限行,只是提醒货车司机注意车速,保证周边小孩的安全,我们会想其他办法的!"

回到家,马主任还是乐呵呵的,马武借机问:"爹,我问您,那些司机为啥举报咱村?"

马主任说:"那还用问?咱挡了人家想走的路呗!"

"是啊。"马武反问道,"爹,人家想走的路被堵了还能举报,可弟弟想走的路被您堵了,他上哪儿说理去?"

马主任沉默半晌说:"老二,你想画就画吧,爹不阻拦你了。"

马文高兴得蹦了起来,马武却拉住他说:"弟弟,你画得再好,要是哥不修路,你能在泥地上画不?"马文摇摇头说"不能"。

"这就对了。"马武拍拍马文的肩膀,说,"特长再好也要有施展的基础,文化课不过关,你照样考不上理想的美术学校,还有半年就中考了,好好补补文化课吧!"

马文点点头说:"哥,我听你的……"

(发稿编辑:朱 虹)
(题图、插图:陆小弟)

微信扫码,您每周获得的权益主要有:
专属娱乐资讯、配套线上
读书活动、精选好书推荐

·新传说·

捅蜂窝

□ 查老三

小亮今年9岁了,前几天,他到树林边抓蚂蚱玩,不小心被蜜蜂蜇得鼻青脸肿。爷爷老姚赶紧将他送到镇上的医院打针用药。

老姚听说小亮是在树林那儿被蜇的,心疼地说:"你带爷爷去看看,爷爷给你报仇。"看小亮一脸疑惑,老姚解释说,"别看爷爷现在不捅蜂窝、割蜂蜜了,年轻的时候,我可是高手呢。"小亮听了老姚的话,脸上顿时有了笑容,催爷爷快点去报仇。

老姚宠溺地答应了。可当老姚看到小亮指出的"罪魁祸首"是一只蜂桶时,他只好对小亮实话实说:"孩子,这里肯定不是野蜂窝啊。这是有人特地把空心树锯成段、做成的蜂桶,这蜂窝咱不能捅啊!"

小亮一听爷爷不给报仇了,就不高兴了。老姚叹了口气说:"冤有头债有主,既然这蜂子是有主人的,它把你蜇了,那咱们去找它主人要个道歉吧。"

老姚很快就打听到这窝蜜蜂的主人是村民马二。老姚找到马二,说了小亮被蜂蜇的事儿,可马二一听,脖子一梗,说:"肯定是你家小孩捅了我的蜂窝才被蜇的,你不招惹蜂子,蜂子会主动蜇你啊?"看到马二摆出一副蛮不讲理的样子,老姚摇摇头,带小亮回了家。

几个月后,长白山地区进入了白雪皑皑的冬季。庄稼人没有农活可干,都拖着爬犁上山捡烧火柴。老姚上山的路线,离马二的那个蜂桶不远,每当他看到那个蜂桶,就气不打一处来,隔三岔五便对着蜂桶踢几脚。

过了春节,天气一天天地开始变暖。这天,马二刚出门,就看到老姚蹲在自家门口不远处。马二有点火大:"你这老头是不是活得不耐烦了?陈谷子烂芝麻的事儿你揪着不放?"

老姚听后也不恼,竟然笑眯眯地说:"行,算你姓马的狠!本来呢,我想给你个机会。既然你还是蛮不讲理,那咱们骑驴看唱本——走着瞧吧!"说完,老姚转身回了家。

马二对着老姚的背影,呸了一口,恶狠狠地说:"就凭你?哼,走到天边我都不怕!"

可过了三天,老姚又来了,马二好不愤怒,没等老姚开口,就要赶他出去。但老姚不气不恼,说:"后生,火气不要太大。我这次来不是找碴儿,也不是翻旧账,是来告诉你一件事,说完我就走。"马二一脸疑惑,不耐烦地说:"有话快说,有屁快放!"老姚摇了摇头:"唉,

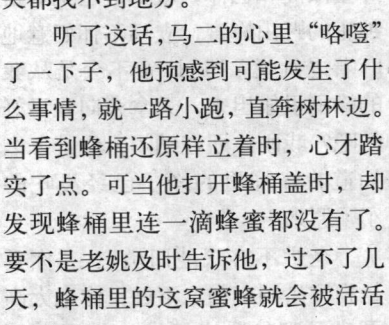

你赶紧去看看你那窝山蜜蜂,如果去晚了,怕是连哭都找不到地方。"

听了这话,马二的心里"咯噔"了一下子,他预感到可能发生了什么事情,就一路小跑,直奔树林边。当看到蜂桶还原样立着时,心才踏实了点。可当他打开蜂桶盖时,却发现蜂桶里连一滴蜂蜜都没有了。要不是老姚及时告诉他,过不了几天,蜂桶里的这窝蜜蜂就会被活活饿死!

他检查了锁蜂桶盖的锁头,确认是完好无损的,那是谁不开锁就能偷走蜂桶里的蜜呢?这人的手段也太高明了吧!老姚又是怎么知道的呢?虽然马二的脑子里一下子冒出一连串的问号,但他现在可没工夫仔细琢磨,因为眼下最紧要的是,赶紧给蜜蜂们弄点吃的。可家里的蜂蜜早已卖光,他只好到商店里去买些白糖喂蜜蜂了。

就在马二买回白糖,要往蜂桶里放的时候,老姚竟然拎着个小铁桶匆匆赶来了,他一边快步走着,一边说马二:"使不得啊!你给野山蜂吃了白糖,它们今年还能酿出高纯度的野山蜂蜜吗?你这是既坑别人又坑自己啊!你还是给蜂子吃这个吧!"说话间,他把手里的铁

·新传说·

桶递了过去。

马二一瞅铁桶里的蜂蜜浓度和色泽,就知道这绝对是纯正的野山蜂蜜,立马不怀好意地盯着老姚说:"这蜂蜜不会是从我的蜂桶里偷出来,又拿来向我示好的吧?我刚才还在纳闷,你是怎么知道我蜂桶里的蜂子已经没吃的了,原来……"

老姚不客气地回敬道:"你真是狗咬吕洞宾啊。不过,你也太高看我了吧?这蜂桶被你锁得死死的,我可没这个本事偷你的蜂蜜!我看你急匆匆地去商店,就猜到你家中已经没有蜂蜜存货了,这才回去把我家里存放多年的野山蜂蜜给你拿来。"老姚歇了口气说:"你要想弄明白我是怎么知道这窝蜂子已经饿肚子了,原因很简单,是我让它们把蜂巢里面的蜜吃光的!"

见马二一副打死都不相信的样子,老姚只得从头到尾地讲起来——

那还是老姚年轻时,有一年,老姚在割一窝山蜂的蜜时,给蜜蜂们留下了足够吃到来年采蜜时的蜂蜜。谁知等到了第二年春暖花开时,他发现这窝蜜蜂全都饿死在蜂巢里了。这到底是怎么回事?为了弄个明白,老姚开始查找原因,后来在蜂巢外面的树干上,看到有被啄木鸟啄过的小坑洞。经过认真观察,老姚这才知道,冬眠时的山蜜蜂,一旦被啄木鸟啄树干找虫吃的声音惊醒,就会大口吃蜂蜜——次数如果多了,蜜蜂就会把蜂巢里的蜜提前吃光,等到冬眠结束后,只能被活活饿死。老姚想惩治一下马二,就在冬天上山拖柴的时候时不时地踢几下蜂桶,声音吵醒了冬眠中的蜜蜂……

这事老姚做得神不知鬼不觉,可谁知到了最后关头,老姚还是动摇了。他先给了马二一次机会,后来他想到那窝将被活活饿死的无辜小生命,就难受得坐卧不安,最后实在忍不住,这才向马二吐露了实情。

老姚讲完这一切后,放下他手里这桶存放了多年的蜂蜜,转身向山下走去。走出几步后,他又突然转回身,对还在发呆的马二说:"很快又要春暖花开了,还是把蜂桶四周用东西圈一下吧,别让蜂子再蜇了谁家的孩子!别忘了,你也是个有孩子的人!"

老姚的话让马二顿时觉得脸上火辣辣的……

(发稿编辑:田　芳)
(题图:佐　夫)

·阿P系列幽默故事·

阿P得奖

□ 刘振涛

下个月,阿P所在的公司将举办"向前冲"家庭比赛,规则是,一对配偶或男女朋友一人抱着另一人跑200米,中途可停顿、可休息,但怀里的人不能放下。最先冲到终点的第一名,奖励海南十日豪华双人游,第二名奖励价值9999元钻戒一枚,第三名奖励高级家庭影院一套。

这不是想睡觉来了枕头吗?阿P前两天刚跟老婆小兰说,等年终奖发下来,一定给她买一枚钻戒,弥补结婚时的遗憾,没想到福利来了!

阿P对第一名的奖励也很心动,但小兰是护士,要请上十天假根本不可能,所以海南十日游只能放弃,拿下第二名,才是重中之重!

小兰和阿P想法一致,她盘算着说:"现在开始我要减肥,少个十斤八斤,你才有更多胜算。"

减肥是个辛苦活儿,阿P才舍不得老婆吃苦呢,他一拍胸脯:"你不用减肥,吃喝照旧。楼上张大爷不是瘫痪了吗?以后我每天抱他上下五楼,一个月还练不出臂力吗?到时抱你还不跟抱只小猫似的?"

小兰感动了:"老公辛苦了,每天我给你加道好菜增加营养。"

计划开始实施了。张大爷乐得合不拢嘴,逢人就夸阿P,可阿P惨了,想象和现实不一样,抱着老爷子到二楼就抱不动了,想背,却又练不出臂力来,为了钻戒,他只

·阿P系列幽默故事·

好咬牙挺着……

一晃大半月过去了,阿P终于能一口气把老爷子抱上五楼了,他高兴得一回到家,就抱起了小兰,在屋子里转了三圈:"你太轻了,钻戒非我家小兰莫属!"

小兰笑着打了阿P一下:"咱都练出来了,你们同事也不会闲着吧?"

阿P得意地说:"这个我早想到了。我看了参赛名单,有实力跟我竞争的只有小顾。"

小兰瞪大了眼睛:"小顾!我见过,那一身肌肉跟拳击手似的,咋办?"

阿P嘿嘿一笑,说自己早就把他打点好了!原来,阿P已经请小顾吃了顿饭,饭桌上,他酝酿着情绪倾诉道:"我欠小兰太多了,承诺的钻戒拖了这么多年也没实现,现在机会来了,我想请兄弟帮我一把,别跟我争第二名,让我实现老婆的愿望……"小顾听了,感动得连连点头。

自身有实力,保险又加了一道,阿P胜券在握。

开赛的日子到了,广场上,几十对参赛家庭就位,组委会严格审查,但凡发现假夫妻或假男女朋友,都一一劝退了,审核通过后,阿P带小兰进入赛场。

比赛快开始了,阿P赶忙寻找小顾的身影,只见他们两口子正在争执着什么,等"预备"声响起时,阿P把老婆抱了起来,再看小顾那一家,阿P哭笑不得——小顾居然被老婆抱在了怀里!

比赛规则里没有规定必须是男抱女,小顾老婆身材敦实,但个子较小,就算把小顾抱起来了,她那"小短腿"也很难跑得快。原来小顾是这么帮自己的?阿P来不及多想,因为发令枪响了,选手们抱着同伴,一窝蜂似的向前跑去。

赛程到一半时,参赛队伍淘汰掉了一大半,到了150米,赛道上就剩下五六对组合了,大家不是踮着鸭步,就是双腿打摆子强撑着。阿P知道,剩下这50米,该是发力的时候了,他一挺胸脯抱紧小兰,加速了。突然,场外观众惊叫起来,接着掌声雷动,阿P得意了,成为这么多人的焦点,太长脸了。就在这时,他怀里的小兰失声大喊:"这个女的太猛了!"

阿P不由得放慢脚步,扭头看了一下,竟然是小顾两口子,"小短腿"像匹黑马一样冲了上来!没想到这个女人如此有耐力,原来观众是给她叫好呢!

·多重性格 憨态可掬·

眨眼间,"小短腿"到了身后,阿P一惊,拔腿狂奔,眼看到终点了,小兰掐了他一把,提醒他:"第二,我们要第二!让她超过去!"

阿P一听,对呀,差点把目标给忘了!看着只有两步之遥的终点线,他缓缓停了下来,佯装累得够呛。忽然,阿P感到后腰猛地受到撞击,跟跄了两步,跟小兰一起摔倒在地。此时,观众大声欢呼起来,终点线上,总经理激动万分地宣布:"恭喜我们的阿P,斩获头等奖!"

接下来总经理还说了啥,阿P听不清了,他站起来后,只见"小短腿"得意地走过来:"咋样?我给力不?不用感谢我,帮助我老公的同事夺冠,是义不容辞的。"

阿P蒙了,原来刚才是"小短腿"故意撞他的……

当得知"小短腿"抱着小顾得了第二名时,阿P怒火中烧:"小顾,你忘了你答应我啥了?"

小顾涨红了脸,结结巴巴地说:"P哥,不瞒你说,我老婆是个职业运动员,就快退役了,她不想再当女汉子,想做回小女人。这个戒指,也许是给她最好的礼物……我知道钻戒对你们也很重要……"

阿P一听,感动了,他跟小兰一说,两人决定不换名次了!

去领奖时,获得第三名的保安大叔拉住阿P的手,好半天才难为情地开口,他想用第三名的那套家庭影院换阿P的海南十日游!

原来,在部队时,保安大叔就答应他媳妇,要带她去当过兵的海南旅游一趟,可从他退伍到现在,一直没能实现,如今为了夺得公司给的海南游大奖,他们苦练了整整一个月,可毕竟上了岁数,体力不比阿P他们这些年轻人……说着,保安大叔掏出一个信封:"这是两千块钱,我知道远远不够这两个奖

·阿P系列幽默故事·

项的差价,但我只能拿出这么多……"

阿P和小兰对视一眼,很有默契地点点头。阿P推回大叔递来的钱,说:"我们把奖品换了就行,这钱我不能要。祝大哥和嫂子旅游愉快!"

回到家,阿P环顾一圈,郁闷地说:"你看咱家哪儿有地方放家庭影院啊?"

小兰忽然想到什么,双手一拍,说:"我弟弟要结婚,正张罗新房呢!我们把家庭影院送给他当新婚礼物,不是正好?"

阿P也觉得这主意好,但开心过后又感到有些憋屈,自己风风火火一天,啥也没捞着,难道我阿P就这命?

就在这时,有人敲门,是社区的刘大妈,她推着楼上的张大爷,身后还带着几个扛摄像机的人,一起拥进了阿P家里。刘大妈说,阿P每天坚持抱张大爷上下楼,默默做好事,记者要采访他!

突然,一个记者盯着阿P问:"你是不是今天那家公司比赛的大奖获得者?是你把大奖让给了一个退伍军人,圆他们旅游之梦的吧?"

这两件事加在一起,阿P的形象立马高大起来,被树立为社区的模范人物,成了新闻里的"红人"。

阿P这边兴奋劲儿还没过,小顾两口子登门来了,"小短腿"被阿P的奉献精神感动了,说要向阿P学习,圆他这个好人的梦想,主动提出把钻戒让给阿P。

阿P忙摆手:"学我可以,但钻戒就免了,我阿P现在是典型、模范,我能要你的东西吗?不能,你们要是再坚持,就是否定我的人品!"

小顾两口子佩服得五体投地。等他们走后,小兰打趣道:"你看你,折腾了一个月,不就是为了钻戒嘛,咋送上门又给退了呢?"

阿P摇头:"你老公已经不是你一个月前的老公了,我不但参加了比赛,还得了奖:第一名,我跑出来的;第二名,人家送来的;第三名,我换得的。前三名的荣誉我都沾过了,还不够?对,我还得了个社区模范呢,至于钻戒嘛……"他清了清嗓子,挺直腰杆,"以我现在的人气,去任何一家珠宝店,凭这张脸就能打个八折!"

(发稿编辑:王 琦)
(题图、插图:顾子易)

微信扫码,为您讲述故事
会趣闻逸事

· 民间故事金库 ·

心病

□ 魏 炜

王小根是个小贩,专卖菜墩子。这年春上,他忽然得了一种怪病:肚子胀得鼓鼓的,吃不下睡不着,找几个郎中看了,都说没法治。后来,他听说邻县有个柳郎中,专治各种疑难杂症,忙赶了过去。

到了柳家医馆门外,王小根看到门口停着一辆马车,两个伙计从车上扶下一个腹胀如鼓的小老头,进了医馆。这小老头是望江楼饭庄的陈掌柜,王小根认得他,急忙跟了进去。

柳郎中给陈掌柜号了脉,问:"吃了胀气木吧?"

一个伙计急道:"那是胀气木?他也不想吃,是被人逼着吃的!"

原来,几天前,有几个人到望江楼吃饭。吃到一半,他们将陈掌柜叫过去,一个公子哥指着盘子上被挑出来的一个东西,问:"这是啥?"陈掌柜看了看,是块木渣,忙赔礼道歉,可公子哥一挥手,让几个手下把陈掌柜按在饭桌上,让他把整盘菜连同木渣都吃了,不然就没完。打那以后,陈掌柜就得了病,那盘菜在他肚子里不上不下,令他寝食难安。

柳郎中点点头,拿出银针,在陈掌柜臂弯处扎下,然后不住地捻动。片刻后,他忽然拔下银针,对陈掌柜说:"快去!"

陈掌柜觉得一阵恶心,忙跑

到门外,吐了个稀里哗啦。待吐干净了,他只觉神清气爽,肚子也饿了。陈掌柜回到医馆,交了诊费,千恩万谢地走了。

一旁的王小根把这一切看了个清清楚楚,眼下轮到他看病了。柳郎中也在他的臂弯处行了一针,然后说道:"茅房在院角,你快去吧!"王小根一进茅房,就觉得肚子一阵绞痛,接着一通狂泄。

王小根泄了个痛快,原先胀胀的肚子瞬间瘪了下去,他十分高兴,正想回医馆付诊费,却见柳郎中正忙着给人诊病,完全没注意到他。他转念一想,此时不溜,更待何时?于是,他赶紧溜之大吉。

可过了一个月,王小根旧病复发,只好骑上毛驴,又去找柳郎中看病。他刚来到医馆门外,就见从医馆里冲出两个伙计,把他揪下毛驴,押进了医馆。王小根急得大喊:"你们干吗?我是来给柳郎中送诊费的!"话音未落,他发现陈掌柜竟然也在医馆里。

柳郎中看着王小根,笑而不语,一旁的陈掌柜冷冰冰地问:"你欠了柳郎中的,难道就不欠我的吗?"

王小根瞅瞅他说:"我不欠你的!"

陈掌柜怒不可遏:"奸商!"

王小根毫不理睬,转头对柳郎中说:"柳郎中,请你快给我看病吧!"说着,他从袖袋里掏出银子,补了上次的诊费。

柳郎中收下银子,却无奈地说:"我可以告诉你,你得的是啥病,但我没办法治。"

王小根一听就急了:"你这神医都治不了,别的郎中更治不了,那我不就只能等死吗?"

柳郎中说,王小根得的并非是什么罕见的病症,而是心病。之前,王小根卖给陈掌柜的,正是那胀气木。陈掌柜吃完得了病,王小根听说后,心中愧疚,寝食难安,吃下的东西不消化,也就跟着得了病。上次,眼看陈掌柜的病被柳郎中治好了,他心中宽慰,再加上柳郎中给他行了针,他把积食排出后自然就痊愈了。至于他为什么又旧病复发,怕是又做了亏心事。

王小根听完,脸上红一阵白一阵的,陈掌柜怒气冲冲地说:"你这奸商,害了我一次又一次!这次我不治了,让你跟着好不了,再也害不了人!"

王小根狡辩道:"我怎么害你了?你别冤枉人!"

一个伙计冲到他面前,一把揪住他的脖领子,吼道:"你还冤柜?你知道你把陈掌柜害得有多惨吗?"原来,陈掌柜上次看完病后,回到饭庄就去查找哪里有胀气木,最后发现问题出在菜墩子上。那菜墩子木质很差,切菜剁肉都会掉渣,一不留神,就会将木渣炒到菜里去。陈掌柜就让伙计把菜墩子全扔了,买了几个新的换上。

不料,新买来的菜墩子又是假货,他们一开始没发现,结果那公子哥带人来吃饭,菜墩子掉的渣又混进了菜里,那一幕重演了。这回,公子哥更是怒不可遏,硬逼着陈掌柜吃了一桌子的菜,陈掌柜因此旧病复发。他派人四处去找卖给他们菜墩子的王小根,可一直没找到。

刚才,陈掌柜又来找柳郎中看病时,不禁痛骂王小根。柳郎中也气愤地说:"那个黑心肠的家伙,还欠着我上次的诊费呢。不过,估计他会旧病复发,也快来了。"陈掌柜一听,坚持要在这里守株待兔,果然等到了王小根。

这时,柳郎中不疾不徐地说道:"陈掌柜,我劝你还是赶紧把病治了吧。你放心,你的病治好了,他的病也没得治。"陈掌柜惊道:"此话怎讲?"

柳郎中说:"他又不是只卖给你一个人假菜墩子,他卖给许多人

呢。人家一得病,他照样会跟着得,所以是治不好的。你以后只要去买正宗的菜墩子,就不会再有事啦。"

陈掌柜瞪了王小根一眼,对伙计们说:"记住这个人,再也不要买他的菜墩子了。"说完,他就让柳郎中给他治病。柳郎中行了针,针到病除。

眼下,王小根终于低下了头,愧疚地说:"陈掌柜,实在对不起,往后我再也不卖假菜墩子了。"

柳郎中叹了口气,拍了拍他的肩膀。

原来,正宗的菜墩子叫柳木墩,这柳木有一种特性,就是剁出了裂口,也会逐渐契合,而不会掉渣。可柳木墩较为罕见,王小根为了多赚钱,就用一种纹理和柳木很像的假菜墩子,充当柳木墩来卖。谁知那是一种胀气木,人吃了会得病,因此惹出了这一连串的祸事。

直到这时,王小根才明白,他的心病,终须他自己来医啊……

(发稿编辑:朱 虹)

(题图:刘为民)

·网文热读·

最后一个顾客

□ 黄荣才

山村新开了一条路,游客多了起来,瘸了一条腿的良生就看到了希望。他和瞎了一只眼的老婆把两间临街的老屋收拾一下,开了家小饭店,做咸饭,也就是把大米和蔬菜混炒焖熟,淋上猪油,再弄个竹笋排骨汤,或者紫菜汤,那些城里人吃得喷香。

良生没高兴几天,路两旁的饮食店就像雨后春笋,噌噌地冒出来。良生的生意少了许多,不过有个客人却是固定的,那就是村里的五福。五福是个孤老,原来自己做饭,良生开店的时候来店里吃过几次饭。

五福穿着很随意,甚至有点邋遢。五福到店里吃饭的时候,他坐哪张桌子,游客宁愿站在门外等座位或者站着吃,也不和五福同桌坐。

有人就劝良生,干脆不要做五福的生意,否则影响其他人。良生夫妇俩都笑笑:"来的都是客,再说老人老了就够可怜了,哪能不让他吃呢?"

别人的店装修明亮,菜肴也丰盛,店主还站在门口,看到客人就大声招呼,甚至动手往店里拉。良生知道自己瘸腿,老婆瞎了一只眼,老屋又破旧,就是拉,别人也不一定来,他就不拉不叫,只会坐在店里的条凳上等客上门,但客人越等越少。

五福却每天都来吃饭,而且来得很准时,午餐十一点半,晚餐五点钟。很多时候,店里就五福一个

人吃饭。

五福有时也会和良生闲聊:"没有想过做点别的生意?"

良生一脸苦笑:"我们这身体做其他的生意,难啊。"

五福点了点头:"那些人何苦要和你争这小生意呢?"

良生说:"赚钱人人想,也怪不了他们。你也可以到他们那里吃吃看啊。"

"哼,那些人瞧不起我,我才不去吃呢。我就在你这儿吃,吃到死。"五福说着,有点气愤起来。

良生的客人一天比一天少了,良生和老婆也商量过把店关了,不过两个人说着说着,眼就红了,有人路过,听到良生和老婆两人商量的时候还提到了五福。

不久,一个消息在山村传了开来:五福把自己的棺材卖了。五福有口棺材,是他年轻的时候放倒屋后一棵老杉树为自己打下的,年年上一回漆。曾有人上门要买这口棺材,他坚决不卖,还把人骂了出去。谁知这时候他却把棺材卖了。

"你这老家伙犯糊涂了,不怕自己死后没棺材装?"五福来吃饭的时候,良生的老婆也问他。

五福用有点空洞的眼神看着屋顶:"死后就什么都不知道了。"五福说完,就慢慢地吃起自己眼前的那碗饭,他吃得越来越少了。

五福快死了。临死的时候,五福让邻居把良生叫去,要把卖棺材剩下的钱给良生:"我原来想在你那儿多吃一段时间,让你把店撑下去,生意也许就会好起来。可是我这老骨头不行了……"良生号啕大哭。在良生的哭声中,五福死了。

五福出殡的时候,良生去摔了孝子盆,送五福上山。

丧事结束后,良生回到家,和老婆说:"收拾收拾东西,把店关了,我们到城里捡垃圾。五福死了,我们的店可以关了。"

老婆叹口气,说:"是啊,这店早就该关了。五福没发现,我们后来每天只是做他和我们两个人吃的饭。"

良生和老婆走后好几天,村民们才发现他的店关了,老屋门口,已经有好些蜘蛛网了,网上粘了不少飞蛾、蚊子,在风中晃来荡去。

(推荐者:林西西)
(发稿编辑:王 琦)
(题图:豆 薇)

微信扫码,为您讲述故事会趣闻逸事

因踢死一只鸡坐牢

皮特自幼酷爱足球，他每日刻苦训练，终于进入国家队，踢上了前锋的位置。然而一场意外事件毁了他的职业生涯。

23岁那年，皮特参加了一场半职业足球赛，他所在的国家队暂时以2∶1领先。突然，一群鸡冲向球场，其中一只鸡慌不择路地跑到了皮特眼前，皮特很愤怒，便一个飞脚踢断了鸡的脖子，然后他捡起死鸡直接扔向场外。这一切被观众尽收眼底。等皮特再回到球场中间时，他立刻被裁判出示红牌罚下，理由是违反体育道德。就这样，原本领先的队伍因此最终输掉了该场比赛。

然而，事情还没有结束，一个动物保护组织在看了视频后对皮特提起了诉讼，他们以杀害及折磨动物的罪名将皮特告上法庭。皮特慌了，但他仍辩解道："我不是故意的，我很热爱小动物，家里也养了小猫小狗，当时实在是担心比赛结果而慌了神。""你可以选择其他方式，你应该知道你这一脚下去的结果会是什么。"法官并没有接受皮特的辩解，最终，皮特罪名成立，被判了一年的监禁。

球场鸡群事件很偶然，但皮特付出的代价不得不引人深思：一个人的品行往往体现在细节中，光有技术不足以成功，品行才能决定你人生最终的高度。

（作者：万艳艳；推荐者：心香一瓣）

自以为是的人

一个男人乘坐地铁，听到旁边的姑娘正在打电话，讲述她刚刚经历的有惊无险的驾驶体验。姑娘挂掉电话，转了下头，正好和男人对视了一眼。男人搭讪道："你的驾车技术好像不太熟练。"看到姑娘礼貌地报以微笑，男人继续说："女孩天生不适合驾驶，她们对方向、速度和加速度等都毫无概念。也许女孩不开车，这个世界会更安全、更美好……"

"这话可不全对……"姑娘开了口,似乎想要辩解什么,但被男人的问话打断了:"你在哪里上班?"男人一听姑娘在航空公司上班,就不假思索地问:"客服吗?"姑娘摆摆手说:"不。我要追踪时间、距离、速度、加速度和方向等……"

她的话让男人生起了一丝疑惑和警觉,他急忙问:"你是做什么的?"姑娘笑着回答:"我是一名飞行员,担任机长职务。我想说,我是一个女孩,但我也能开飞机。"她的声音不大,却引来了周围很多乘客的注意,甚至还有人轻轻地鼓起了掌。"哦……对……当然,也会有特殊情况的。你很厉害!"男人涨红着脸,胡乱说了几句话,然后慌忙下了车。

这件事告诉我们,永远不要自以为是,不要有任何偏见,有时候你觉得别人带着傲慢与偏见时,可能恰恰是你太过自以为是。

(作者:张君燕;推荐者:田龙华)

无处安放的胡子

蔡襄是北宋名臣,在书法、文学、茶学上皆有造诣。他有一把非常漂亮的胡子,常常受到宋仁宗和群臣的交口赞叹。对于别人的羡慕,蔡襄欣然接受,走起路来气宇轩昂,平常更加珍惜自己的美须。

一日,蔡襄与众臣跟随在宋仁宗身后散步,大家兴致勃勃聊着天。突然,宋仁宗回头问蔡襄:"蔡卿家,你有这么漂亮的胡须,睡觉时是怎么处理它的?是把胡须放在被子下面,还是放在被子上面?"蔡襄没想到宋仁宗会问这个问题,一时语塞,不知如何回答。他只好慌忙奏道:"臣还真没有留意这个事,容臣明早上朝时再禀告皇上。"

回到家后,蔡襄感觉饭菜不香,没有胃口。他没想到宋仁宗会问这么一件小事,也不知道皇上是什么意思。终于熬到晚上睡觉时,蔡襄躺在床上,一会儿把胡须放在被子下面,一会儿把胡须放在被子上面,总觉得浑身不舒服。结果,他被胡须搞得一晚上都无法入睡。第二天上早朝时,他还是无法准确地告诉宋仁宗,睡觉时自己把胡须到底放在了哪里。

胡须本来是身体的一部分,顺其自然便好,若时时在意,处处留心,反倒会被过度思虑所左右,变得寝食难安了。

(作者:倪西赞;推荐者:晓晓竹)

(本栏插图:陆小弟)

学写作文,从读故事开始

·外国文学故事鉴赏·

阿尔弗雷德·希区柯克（1899－1980），英国著名电影导演，擅长拍摄惊悚悬疑片。除电影外，希区柯克还撰写过许多悬疑故事，代表作有《深闺疑云》等。本作品改编自其同名短篇小说。

不对劲的车

哈伯和泰瑞是一对夫妻，这天是他们结婚三十四周年纪念日。两人吃完晚餐，把私家车从停车场开出来，准备回家。可哈伯刚把车开上路，就觉得不对劲，车速太慢，坐垫弹性太大，引擎声太响，刹车也不对。他脱口而出："怎么回事儿？这好像不是我们的车。"

他的太太泰瑞皱着眉说："你整个晚上都在抱怨，我受够了，你为什么总是要破坏兴致？"

哈伯若有所思道："我不想破坏兴致，可这汽车真的不对劲。"

泰瑞生气地说："五个小时前，我们把这辆车开进停车场；五分钟前，他们把车还给我们。相同的厂牌、型号、颜色，哪里不对？你看，工具箱里全是我们的东西，后座上还有狗用的破毛毯。"

哈伯板着脸关掉引擎，仔细地察看，不错，看上去是一样的，但车顶上有一块不熟悉的污渍。他跳下车，牌照是自己的没错，左边前挡泥板上有个被撞的凹痕仍在那儿，可是位置高了些；他还发现两道划痕，是送进停车场时没有的。

他又把车开了回去，停在停车场对面，这是不准停车的地带。泰瑞气鼓鼓地说:"我可不愿和你一起丢人!你就不该喝那几杯酒,是酒精让你恍惚了。"

哈伯答道:"好吧,那你就在车里等着,如果有警察来问你,你就告诉他是什么情况。"

哈伯走进候车室,对柜台后的女出纳员说:"对不起,我有件事,我刚才从这里取车,但发现车不是我的。"

出纳员疑惑地问:"不是你的?那你为什么要开走?"

哈伯耐心解释道:"因为它看起来像是我的,连牌照和里面的东西都是我的,但我知道,那不是我的车。"

出纳员坐直了身体,问道:"那辆车在哪里?"哈伯说:"在对面,我太太在车里等我。"出纳员想了想,说:"好吧,先生,我给老板打个电话。"她转过身拿起电话拨号,周围太吵,哈伯听不清她说什么。出纳员挂上电话后说:"先生,请您等一下,老板五分钟后到。"

哈伯坐下来等,看那位出纳员忙着打电话,可二十分钟过去了,还没有老板的影子。

大约半小时之后,老板吉姆坐着一辆豪华轿车来了,哈伯向他重述了一遍经过,吉姆以一种容忍的语气说:"通常遇到这种事,顾客都是向我们的保险公司申诉的,不过说我们换掉整辆车可不太好。说吧,那些凹痕你要多少钱?"

哈伯生气地说:"我可不是来讹你的钱的。我很确定,那辆车不是我的。"

吉姆表情严肃起来:"假如事情是你说的这样,那你要我们怎么做?"

哈伯说:"至少你要向我解释清楚是怎么回事,不然的话,我要自己进停车场去找。"吉姆说现在停车场是最繁忙的时候,人走进去到处逛可能会被撞到,他提议先看一下那辆被哈伯开走的车。

哈伯带着他走到外面,发现对面空荡荡的,车和泰瑞都不见了。哈伯目瞪口呆,吉姆猜测道:"是你太太把车开走了吧?"哈伯很确定地答:"不会的,她从来不开这段拥堵的路。"吉姆一边转身往回走,一边说:"或许她等得不耐烦了。你要不往家里打个电话,看她是不是平安回家了?"

哈伯跟着走进候车室,试图集中精神思考,他自言自语着说:"不,她绝不会那样做,尤其是今天……"

·外国文学故事鉴赏·

"今天有什么特别吗?"吉姆问。

"今天是我们的结婚纪念日。"

吉姆脸上露出一抹微笑,说:"哦,你们吃了顿大餐,然后你喝了酒?"

"几杯威士忌,不过……"哈伯正想解释,柜台的电话响了,女出纳员拿起听筒听了一会儿说:"是你的电话,哈伯先生,她说是你太太。"

哈伯接过话筒,听到了泰瑞的声音:"哈伯?我在家里,我要你马上回家。"

"泰瑞,可是你为什么不……"

"打辆出租车,尽快回家,我不想多说了。"泰瑞挂上了电话。

哈伯呆呆地看着手中的话筒,开始怀疑自己,会不会一开始自己就错了?真是那几杯酒影响了判断力?

吉姆得知泰瑞说了什么后,脸上微笑的嘲讽意味更浓了:"我就说嘛,你太太已经回家了。当然咯,这是三十四周年结婚纪念,你们要好好吃一顿,喝几杯酒。老兄,恐怕你喝得有点多……我们先给你叫辆出租车吧。"

哈伯生气地瞪着吉姆,忽然明白自己接下来要做什么了。他整整领结,打起精神说:"对不起,也许我是多喝了两杯,不过不用麻烦了,我自己打车回家。"

走出候车室,哈伯看到入口处停着一辆车,一对夫妻刚下车,车门还开着。哈伯迅速钻进那辆车,关上门,猛踩油门,完全不理睬后面追着叫喊的人,把车径直开进了停车场。他的心怦怦地跳,当他看到停在角落里的那辆车时,他的心跳得更厉害了:车前盖被压扁,挡风玻璃四分五裂。不远处,两个男人正挟持着泰瑞离开一部电话

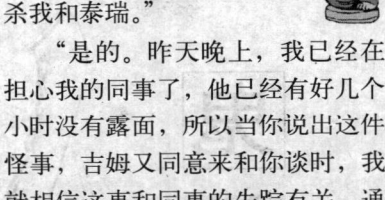

机。哈伯跳下车,大声叫喊,他看到泰瑞嘴巴被塞住,前额有伤痕。这时,一个男人掏出手枪瞄准了哈伯,枪响了……

当哈伯睁开眼时,他发现自己躺在医院里,低头看着他的,是那个女出纳员。她告诉哈伯,他和泰瑞都没有生命危险,接着亮出了自己的警徽,她是个女警察。

"这一切到底是怎么回事?"哈伯问。

女警察说:"多亏你发觉那辆车不是自己的,又回来询问,否则吉姆他们就逃掉了。"原来,这个停车场是个毒品交易站,工作人员都是同伙,他们把毒品藏在汽车里进行交易。她和另一个警察在这里卧底,但当那个警察开着哈伯的车进停车场时,一个送货的歹徒认出了他,并开枪打死了他,哈伯的汽车玻璃被打碎,车里血迹斑斑,车头也撞坏了。

哈伯点点头,说:"他们为什么不干脆说车被偷了?"

"那会把警察招来。歹徒需要时间处理你的汽车和遇难警察的尸体。他们偷来一辆和你那辆一样的车,这在城里并不难。他们希望在黑暗中你不会注意到车的不同。"

"我明白了,所以当我开车回去的时候,他们就决定杀我和泰瑞。"

"是的。昨天晚上,我已经在担心我的同事了,他已经有好几个小时没有露面,所以当你说出这件怪事,吉姆又同意来和你谈时,我就相信这事和同事的失踪有关,通常吉姆是不理会顾客的抱怨的。"

"我在等吉姆时,你在打电话,那些电话是打给警方的?"

"是的,我们在候车室部署了许多便衣。"她停顿了一会儿,问,"有一件事我不明白,你太太打过电话后,你为什么不听她的话打车回家?她告诉警方,她打电话时,他们拿枪顶住她的头,她没法警告你这是陷阱。"

"就是因为如此,我才产生了怀疑。"哈伯笑了一下,说,"如果她真是自己开车回家的话,她不会只说那么几句,一定会啰唆个不停。但让我下决心偷辆车开进停车场的,是吉姆的话。他说那是我们三十四周年结婚纪念日,我可没有告诉过他,很明显,他一定是从泰瑞那儿知道的,他和这件古怪的事脱不了干系。"

(改编者:一　言)

(发稿编辑:王　琦)

(题图、插图:佐　夫)

·网文热读·

鬼六

□ 秋子红

鬼六是个刽子手。一个刽子手,一辈子砍过九九八十一颗脑袋就够了,否则手上所欠阴债过多,来生永世不得超生。这是师父活着时,时常对鬼六说的老话。

此刻,望着面前的囚犯,鬼六长舒一口气,自言自语道:"九九八十一颗!"

鬼六早在心里谋划好了,此次行刑之后,他会将手上这把鬼头大刀交给别人,他自己要离开京城回到故乡,安安稳稳过日子。当然,鬼六还要天南地北去找寻失散多年的妹妹。

多年前,黄河决口,父母正在田里锄苞谷,一个浪头打过来,父母便没了踪影。鬼六牵了妹妹的手,随着逃难的人群,走在去京城的官路上。半道上,鬼六却与妹妹走散了。那一年,鬼六十七岁,妹妹莲儿才五岁。妹妹模样长得好,清凌凌一双黑亮眼睛,眉心卧一颗麦粒大的乳红色胎痣,秀气中透着股惹人疼爱的机灵顽皮。

在京城仁义街上,饥肠辘辘的鬼六死死盯着面前一个魁梧大汉,汉子的手间有一张嫩黄焦脆的酥油饼,正冒着热气。

汉子见鬼六这样子,叹口气,把饼给了他,并将他收作了徒弟。汉子是京城鼎鼎大名的刽子手鬼五。冬练三九,夏练三伏,三五年之后,鬼六便出道了。

鬼六到底是个精壮小伙,做起

活来，竟没有半点拖泥带水，起刀，喷酒，刀起，刀落，一刀砍下，囚犯头断皮连，交给法场外等候着的家眷一副全尸。这要换作别的刽子手，没有好酒好肉、没有白花花的银子打点，历来是不行的。但鬼六不，鬼六厚道。于是，刽子手鬼六的好名声渐渐就在京城传开了。

此时，法场外看热闹的人群密密麻麻，却没了往日的喧嚣，显得出奇地安静。鬼六甚至能够看见，有些头发花白的老人远远望着囚犯，时不时用袖角擦着眼里的泪花。

囚犯是个年轻瘦弱的女子，双膝跪地反绑在木桩之上，脑袋耷拉着，一身赭色囚衣外露出雪白的脖颈儿和一头乌黑的长发。

这是个命比黄连还要苦的女子。自小流落到京城，被城中一小户人家收养，做了童养媳。那小户人家是个刻薄主儿，斥责打骂，女子当牛做马，终于熬到了十八岁，眼看着就要与那户人家的儿子成亲，却被城中一个大户抢去做妾。这女子也是个烈性子，誓死不从，新婚之夜，一把剪刀戳过去，就将酒醉的大户给刺死了。

法场上方，监斩官一声断喝："午时三刻已到，行刑！"

鬼六拎起手间那一把闷沉沉的鬼头大刀，抓过桌案上的海碗，"滋——"地喝了一口，"噗"的一声将酒喷在寒光四射的刀面上。鬼六身子一仰，举起了刀。

一束阳光直直射进了鬼六的眼窝，鬼六眨眨眼，看见鬼头大刀锋刃上闪烁着一道凛冽的光。鬼六忽然打了一个寒噤，心头有一种异样的感觉。鬼头大刀眼看着就要从头顶落下来了。

就在这时，身前的女囚忽然扭过了头，抬起了脸。鬼六看见，一张被一道道泪水洇染得湿漉漉的瘦削的瓜子脸，一双清凌凌乌黑闪亮的杏仁眼，鬼六还看见，那张脸上两道又黑又细的眉毛间，一颗麦粒大的乳红色胎痣！

鬼六惊声尖叫："莲——儿——"接下来，他只觉眼前一黑，整个身子山一样轰然倒了下去……

数日后，有人在京郊的法雨寺碰见一个和尚。和尚刚刚剃度，青亮亮的头皮上，香疤还没有落痂。据说，那和尚的模样酷肖鬼六。

(发稿编辑：朱　虹)

(题图：豆　薇)

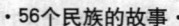 ·56个民族的故事·

作为居住在宝岛台湾的少数民族,高山族是中华民族大家庭中不可或缺的一部分。高山族口头创作的民间故事,内容丰富,具有本民族特色。这些故事表现了高山族人不怕困难、勇敢善战、坚韧不拔的精神,表现了他们丰富的想象力和创造力。

伊里和拉纳莫

很久以前,在一个村寨里有一户穷苦人家。他们有一对孪生儿子,老大叫拉纳莫,老二叫伊里。他俩十岁那年,一场瘟疫在寨子中蔓延。有个巫师进寨驱"鬼",硬说兄弟俩是招邪的"鬼胎",只有把他俩处死,全寨人方能消灾免祸。他们的父母很心疼,就打算偷偷地把他们丢进荒林里。

夜里,阿爹腰挎斧头走在前头,兄弟俩手提粑粑跟在后面。伊里心眼儿活,每到拐弯处就找棵树贴上一片粑粑。就这样,他们一直走到天黑,到了一片大森林里。阿爹说:"坐下歇一会儿吧!我去采些野菜来。"兄弟俩说:"阿爹,你快去快回啊!"阿爹没有说什么,摸了摸孩子们的脸蛋,就慢慢地走了。

夜深了,阿爹还没有回来。兄弟俩很害怕,只好一边哭着一边摸着黑往回走。伊里一边走,一边细心寻找白天留在树干上的粑粑,可树干上的粑粑被蚂蚁吃掉了。没有路标,走不了,伊里攀上一棵大树,他看到远处有一星灯火,禁不住欢叫起来:"哥,看到我们的家了!"他连忙滑下树来,拉着阿哥,好不容易来到亮灯的地方。走近一看,这里并不是自己的家,而是一幢奇形怪状的石头房屋。

主人掌灯出来,满脸堆笑地把他们迎进屋里,问明情由后说:"苦命的孩子,先吃点东西吧!"然后,他端出两大碗喷香的米饭和两盆熟肉给兄弟俩吃。

拉纳莫一见米饭,就狼吞虎咽起来。伊里夹起一块熟肉,他突然看到熟肉里有一只手指头,便小声对阿哥说:"糟啦,房主不是好人,煮的是人肉啊!"两人蹑手蹑脚走到石墙边,透过墙缝往里一看,只见房主披头散发,青面獠牙,伸出的舌头足有半尺来长,原来他是个妖怪。兄弟俩放下碗筷,连忙撒腿就往门外跑。

妖怪听见声响,立即恢复人形,说:"孩子,外边黑灯瞎火的,你们先在这里住一宿,明天再走吧!"兄弟俩不敢强走,只好答应由小妖陪着睡觉。妖怪给小哥俩盖上一条粗毛毯子,给小妖盖上一条细毛毯子。妖怪看着三人齐头躺下后,急忙去屋后磨刀。

听着屋后霍霍磨刀声,兄弟俩并没有立即逃跑,只见伊里把粗毛毯轻轻地盖在睡熟了的小妖身上,又把小妖盖的细毛毯换给自己和哥哥。刚刚调换好毛毯,妖怪就手执鬼头刀推门进来了,他一进屋,就朝着粗毛毯里睡着的人一连猛砍几刀,然后走出门外。

这时候,兄弟俩一骨碌翻起身来,从后窗跳出逃跑了。妖怪听见响声,跑进屋里一看,很生气,就穿上宝靴,拼命去追。伊里忙拽起拉纳莫躲进一个大树洞里。妖怪追到树洞前,闻到人味儿,就伸头往树洞里钻,但他身躯肥大,怎么也钻不进去,只好靠着树干坐着等。刚坐下,才发现两只脚都扭伤了,于是他脱下宝靴,揉着脚,揉着揉着,竟睡着了,打起了呼噜。

兄弟俩屏住呼吸,钻出树洞,伊里又轻手轻脚地换上宝靴,架起哥哥就跑。妖怪惊醒了,发现宝靴被穿走了,也没法追上他们了。

就这样,兄弟俩跑了好久,终于来到一座皇宫前。卫士们见他们行走如飞,感到很惊奇,就带他们进宫见皇帝。皇帝看到伊里脚上的

·56个民族的故事·

宝靴,说:"你们藏了宝靴不献给皇上,本当治以死罪;念你们年幼无知,宽饶你们。但是你们务必在三天内献出一匹神马来,否则就处斩。"

兄弟俩没办法,只好出去找马,可到哪里去找神马呢?这天,他们又饥又渴又累,背靠大树坐下,刚坐下就睡着了。他们梦见一匹神马飞奔而来,两人睁眼一瞧,真有一匹高头大马站在面前。马对他们说:"我就是神马,特意来帮助你们的。"兄弟俩高兴地领着神马进宫了。

皇帝一见神马,喜出望外,但他又说:"我还缺少一个像仙女一样的美女,限你们三天内献来,否则处斩!"听了这话,兄弟俩又发愁起来,这时,伊里忽然心里一亮,对哥哥说:"那棵大树兴许有神灵,上次在那儿梦见了神马,说不定也能梦来仙女呢!"于是,两人又来到那棵大树旁。果然,一个仙女出现了,并跟着他们进了皇宫。

皇帝很高兴,但他转念一想,这两个小毛童竟然能弄到自己所要的东西,莫非是怪物?现在不弄死他们,岂不留下后患?于是,他对兄弟俩说:"我平生最喜欢游戏,爱看人在开水锅里洗澡。明天一早,你俩表演给我看吧!"

兄弟俩暗暗淌眼泪:这皇帝有多狠毒啊!晚上,仙女飘然而来,对他们说:"别愁,快去拿根木棍,在神马身上猛敲几下,它就会吐出许多白唾沫。你们用白唾沫涂遍全身,下开水锅就烫不坏身体了。"兄弟俩赶忙照做。

天亮了,皇宫里早已烧好两大锅开水。文武百官簇拥着皇帝,前来观看表演。兄弟俩跳进了两口大锅。皇帝又命令添柴加炭,水被烧得直冒泡泡。但是,他们却越洗越欢快自在。皇帝吃惊地问:"不烫吗?"拉纳莫说:"不烫,泡在开水里可舒服啦。"伊里说:"洗开水澡,岂止浑身舒服,还能长命百岁哩!"皇帝动心了,兄弟俩刚跳出锅来,皇帝就迫不及待跳进了水锅。霎时间,皇帝"嗷嗷"惨叫几声,就被烫得一命呜呼!

后来,兄弟俩降妖怪、治皇帝的事,很快传遍了四面八方,人们纷纷拥护他们当皇帝。他们推辞说:"我们不要荣华富贵,只想回家,与家人团聚。"就这样,当初被丢进荒林的弃儿,终于回到了阿眉斯人的故乡,与爹娘团聚了。

(搜集整理:林登山 李耀宗)

(发稿编辑:田 芳)

(题图:谢 颖)

·情感故事·

力大无穷的"铁扁担",怎么就成"金扁担"了呢?

金扁担

□崔建华

故事发生在20世纪还有生产队那会儿。南麻村有这么一家,姓铁,一家三口,夫妻俩和儿子虎子,丈夫老铁会木匠手艺,但那个年月,主要还是靠在生产队挣工分过活。生产队每年秋后最后一次分粮,都是各家的男主人去队里挑粮,老铁自然义不容辞。

这一年秋后就要挑粮了,老铁却病了,他挣扎着起来,晃晃悠悠走了没几步,就一屁股坐到了地上。虎子见状,赶紧把爹扶回屋里,然后拿起爹的扁担,要替他去挑粮。

老铁在床上叹口气,嘱咐虎子娘:"让虎子少挑点,孩子正长个,压坏了身子,就不长了。"虎子这年16岁,可不正是长身体的时候?

生产队分的是地瓜,队长见铁家去的是虎子,待问明了情况,特意嘱咐他一次少挑点,别压坏了身子,如果挑的不够吃,改天再去自家拿点,凑合一下。

队长的女儿海棠也在一旁笑嘻嘻地说:"是呀,一次挑不完,可以再来一趟嘛!"

虎子看看海棠,笑了笑,把拿去的两个篓子装了个满满当当,然后学着大人的样子,朝手心吐了两口唾沫,挑起两篓地瓜,就飞奔而去,惊得队长眼珠子都快掉出来了,没想到铁家生了个大力士!从此,虎子"铁扁担"的名号就在全村叫

·情感故事·

响了。

尽管老铁舍不得再让虎子挑重担,但从那以后,虎子也经常帮父母挑些小重量的担子。即便如此,每次大家见虎子挑担子,都在背后喊他"铁扁担"。

话说,这一年是保留生产队的最后一年,生产队分完口粮,还有不少余粮剩下。队长下了通知,让各家各户去队里挑这些余粮,每家去一个劳动力,一次能挑多少挑多少,挑回家就是自己的。

这下虎子有了用武之地,这年他已经20岁了,摩拳擦掌,跃跃欲试。他下定决心,这次一定要比上次挑得多。

老铁两口子乐得清闲,放心地让虎子自己去队里挑粮,他们在家做点木匠活。可是左等右等,就是不见虎子回来,老铁两口子人在家里,心早跑到虎子那儿去了,时间一长,不免着急起来。

虎子娘终于忍不住了:"孩子一个人去挑粮,这么久了不回来,不会出啥事了吧?你不去队里瞅瞅?"

其实老铁早停下手里的木匠活不干了,他装了一袋旱烟,坐在门口"吧嗒吧嗒"抽呢,看来他心里比虎子娘还急,可是嘴上却说:"我不能去,我要去了,你说是我挑这最后一担粮,还是让虎子挑?要去,还是你这当娘的去。你去瞅瞅吧,瞅瞅到底咋回事,怎么还没回来?"

"就你心眼多。"虎子娘这句话还没说完,人已到了门外。

远远地,虎子娘就见生产队那儿里三层外三层围满了人,而且人群不时发出一阵阵爽朗的笑声。待走近了,虎子娘终于看清了,虎子面前两个篓子,一个装满了地瓜,一个里面却坐着一个俊俏的姑娘,梳着两根麻花辫子,穿着一件碎花上衣,她脸红红地坐在篓子里,正学观音打坐呢。这姑娘不是队长家的闺女海棠吗?她跟虎子同岁,平时就爱调皮。

再看虎子,急出了满头大汗,虎子娘从人缝里钻过去,拉了儿子一下,悄声问:"怎么回事?"

虎子见娘来了,眼泪都快掉出来了:"娘,你可来了,大家怕我挑得多,又起哄我和海棠,就趁我往前一个篓子装地瓜的空儿,撺掇她坐进另一个篓子里,她还不出来了……这可咋办啊?"

"你不会把她抱出来?"虎子娘说完这话就后悔了,这里围着这么多人,现在都在看热闹起哄呢,这要真去抱了,那还了得?

再看队长,远远地坐在一棵槐树下,不急不躁地抽着旱烟,像是啥事没发生一样。虎子娘一下子明白了,她没待虎子回话,就把他拉到一边,在他的耳旁如此这般地说了几句。虎子那张还有点稚气的脸"腾"的一下红了:"能行吗?"

"照娘说的去做就是,要不啥时是个头啊?这地瓜咱还要不要?再说,你爹还在家等着你回去帮他拉大锯呢。"虎子娘假装生了气。

虎子平时最听娘的话,既然娘这么说了,于是他走过去,二话没说,拿起扁担,挑起两个篓子就走。篓子里一头是地瓜,一头是海棠,一头重一头轻,虎子就把肩膀往地瓜篓子那边挪了挪,可还是不行,这回虎子没了以前的从容,挑着担子有点歪歪扭扭,跟跟跄跄,好不容易才走出了人群。

人群立刻炸了锅,笑声、起哄声,一浪高过一浪。篓子里的海棠吓了一跳,待明白了咋回事,一个劲地嚷着让虎子把她放下来。虎子哪里听她的?出了人群,就加快了步子,没多久就连人带地瓜一块儿挑回了家。原本坐在槐树下抽旱烟的队长,见此情景,站起来,磕了磕烟灰,倒背着双手回了家。

这边虎子挑着海棠和地瓜刚到家,他们两个娘前后脚也到了。

虎子娘把海棠娘让进院子,笑盈盈地说:"海棠她娘,队长亲自定的规矩,这次分粮,谁家挑回啥就是啥,挑回多少是多少。海棠这闺女让虎子挑回来了,就是俺家的了。"

"这个死妮子,看我不打断她的腿。"海棠娘嘴上说着,眼光却落在院子里打好的家具上,脸上满是羡慕,"这些家具打得真不错,以前光听说虎子爷俩会这手艺,还真没正儿八经地上门来看看,这下可开眼了。"

"还凑合吧!虎子已经跟他爹学得差不多了,你家要是缺啥,说一声,让虎子上家给你打去。"

原来,队长一家早相中了虎子这个会家具活的"铁扁担",这才演了海棠坐篓这一出。村里人后来都说,虎子哪里是"铁扁担"?分明是个"金扁担",把个千金不换的俊俏媳妇挑回了家。

(发稿编辑:王 琦)
(题图:豆 薇)

·法律知识故事·

房屋买卖有说法

□ 王秀申

太行山深处有个小村子,以前因为交通不便,村里的房子都是村民就地取材,用石头块垒起来的。这种石头房,从外表看虽然不美观,但住在里头冬暖夏凉。

村民李某有两个儿子,两人渐渐大了,老大20岁那年,有人登门提亲,可娶媳妇没有房子不行,李某便请人盖起了八间石头房,分为东西两个屋。

老大23岁那年娶了媳妇,小两口住在西屋,李某老两口和老二住在东屋。不久,老二也到了结婚的年龄,李某老两口只好退居"老根据地",搬回老屋居住,让老二把东屋做为新房。

兄弟两家同在一个屋檐下过日子,亲兄弟没问题,可时间久了,妯娌之间很难不发生矛盾。李某是过来人,他心里明镜似的,没等儿媳们闹矛盾,他提前做主给两个儿子分了家,八间石头房每人四间。

如今山里人富了,村村通了水泥路,村民再也不用盖石头房了。两年前,李家老大盖起了两层的红砖蓝瓦楼房,一家人欢天喜地搬进了新居,把那四间石头房租给了村里的一对老夫妻。

一天,李家老二到村头小卖部买酱油,听几个村民交头接耳在议论,说他家老大要卖那四间石头房。

于是,老二赶紧找到老大,问:

62

"哥,听说你要卖房,是真的吗?"

老大回答说:"是真的,你有心要?"

老二肯定地说:"要,一准要!哥,你说个价。"

"我是哥,咋好意思说价格,你说说看。"

老二伸出一个巴掌,说:"哥,你知道,咱乡下老屋本来就不值钱,不过随着城里的房价上涨,村里的房子也贵了,我出五万块,是多是少你来定。"

老大笑着说:"行,等我跟你嫂子商量一下,过两天就给你回话。"

然而几天后,李家老二却听说老大以六万元的价格把房子卖给了租住房子的老夫妻。

老二心里埋怨老大:哥,你咋能这样呢?要是嫌五万块少,你说话就行了啊!

老二前思后想,觉得老大这样

· 解剖一个案例 明白一个道理 ·

卖房的做法似乎不妥,于是上网咨询了在线律师,律师的答复让他心里有了底……

律师点评:

本故事涉及一个法律问题,即优先购买权。

根据最高人民法院《关于贯彻执行〈中华人民共和国民法通则〉若干问题的意见(试行)》第92条规定,共同共有财产分割后,一个或者数个原共有人出卖自己的财产的,如果出卖的财产与其他原共有人分得的财产属于一个整体或者配套适用的,其他原共有人有优先主张优先购买权的,应予以支持。

本故事中李家老大和老二的情况,符合上述规定状况,所以老二要买老大的房屋,自然有优先购买权。

(发稿编辑:曹晴雯)

(题图:张恩卫)

· 本刊信息传真 ·

法律知识故事征文

本刊推出的"法律知识故事",通过发生在我们身边的、短小而具体、在法理上容易混淆的个案,生动、形象地宣传法律知识。为鼓励作者深入生活,写出高质量的法律知识故事,我刊决定面向全国征文。

来稿方法:1. 从邮局寄发,请在信封上注明"法律知识故事"字样,本刊地址:上海市绍兴路74号《故事会》杂志社,邮编:200020。2. 从网上传递,可寄以下信箱:fabianji@126.com,请在主题上注明"法律知识故事"字样。凡已和我刊编辑有联系的作者,稿件可继续投给原编辑。

·传闻轶事·

冒名顶替

□ 吴 滨

唐末僖宗年间，宋州有位书生叫赵颖泉，出生在医师世家。可他不愿行医，一心想要考科举、走仕途。无奈年过四十依然屡试不第，这年他还是名落孙山，心灰意冷之下决定打点行李回家去。

这天，他刚出店房，迎面遇到年轻的蔡州书生孙道同，因二人住在隔壁，比较熟稔，孙道同见状便提出为他饯行。等几杯酒下肚，赵颖泉酒入愁肠愁更愁，不禁大吐苦水，说到动情处竟伤心落泪。

孙道同静静地听完，安慰道："兄台不要神伤，人各有苦衷。我亲戚是刺史王畹的管家，我来长安，本想找他帮忙谋个差事，谁知道最近王刺史因剿灭黄巢不利，忽遭弹劾，要流放岭南。我也要竹篮打水一场空了。"

两人相对无言，都叹了口气。忽然，孙道同话锋一转："兄台，可能有一条险路你可试着一走……"接着，他说出了今天去拜访亲戚得知的消息。那王畹体弱多病，恐怕不到岭南就已经殒命了，所以他愿出五千两纹银想找个人替自己走一趟，赵颖泉与王刺史年纪相仿，正是不二人选。

赵颖泉连说不可，孙道同说："放心，王畹把上下都打点好了，他本人也从此藏在家中绝不露面，并且还会继续打点官司，说不定一两年就会得到赦免。兄台年龄与之相仿,又有心入仕,这可是个机会,事成之后若想继续为官,也不愁没有本钱呀。"

赵颖泉想了想,咬咬牙答应了。孙道同便带他去见王畹和管家,谈定了此事,赵颖泉给家中写了封信说自己外出游学,差人将信和王家预付的二千两银子一起送回家中,然后他跟着孙道同赶往王畹老家蔡州,这里离长安较远,不易被察觉,等王畹被押至此,二人再交换。

一切很顺利,赵颖泉顶着王畹的名字到了岭南。因为地处瘴疠之地,赵颖泉吃了不少苦,但好在两年之后,朝廷终于下了赦旨,随后又任命王畹为岩州刺史,还把任命的诏书和刺史的官凭送到了假冒王畹的赵颖泉手中。

看到官凭文书,赵颖泉再也不淡定了,他想到替人流放受了这么多的苦,终于盼来出头日,难道就这么打道回府?他越想越难受,最后心一横,一不做二不休,决定铤而走险、顶替到底,便拿了官凭文书自己到岩州赴任。

上任没一个月,王畹就差孙道同找上门来。孙道同一见面就斥责赵颖泉背信弃义,让他赶紧让出刺史之位,否则告他冒名顶替之罪。

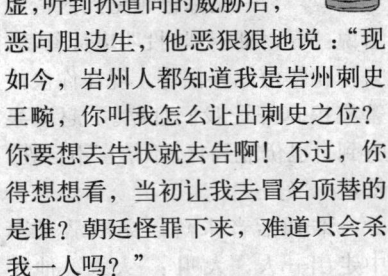

· 烟雨长海 朝花夕拾 ·

赵颖泉起初有点心虚,听到孙道同的威胁后,恶向胆边生,他恶狠狠地说:"现如今,岩州人都知道我是岩州刺史王畹,你叫我怎么让出刺史之位?你要想去告状就去告啊!不过,你得想想看,当初让我去冒名顶替的是谁?朝廷怪罪下来,难道只会杀我一人吗?"

孙道同有些惊讶,他不知道赵颖泉流放期间经历了什么,竟变得判若两人。正当他愣神的工夫,就听赵颖泉继续说道:"孙贤弟,我念在你曾帮我的分上,今天放你走。要是你还不依不饶的话……"

赵颖泉说到这儿,走到孙道同身边,意味深长地说:"现如今,普天之下,黄巢叛军此起彼伏,若哪天你背上了通敌的罪名,莫怪我爱莫能助!"孙道同见状,只得灰溜溜地走了。

转眼过了十多天。这天,岩州城被一队人马团团围住,那些人自称黄巢义军,让赵颖泉开城投降。赵颖泉一听慌了手脚,虽说之前自己恫吓孙道同时提及黄巢叛军,但岩州城一带尚无发现黄巢军队踪迹,难道一语成谶?现在兵临城下,城里却兵少将寡,不能硬拼,所以赵颖泉思量再三,保命要紧,便开

城投降。

义军首领见到他,笑着说:"好,你既弃暗投明堪称首功,岩州就暂由你等代管,现在你快快筹集粮草好让我们赶路。"赵颖泉听到自己仍能为官,不禁喜不自胜,忙道:"好……"

谁知话音未落,突然从义军中走出一人,大叫:"大人,他并非岩州刺史王畹,他的言语岂可作数?"

义军首领一愣,问此话当真。赵颖泉并不慌张,反正岩州已经归顺了义军,索性大大方方承认了,正要讲出来龙去脉,包括代王畹流放的事,突然有人怒斥道:"住口,你这卑鄙小人!"赵颖泉回头一看,发现喊话者竟是王畹!

原来,王畹和孙道同一起来找赵颖泉,因安全起见,他让孙道同只身探路,发现赵颖泉的真面目后,王畹只好另想办法。路上,他们不慎被一队人马抓了,后来才知道是一队前去剿匪的官军。孙道同便献计,让王畹交出家财,收买官军帮自己征讨赵颖泉。

那官军首领拿了人家的好处,又听说王畹才是真正的岩州刺史,竟然答应了王畹的请求。孙道同又献计道:"将军,适才小的在岩州探知,城内兵少,将军可假冒黄巢军队让赵颖泉投降,待取了城,王刺史回到岩州,再报效将军。"

那官军首领连声说好,结果,赵颖泉果然贪生怕死,开城投降,并被诱导说出自己是冒人之名。王畹见状,一声怒喝,示意孙道同杀人灭口。

孙道同便拿刀一指赵颖泉,对首领说:"将军,他自己都招了,留着还有什么用?"随即,他不由分说砍下了赵颖泉的项上人头。

王畹见赵颖泉死了,得意地朝首领一拱手:"多谢将军让小人官复原职,请诸位赏光到府衙饮宴。"

哪知那官军首领听罢突然哈哈大笑,他笑了一阵后正色道:"二位,其实我等就是义军,奉将令假扮官军混入岩州城,好里应外合,哪知半路遇到你们,竟事半功倍,真是天助我也!不过,既然岩州已破,我留你们二人还有何用?"

就这样,王畹和孙道同也做了刀下之鬼,他们和赵颖泉的首级被一同悬挂在高高的岩州城上……

(发稿编辑:田 芳)

(题图:刘为民)

微信扫码,为您讲述故事
会趣闻逸事

· 中篇故事 ·

站在人生的十字路口，你该往哪儿走？路就在脚下，顺应本心也许是最好的选择……

路在脚下

□ 钱 岩

1. 我想报答您

天府花园位于风景秀丽的凤凰湖畔，是江城有名的高档小区。这天，一个叫邓云鹏的年轻人前来应聘门岗一职。物业的刘经理不由眼睛一亮：这邓云鹏个子高高，眼睛大大，长得那是一表人才。这样帅气阳光的小伙，看着就让人舒服，虽说他刚从乡下进城，而且自称只有初中学历，但刘经理觉得这都不是问题，当即录用了邓云鹏。

经过简单培训，邓云鹏便上岗了，刘经理说："小邓啊，你要知道，我们天府花园是高档小区，里面住的都是有钱有势的人物。你的岗位就是小区的脸面，很重要。所以，每天在规定的时间里，你必须笔挺地站在自己的岗位上，微笑地迎送进出小区的每一位业主。记住，一定要精神抖擞，让业主们舒心满意！"说着，刘经理叹了口气："现在一个初中生，上哪儿找得到好工作？要不是看你长得帅，农村孩子本分，我也不会要你的。我提醒你，有时间一定要多看书多学习，最好还要会说几句外语。我们小区，有时也会来外国人的！还有，看到有业主需要帮忙，就要主动迎上去！

· 中篇故事 ·

要机灵!"

邓云鹏忙笑着点头,他原以为干门岗是个简单轻松的活呢,没想到还挺复杂!事已如此,只能先干着,他得挣钱吃饭。他站在岗台上,双腿微叉,手背身后,挺胸收腹,面带微笑,时间一长,还真有点难受。好在只有早上七点至九点,中午十一点至下午一点,晚上四点至六点必须站在岗台上,其余时间可以到门卫室休息。

天府花园实行人车分流,很多业主都是通过地下车库进出小区的,真正从大门进出的人并不多。车库的出入口和大门这儿都有保安负责出入登记,邓云鹏觉得自己的门岗工作很无聊,只是个摆设。但他还是很热情,看到有业主经过,他总是打起精神向人家问好,时间长了,大家都认识了这个热情的帅小伙,有个姓罗的老板还经常停下脚步,和邓云鹏聊聊天呢。

这天,邓云鹏看见一个保洁阿姨,几乎是跪在那儿吃力地擦洗着一个窨井盖,擦了很久之后,想起身却一下起不来。邓云鹏忙奔下岗台,把她扶起来。保洁阿姨连声说"谢谢"。邓云鹏疑惑地问:"阿姨,这窨井盖犯得着跪着擦洗吗?扫一下不就得了?"保洁阿姨笑着说:"咱这是高档小区,要求高着呢,窨井盖也要保证一尘不染!唉,没办法,端人家碗,受人家管呢!"

一来二往,邓云鹏就和保洁阿姨熟悉了。阿姨姓丁,是个热心人。她有个女儿叫小雪,在念初中,中午小雪在学校吃食堂,丁姨就自己带饭来吃。

丁姨见邓云鹏中午天天吃泡面,就说:"小邓呀,常吃泡面对身体不好。这样吧,明天我从家里也给你捎一份饭,虽然不是大鱼大

肉，但肯定营养卫生。"

邓云鹏笑道："我也知道常吃泡面不好，但省钱省事，我还没领到工资呢！丁姨您要是给我捎饭，那我就按十五元一份外卖的价钱付你，只是要等我领到工资才能……"

"拉倒吧，还十五元一份的价钱！"没等邓云鹏把话说完，丁姨就笑着打断他，"告诉你，小伙子，丁姨是穷人家，一顿饭吃不到十五元。不要你钱，你肯定过意不去，这样吧，你每天把买泡面的五元钱给我就得了。你放心，丁姨买菜很会还价，厨艺又高，五元的饭菜肯定做得比外卖十五元的都好！"

果然，丁姨做的饭菜非常可口，是妈妈的味道。看邓云鹏吃得香，丁姨也很高兴。邓云鹏知道，这一份饭菜成本或许都不止五元，还有心血和工夫呢！邓云鹏想，他得报答好心的丁姨。

丁姨的女儿小雪今年上初三。说起女儿，丁姨那是一脸的幸福。女儿聪明懂事，念书很自觉。丁姨最大的愿望就是希望女儿中考能考出好成绩，进入重点高中。可女儿的英语不够好，丁姨总担心这一门课会拖后腿。

邓云鹏听了这话，顿时眼睛一亮。第二天，他特意问丁姨："丁姨，您说您女儿英语不好，那为什么不请老师给她补课呀？想考重点高中，有一门课跛腿可不行。"

2. 好多没想到

丁姨叹息道："我是想找老师给她补课，可小雪说她自己能够赶上来。唉，我知道女儿其实是舍不得我花钱。她爸早就不在了，我又身体不好，不会挣钱。你不知道，现在老师的补课费可贵了……"

邓云鹏笑道："丁姨，如果小雪英语不好，我可以辅导她，帮她提高英语成绩……"

丁姨听了，可乐坏了："小邓，你不是在说笑话吧？你要帮我女儿辅导英语？你、你认得全英语的二十六个字母吗？"

邓云鹏尴尬地看了看四周，小声对丁姨说："丁姨，实话跟您说吧，我是个大学生，英语过六级的！"说完他掏出特意带来的毕业证书，递给了丁姨："不信您看看，这事我只告诉您，不要跟别人说。"

"你真的是大学生？"丁姨疑惑地接过邓云鹏递来的证书，打开一看，真的是，这下倒让她目瞪口呆了。

原来，邓云鹏刚从江城学院毕

·中篇故事·

业,由于学校名气不够,他很难找到一份满意的工作。痛定思痛,邓云鹏决定考研,为自己的将来争取一个更好的舞台。但现在,他必须先找一份工作养活自己,边工作边学习。正好看到天府花园物业要招聘一个门岗,邓云鹏估计这工作应该不劳神费力,自己也只是做几个月,于是就来应聘了。他实在不好意思说自己是大学生,于是撒谎说只有初中学历。

邓云鹏说他愿意每个星期抽个晚上,去丁姨家义务帮小雪辅导英语。这可把丁姨高兴坏了,有大学生辅导女儿英语,那女儿将来考重点高中,肯定有把握了!

丁姨住的地方是原来企业的宿舍区,杂乱拥挤且破落。邓云鹏跟着丁姨,一路小心地来到了她家门口。丁姨边敲门边兴奋地喊:"小雪,妈妈给你请的英语老师来了!"

小雪打开了门,对邓云鹏只是礼貌地笑了笑,那眼神明显有些不屑。邓云鹏心里暗乐:这小雪,还挺傲气的嘛。的确,妈妈给她请来个门岗当家教,不信任很正常。丁姨的家是二室一厅的结构,装修虽然是很多年前的老旧样式,但整齐干净,看着让人舒服。

丁姨在厨房里忙着准备晚餐,邓云鹏开始给小雪辅导。没多长时间,小雪就只剩下佩服了,她感慨道:"小邓老师,想不到你英语口语这么标准流畅。你的发音真是好听,更重要的是你讲课讲得明白,让我很容易听懂。"

邓云鹏笑道:"这下你不会认为我是个水货了吧?告诉你,我的英语成绩一直都很好,高中时我参加过我们市里的中学生英语演讲比赛,获过一等奖呢!"

小雪不无遗憾地说:"小邓老师,

你这么优秀，怎么就考了个江城学院？这学校可不咋的啊！"

"唉……"邓云鹏长叹一声，"说起来都是泪啊！我偏科，数学成绩不好……这不，我现在在努力，准备考研！我们一起加油，你也要争取考入重点高中！"

"耶！"小雪兴奋地比画出一个胜利的手势，"我要考重点高中，进军985！"

丁姨烧了好几个菜，热情地留邓云鹏吃饭。听小雪说小邓老师英语教得好，她一听就懂，丁姨兴奋得手舞足蹈。她一边不停地给邓云鹏夹菜，一边开玩笑说她家老祖坟得力，让小雪遇着贵人了。

能得到丁姨母女俩的肯定，邓云鹏高兴极了。他回家时，小雪热情地把他送到路口，还说："小邓老师，非常感谢你免费帮我辅导英语。我问你，我能不能再喊一个同学来我家旁听你上课？"

邓云鹏说："可以呀，只要你和你妈妈不反对就行了，你那同学基础是不是和你差不多？"

小雪狡黠地一笑："你放心，我这同学，你教起来无须一点心理负担，到时你就知道了。小邓老师，那就这么定了，我们下次见。"说完，她蹦蹦跳跳地回去了。

一个星期后，邓云鹏再次来到小雪家，发现小雪和一个男生早早地在门口迎着。邓云鹏看到那个男生，几乎和他同时惊叫起来："怎么是你！"

3. 找我算啥账

邓云鹏没想到，小雪叫来旁听他上课的男同学竟然是他房东的儿子——调皮捣蛋的唐豆豆！

江城学院位于城郊，唐豆豆家就在学校附近。唐豆豆父母在自家院子里偷偷违建了一排屋子，隔成一个个小间，对外出租。因为价钱便宜，邓云鹏也租了一间。

小雪知道了缘故，笑着以命令的口气对唐豆豆说："唐豆豆，回去跟你爸妈说，从现在开始，就把小邓老师的房租给免了！"唐豆豆听了不屑道："那房租才几个钱呀！不如我给小邓老师的补课费，每次再加一百块就是了。"

邓云鹏这下明白了：这小雪，喊来同学旁听，原来是要想帮我挣一份补课费呢。邓云鹏笑了："唐豆豆，我是义务给小雪辅导的，你要是想学，我也可以义务给你辅导。小雪说要收你补课费，还没经过我同意呢。这样吧，你先做些题，让我看看你的英语基础怎么样。"说

着,他就从包里掏出一份准备好的测试题。

唐豆豆见邓云鹏真拿出试卷,吓得忙摆手:"你别!我要是做了,你看后会哭的。小邓老师,你就负责给小雪辅导,我在边上旁听就行啦。不要在乎我有没有听懂,小雪懂了就行了。补课钱我会一分不少给你的,我家不差钱。"说着他把嘴巴凑到邓云鹏耳边,眼睛斜瞄着小雪,悄悄地说:"我喜欢的是和小雪单独坐在一起听课的感觉,其他,无所谓。"

噢,这下邓云鹏明白了,可又不知说什么好。邓云鹏发现这唐豆豆对英语几乎是一窍不通,讲课时根本不听,当然他也听不懂,不是在发呆,就是盯着小雪傻乐。邓云鹏心里暗暗苦笑:这小傻瓜,为了讨好小雪,竟答应她花钱来补习英语,你家钱再多,也不能这么打水漂啊!结束的时候,邓云鹏对唐豆豆说:"唐豆豆,你的英语基础太弱了,跟小雪在一起学,你什么也学不了!这样吧,下次你就不要来了,反正我租住在你家,你要是想学,随时去找我,我也免费教你。"说完他向小雪挤挤眼。

小雪很聪明,马上附和道:"唐豆豆,小邓老师说得对,都是我的错,不该喊你来旁听我的课,听不懂不说,还浪费钱和时间。这样吧,以后你就在家跟小邓老师学,从简单的ABC开始。唐豆豆,你好福气啊,这么好的老师就在身边。不过我提醒你,小邓老师说是免费教你,你可不能装孬不蚀本,最少得让你爸妈免了小邓老师的房租。"

"唉……"唐豆豆趴在桌子上长叹一声,显得好失望,"这就是说我不能来和你一起学习了?可我一个人在家,只想着打游戏、玩手机,哪里还想学这什么英语!"唐豆豆又把嘴凑到邓云鹏耳边,咬牙切齿道:"小邓老师,你有钱不赚真是傻!我这就回去让我爸妈给你加房租!"

邓云鹏觉得还是有必要提醒丁姨,注意一下小雪是不是有早恋的问题,谁知丁姨早就知道这件事。丁姨感慨道:"现在这些小孩子,你说他们不懂吧,他们什么都懂。这唐豆豆,喜欢我家小雪不是一天两天了,是小雪自己告诉我的。小雪心气高,看不上他。这次小雪喊唐豆豆来旁听你上课,是想让你挣一份补课费。小雪有这想法,我也不好阻止。好在你劝下唐豆豆让他不要来了,要不我还真担心他会影响小雪学习呢!"丁姨这么一说,邓云鹏放心多了。

这天晚上,唐豆豆突然推开邓云鹏的屋门,溜了进来。邓云鹏见了,笑道:"唐豆豆,你想通了?找我来学英语啦?"

"不是,我找你补英语,那不明摆着花钱买罪受,你以为我傻呀!"唐豆豆嬉皮笑脸道,"小邓老师,我是来求你帮忙的,这个忙对你来说只是举手之劳,对我来说比登天还难!就是,你能不能帮我把这情书翻译成英语?我会付你报酬的。"说完他递上一张纸,上面歪歪扭扭写满了字……

邓云鹏接过一看,顿时哭笑不得:"你这是写给小雪的?唐豆豆,我不是打击你,你真是不自量力呀!小雪成绩那么好,怎么可能会答应做你女朋友?"

唐豆豆却不以为然:"小邓老师,这你就不懂了。这是我第一次正式向小雪表白,她一定会掂量的。她明白如果拒绝了我,我会重新找女朋友的。嘿嘿,我家在天府花园有大房子,小雪难道不想住大房子?"

邓云鹏无奈地摇摇头:"我说唐豆豆,你小小年纪不好好念书,竟忙着谈女朋友!你就不怕你爸妈知道了揍你?"

唐豆豆笑道:"我爸妈知道我不是念书的料,所以反而鼓励我在学校交女朋友。我爸妈说了,我家这以后肯定是要拆迁的,现在政策是按人头补偿安置房屋。我念书念不下去,不如早早谈个女朋友,结婚生宝宝,这样我家又能多安置一套两套大房子,比念书划算得多。"

天下竟有这样不负责任的父母!邓云鹏无语了,但他坚决不同意帮唐豆豆翻译那份情书,给多少钱都不干。邓云鹏说:"你让你父

母给我加房租吧,大不了我就搬走。"

唐豆豆感到很失望,想了想还是说:"小邓老师,你放心,看在你给小雪补课的面子上,我不会让我爸妈给你加房租的。只是,我只知道你是小邓老师,具体叫什么名字我还不知道呢,你介意写下来告诉我吗?"说完,他递来一张空白A4纸。

"这有什么好介意的?"邓云鹏不假思索地拿起笔,"唰唰"在上面写上自己的名字。

几天后,邓云鹏给小雪辅导完课,要走的时候,小雪突然问他:"小邓老师,不知怎么的,我班主任几次和我说起你,说有机会一定要找你算账。小邓老师,你认识我班主任吗?她要找你算什么账?"

邓云鹏吃惊不小,忙说:"我不认识你班主任呀?你班主任叫什么名字我都不知道,她要找我算什么账?"

4. 天上掉馅饼

"我们班主任叫葛菲菲,是新来的语文老师,刚毕业的大学生,我们原来的班主任生宝宝请假了。"小雪说,"葛老师就像个大姐姐,对我们可好了,就是抓学习抓得严,上课不听讲的,作业不按时交的,都会被她叫到办公室去训话。所以,我们班有一些同学就特别烦她、恨她,比如唐豆豆,就是她办公室的常客。唐豆豆背地里给葛老师起了个外号叫'老巫婆',其实葛老师既年轻又漂亮。这样吧,我把她手机号码告诉你,你加她微信,具体原因你自己去问。"

后来邓云鹏就给葛菲菲发去信息,申请加她微信好友。葛菲菲很快就同意了,接着就是一条消息:"你就是邓云鹏?看看,有你这样教育孩子的吗?"邓云鹏正蒙圈呢,一张图片发来了,邓云鹏忙点开一看,这是一封建议信:

尊敬的葛老师,我代表部分学生的家长,诚恳地向您提出两点建议:

一、学生是应该要好好学习,但有的学生就是不爱学习,或者是笨,学不了,您就不该强迫他们去学习,让他们生活在痛苦中。古话说得好,尺有所短,寸有所长。现在这社会,有一字不识、却能轻松挣大钱的,也有念了大学、还在小区门口站岗挣苦钱的呢。您别不信,我就是那念了大学在小区站岗的。

二、爱是人世间最美好的事情。

学生间的爱情更像是纯洁的花朵,能让我们的世界更加绚丽多彩。所以,作为老师,要关心和呵护,不能随意打击和摧残。您难道不想想,没有爱情,人类哪还有什么未来?

就说这两点,望葛老师看后能深刻反思。我叫邓云鹏,行不改名,坐不改姓。您要是聪明,是能够打听到我的。

邓云鹏

信是打印的,可信尾的签名真的是邓云鹏的亲笔字。邓云鹏这才想起几天前唐豆豆来求他翻译情书,他没答应,这小子竟耍小聪明,让他在一张空白A4纸上写名字,然后炮制出这样一封信来。

邓云鹏忙请求和葛菲菲视频电话,向葛菲菲解释了事情的缘由,再三说他中了唐豆豆这小子的圈套,这就去找他算账。

葛菲菲被邓云鹏的窘态逗乐了,说:"我当然不会相信这是你写的。唐豆豆偷偷把它夹到我的教案里,是指望我看后气急败坏呢,可我装着像是没看到。这几天可把他急坏了,你要是生气去找他,他正好就有机会显摆了。别理他。我是从小雪那儿打听到你的,谢谢你义务辅导小雪的英语。小雪现在进步挺大的,看来你对辅导学生很有一套,很适合当老师。这唐豆豆,太拖我们班后腿了,我对他实在是黔驴技穷了。你租住在他家,能不能帮我教育教育他,让他端正一下学习态度?"

原来这葛菲菲只是学校的代课老师,没编制,所以她特别想干出一番成绩,为将来参加入编考试增加砝码。她一来学校就接手了一个别人不愿管的毕业班,一门心思扑在工作上,抓纪律抓成绩,希望将

·中篇故事·

来中考班上平均分能比其他班好。可现在，一个唐豆豆就让她焦头烂额了。

邓云鹏无奈道："你这班主任对他唐豆豆都没招，那我就更没辙了。其实孩子发展成这样，父母有很大责任，你应该和他父母好好谈谈。如果他父母支持你，那一切就容易得多。唐豆豆蛮聪明的，只要他花点心思在学习上，将来中考每门课多给你考个三五十分不成问题，因为他起点低呀。"

葛菲菲叹道："他家的情况你肯定也知道一点。爸爸是个建筑包工头，长年在外挣钱；妈妈虽然不上班，但一天到晚沉迷打麻将，对孩子又娇惯无比，反正她家不缺钱。我打过好多次电话给他妈，要她来学校谈谈孩子的教育问题，可她总是推说没空。我电话打多了，后来她竟不耐烦了，叫我不要再操心她儿子的学习了，她儿子快乐就行，书念得好不好无所谓，还说唐豆豆的爸爸只有小学文化，但钱不比人家少挣呀。你说说这样的家长，让我们做老师的怎么办？"

看来这葛菲菲真是个负责的好老师，邓云鹏只好安慰她别气坏身体。谁知葛菲菲的犟脾气却上来了："我喜欢做老师，三尺讲台或许就是我一辈子的舞台。我相信天下没有教不好的学生，只有不会教的老师。我要想办法，一定要把唐豆豆这匹'野马'驯服。"

目标坚定，知难而上，邓云鹏喜欢葛菲菲这性格，他发现自己和葛菲菲很聊得来。

邓云鹏每天上班的时间虽然比较长，但他很会见缝插针，人少的时候，他就悄悄戴着无线耳机，边站岗边学习，别人根本看不出来。

但邓云鹏也有入神出错的时候。这天，刘经理来到他身边，他竟没发现。刘经理生气了："邓云鹏，你小子好自在，上班时间还听歌！这怎么能做到眼观六路，耳听八方？如果有突发情况怎么办？"

邓云鹏吓了一跳，好在他反应快："刘经理，我不是在听歌，我在学外语呢。您不是要我学些外语吗？这不，见这会儿人少，我就偷偷听听外语。不信，您听听。"说着他便把耳机摘下，给刘经理戴上。

果然是叽里呱啦的外语，刘经理脸上露出了笑容："不错，你小子还能记住我的话。总之多学习不是坏事。"刘经理接着问："小邓，你现在是不是在外租房住？一个月多少钱？"

邓云鹏老老实实地答："是的，

我在郊区租了间小房子,一个月房租是三百元。市里房子贵,我租不起。"

刘经理问:"你想不想就住在我们天府花园呀?这样上班就不用来回跑了。"

邓云鹏一听乐了:"想都不敢想,我一个月工资也不够付房租的呀!刘经理,您拿我寻开心呢?"

刘经理笑道:"谁说要你付房租了?是这样的,我们小区有个罗老板,他要去国外探亲,托我给他找个人看房子,帮他喂喂鸟,给盆景浇浇水。不但不要房租,还给工资,你说,这是不是天上掉馅饼?"

邓云鹏惊喜道:"这的确是天上掉馅饼,问题是,这馅饼不见得能砸到我头上呀!"见刘经理哈哈笑了,邓云鹏惊道:"等等,您说罗老板……"

刘经理点点头:"小子,你撞狗屎运了!这罗老板啊,就是之前老爱找你聊天的那个!他点名要我请你这门岗小伙子给他看房子!"

5. 路就在脚下

这罗老板的房子,竟是个近三百平方米的大平层!刘经理笑着对邓云鹏说:"这几个月你就是这房子的临时主人了。不过,你只能住客房,别的房间不要随便打开。房子里的物品可以用,但要爱惜。那盆景和小鸟,你按主人要求去浇水和喂食就行。但主人特别强调一点,不允许带别人进屋,哪怕是最好的朋友。"

邓云鹏没想到自己能有机会体验当富人住大房的感觉,于是他退掉了唐豆豆家的房子。更让他高兴的是,刘经理允许他不站岗的时候,可以在家里驯鸟说话,因为罗老板养的那鸟是一只鹦鹉。

邓云鹏现在有时间,又有条件,于是就不麻烦丁姨给他捎饭了,但他还是继续义务辅导小雪的英语。邓云鹏还把手机关了,杜绝一切干扰,他要珍惜机会,努力学习,争取考个好学校,将来也能成为一个成功的人,享受这样的美好生活。

这天,邓云鹏去给小雪辅导,发现小雪情绪低落,一问才知道,她的班主任葛菲菲被学校辞退了。邓云鹏感到非常吃惊:"怎么回事?葛老师那么负责认真,学校干吗要辞退她?"

"唉……"小雪长叹一声,"还不是因为唐豆豆!为了让他好好学习,不让他上课玩游戏,葛老师没收了他的手机,每天放学后还牺牲休息时间,把他单独留下来辅导作业。才两天,唐豆豆就受不了了,给同桌留言说他走了,永远不回来了,说葛老师太'粗暴',伤他自尊了。唐豆豆的妈妈到学校来大吵大闹,这吓坏了葛老师,学校也慌了。后来,大家在凤凰湖畔找到了唐豆豆的书包,还有一只陷在泥里的鞋……"

邓云鹏紧张地问:"唐豆豆他跳湖自杀了?"

"没呢!"小雪不屑道,"他怎么舍得跳湖自杀?他是在恶作剧,报复葛老师!这事闹大了,学校为了息事宁人,就把葛老师给解聘了。葛老师是悄悄走的,大家现在都联系不上她,都很想念她。同学们到现在还在'批斗'唐豆豆,唐豆豆也后悔了,表现比以前好多了。对了,小邓老师,葛老师和你有联系吗?"

邓云鹏这才打开手机,发现葛菲菲曾多次拨打电话,肯定是她在最无助的时刻,想向邓云鹏倾诉心中的委屈。邓云鹏很后悔,因为他关了手机没能接听。现在想联系,打葛菲菲的电话,可提示已经停机,发微信也没回应。

此后,邓云鹏静不下心来看书了,眼前总是浮现出葛菲菲那甜甜的笑容和倔强的眼神。葛菲菲现在在哪里?她还会执着地认为三尺讲台是她一辈子的舞台吗?她不会出什么意外吧?心烦意乱的时候,邓云鹏就去和小鸟说话,把小鸟当作葛菲菲。他自己也说不清楚为什么对葛菲菲这么牵肠挂肚。

日子一天天过去了,住在罗老板的房子里,邓云鹏一直严守规矩,别的房间就是钥匙挂在门上,他也从不打开进入,伺候盆景和小鸟,他更是一丝不苟。除此之外,他还把房子打理得干干净净、整整齐齐。这天,邓云鹏突然发现罗老板那盆景的叶子发黄,像要死了。邓云鹏有些紧张,他一直是按要求认真浇水管护的,前两天还好好的呀?这盆景肯定名贵,邓云鹏忙向刘经理说明情况,问能不能找人抢救一下,花费可从他工资里扣。

刘经理却好像一点儿也不在意,说:"一棵盆景树,真要是死了,那也没办法,就当是自己家的好了。"邓云鹏急了:"可这盆景不是我家的呀,真要死了,那我是有责任的,我一个月工资赔上,不知够不够?"

刘经理乐了:"你有这态度,就让人高兴。别担心,一会儿我帮你问问罗老板,看他要不要你赔。"刘经理拍了拍邓云鹏的肩膀:"小子，你晚上等我好消息。"

邓云鹏回来后，总觉得刘经理话里有话。他来到盆景前，仔细一看，发现了问题：这树被松动过，土也很湿，他记得上次浇水还是一个星期前……但就算是多浇了点水，也不至于立马死呀。邓云鹏突然一激灵：如果浇的是开水呢？这么说，有人在他上班的时候进了屋，故意弄死了盆景树！谁呢？

"小邓！"不知什么时候，刘经理手里拿着钥匙站在了他身后，笑着说，"你别再研究啦。实话告诉你，是罗老板要考察你，吩咐我来用开水烫死了这树。不过恭喜你，你再一次通过了罗老板的考察，马上就要成为这房子的真正主人了！"说完，刘经理一屁股坐到沙发上，环顾四周，感慨道："这房子，算是豪宅了！小子，你中大奖了！"

邓云鹏一头雾水："什么？罗老板干吗要考察我？我怎么可能成为这房子的真正主人？"

原来，这罗老板有个女儿，当年罗老板只顾着忙生意，妻子难产没能及时送医院，结果女儿生下来脑子受损，反应比较迟钝。罗老板很爱自己的女儿，也很内疚。现在女儿到了谈婚论嫁的年龄，他要为女儿寻个能托付终身的男人。这男人不求有多大财富、多少文化，但一定要诚信善良、有耐心、有担当。门岗那岗位就是他特意设立的，便于他考察选拔未来女婿。他不住这里，也没到国外探亲，这大房子是他准备送给女儿女婿的婚房。

邓云鹏做梦也没想到事情竟是这样！刘经理站起来笑着说："明天，罗老板在同庆楼举行家宴，让我把你领去跟他家人见见面。小子，你要好好抓住机会，努力表现，千万不能让罗老板改了主意。人家罗老板可是身家过亿啊，我们物业公司只是他众多公司中的一个。你要是真成了他的乘龙快婿，那以后你就是我的领导了！这是罗老板女儿的照片，你看看吧。人虽然迟钝点，但还是挺漂亮的，配你那是绰绰有余。"

刘经理走后，邓云鹏脑子里一片空白，他没有刘经理说的中大奖的感觉，反而很心酸，觉得自己像是中了圈套的猎物。手中照片上的女孩笑得很甜，邓云鹏看着看着，眼睛湿润了，不知怎的，女孩模糊成了葛菲菲的模样。

明天罗老板的家宴他不能去，他不能欺骗自己，也不能欺骗罗老板和刘经理，现在该是自己离开

·中篇故事·

的时候了。

于是,邓云鹏坐了下来,给罗老板和刘经理写下一封告别信,压上钥匙,然后收拾起了自己的行李。他知道这屋子里肯定有摄像头,有人可以看到他。临走前,邓云鹏特意去和小鸟说再见,谁知这小鸟竟开口说话了:"加油!加油!"邓云鹏一下子泪流满面……

邓云鹏拖着行李箱来到凤凰湖边,找了一个椅子坐下,开始思考下一步路他要往哪里走。就在这时,他的微信有提示音,有人要加他微信好友。他忙点开一看:小邓老师,您好!我是葛菲菲。

葛菲菲!邓云鹏兴奋地跳了起来,原来她换了手机号!他忙通过申请:"葛菲菲,你现在在哪里?这些天可把我急坏了。小雪他们很想念你,唐豆豆都后悔了,现在开始学好了!"

葛菲菲发来一张笑脸,接着是一张照片:这是大山里的一所学校,操场上,葛菲菲领着一群孩子在欢快地跳着唱着,身后是高高飘扬的五星红旗。

"这就是我的舞台,我在舞台中央!"葛菲菲又说。

邓云鹏被这幅照片深深打动了,他情不自禁地回复:"葛菲菲,请问,你的舞台还需要一个男主角吗?"

消息发出去后,邓云鹏才觉自己有点冒失,但他不想撤回,只是把手机紧紧地捂在怀中,幸福地闭上眼:图片中的葛菲菲和孩子们一下子就飞奔到了他的眼前……

(发稿编辑:赵嫒佳)
(题图、插图:杨宏富)

 加交流群,侃故事逸闻,
聊人生百味,微信扫码

·动感地带·

故事会微信号：story63，欢迎添加故事会微信，参与互动！

· 神探夏洛克 ·

海边的棒球帽

一天晚上，海滨城市朴次茅斯遭遇了暴风雨的袭击。次日早晨，有人在海滩上发现一具女尸，浑身湿淋淋地趴在地上，旁边是死者的棒球帽。除此之外，现场没有留下任何痕迹，也找不到目击证人。经法医验尸，死者至少是在20个小时以前死亡的。

夏洛克观察了现场之后立刻断定，这里并不是凶杀现场，死者是被人杀害后从别处移到这里的。

请问，夏洛克是如何作出这个判断的呢？

超级视觉

这是加拿大视觉艺术家 Rob Gonsalves 的一幅作品。深夜在办公室加班的男人靠着椅背睡着，身后是一尊女神塑像。窗外鳞次栉比的大厦在夜空中矗立，在光线的映照下越来越像一尊尊塑像，静静地排列在女神背后，让人分不清这到底是梦境还是现实。

思维风暴

一个数去掉首位是13，去掉末位是40。请问这个数是几？

想知道答案吗？

1. 您可直接扫描右侧二维码。
2. 购买2020年12月上《故事会》。

动感地带，与您不见不散！上期答案见本期P24。

·细节·

本期话题：未完成的约定

爽约

大牛和小丽小两口感情很好，最近却为了点小事吵得厉害。大牛一时冲动，吼道："这日子没法过了，离婚！"小丽一怔，也大怒："好，明天十点，民政局不见不散！"说完，她便跑回了娘家。当天晚上，大牛越想越后悔，翻来覆去睡不着，直到天亮才勉强合了眼。醒来一看时间，已经中午十二点了。

大牛松了口气，这时，手机突然响了，是小丽打来的。她连声质问："你怎么不去民政局？"大牛小声说："我……我调的闹钟没响……"

小丽"扑哧"一声笑了："巧了，我的闹钟也没响！"（一更时分）

殊途同归

大强和志刚是同学，两人都很聪明刻苦，可惜村里教育条件有限，他俩读到初中毕业，就各自外出打拼了。临行前，他俩约好五年后一起回村，给村里建所新学校。

五年很快就过去了，大强带着辛苦攒下的钱回村，却一直不见志刚的踪影。虽然他攒的钱差不多也够数，但他对志刚的失约很是寒心。

傍晚，志刚的父亲找上门，说志刚打电话到村口小卖部，要找大强。大强忙赶过去接起电话，刚要发火，却听到志刚说："对不起，我失约了。你再等等我，我终于考上了师范，还有两年就毕业了……"（孙　明）

同一所大学

丽丽和表姐从小一起长大，形影不离。丽丽高三这年，表姐考上了重点大学，两人这才聚少离多。见丽丽成绩忽高忽低，表姐便常打电话辅导丽丽，给她加油打气。丽丽很受鼓舞，加倍努力不说，还跟表姐约好，要考上她所在的大学。

转眼高考结束，放榜这天，丽

丽给表姐打电话,说她们的约定不能完成了。表姐既惋惜又难过,正想安慰几句,谁知丽丽突然语带惊喜,说她的成绩比表姐学校的参考分还高一些,可以去更好的大学。

表姐终于喜笑颜开,比约定实现了还高兴。

(用 左)

雪中送炭

厂子倒闭后,我一直闲着没事干。

这天,工友老赵打电话说,他在机械厂找了个清洗空调的活,让我明天跟他一块儿去。我连连道谢,高兴地答应了下来。

第二天,我连早饭都没吃就去了机械厂,可在门口左等右盼,却始终不见老赵的人影,连电话也打不通。我实在等不及,就先进去了。我提起老赵的时候,负责人皱了皱眉,说:"赵师傅没跟你说吗?我们本来是要两个人,后来厂长说一个就够了,赵师傅就说,那他自己就不来了。"

(吴长松)

尘封的稿纸

那年,我在镇上教书,业余时间会写稿补贴家用。镇上唯一的小店没有爬格子用的稿纸,我软磨硬泡,再三保证每周都会来买几沓,那个清秀的店员姑娘才肯帮我进货。没过多久我就被调走了,匆忙间忘了跟她打声招呼。

一年后,我回镇上办事,一时兴起,就去小店看了看,只见那个店员姑娘正趴在柜台上写字,用的竟是当初那种稿纸。

我惊讶地问她:"这种纸你还在卖呀?"她一见是我,愣了片刻才说:"早就不卖了!当初你说好每周都来,结果不声不响地就走了,这些都是给你留的,我到现在都没用完呢!"

(舒仕明)

画

爱画画的大张独自在外打拼,与家人聚少离多。这天,妻子打来电话说,儿子该上小学了,可他吵着要爸爸,怎么都不肯去学校。

大张赶忙画了幅画拍给儿子看——画面上的大张正牵着儿子的手,把他送到了校门口。大张哄他说:"你要是乖乖去上学,这画明年就能成真!"儿子果然不闹了。转眼又是一年开学季,忙得脱不开身的大张对着这画发呆了许久,正不知如何跟儿子解释,突然手机响了,微信上弹出一张妻子发来的照片,竟是儿子临摹了自己的这张画,还认认真真起了个题目,叫《爸爸送我去上学》。

(韦宝流)

(本栏插图:孙小片)

·新传说·

姜还是老的辣

□ 刘浪

唐小明是一所名牌大学的硕士研究生,毕业后,他如愿以偿地考上了某局的公务员,并被安排到该局的办公室工作。

这天,他去报到,见到了他的领导唐主任。唐主任五十多岁,头发稀少,脑门硕大,为人也挺随和,看到唐小明便说:"哟,你也姓唐啊,那咱五百年前是一家!"唐小明说:"那您以后要多指教。"唐主任说:"你这么高的学历,我哪敢指教你,不过在单位工作和学校读书完全是两码事,有更多的东西可学,你要事事揣摩,处处留心,才能不断进步!"唐主任将"进步"两字加重了语气,唐小明连连点头,暗下决心,争取快速进步,获得唐主任认可。

没过几天,单位进行体检,有位同事被查出罹患晚期癌症,局里考虑到他家里经济条件不是很好,于是要求大家进行爱心捐款,多少不限。唐小明心地善良,想也没想,就捐了400元。

没想到第二天,唐小明就被唐主任叫了过去。唐主任说:"捐款这事明着是没有标准,全凭个人自愿,但一般都是按局长的标准来的。这次张局长捐了300元,所以几个

副职都只捐了250元,各科室负责人就再低点,以此类推,而你捐了400元,这不抢了局长的风头吗?"唐小明苦笑着问:"那我捐多少合适?"唐主任说:"你只要捐100元就可以了,多出的钱我已经从会计那里拿回来了。"说着,他从随身的包里拿出300元递给唐小明,语重心长地说:"在单位工作,要有正确的定位,摆正位置很重要。年轻人,多历练吧!"唐小明接过钱,心里暗忖,没想到一个捐款就有这么大学问,下次自己可要小心了。

这天晚上,单位的微信工作群里,一向不怎么露面的张局长突然转发了一条上级领导的工作指示。这个群,平时没人聊天,都是发各种会议通知和工作安排。即便是唐主任发了班子会议通知,别的班子领导都回复"收到",张局长也是不吭声的。大家都没想到张局长突然会发信息,于是全群人都忙了起来,一个接一个地回复:收到。等唐小明看到时已经有过半的人回复了。他有点犹豫自己要不要回复,就仔细向上翻了一下群里的聊天记录,发现齐刷刷的回复中也有办公室的一般同事,于是便在后面也跟了四个字:"收到,谢谢!"

· 大千世界 众生百相 ·

谁知第二天,唐主任又教训了唐小明说:"小唐,我告诉你,咱俩是一笔写不出两个唐字,所以有话我直说。昨晚群里回复张局长的微信,别人回复的都是'收到',唯独你偏偏要在'收到'后面加上'谢谢',这分明是要显示你素质高嘛!"唐小明一听,忙解释:"主任,我那是随手一打,平时习惯了,没别的意思。"

唐主任呵呵一笑:"我当然知道你是无心,所以提醒你一下,你看那一句句'收到'排得那么整齐,像局长阅兵似的,你偏偏加了个'谢谢',搞得群里有点不和谐。知道你的人,明白你是无意之举;不知道的人,就要揣摩你的用心了。这事说小,也不过是芝麻粒小;说大了,就有西瓜大。"

唐小明一头冷汗,唐主任望着他的窘态笑了,然后意味深长地说:"在单位工作,千万不能出位,枪打出头鸟。年轻人,多历练吧!"唐小明一边连连点头,一边擦了擦额头的冷汗。

一个月后,局里要落实上面下达的对口扶贫任务,张局长带上唐主任和几个相关科室的人去。唐主任有意要历练唐小明,便叫了他同往。大家在村里忙活了几天,给了

·新传说·

钱,开了会,入了户,留了影,算是圆满完成了上级交代的任务。回去的头一天晚上,村主任在村委会安排了一桌饭,还特地弄来了一坛酒,要给张局长等人饯行。

村主任说:"我知道大家有纪律,不准喝酒,但这个酒不是高档酒,而是我们这里产的土酒。一般要酝酿五年以上,土名就叫'好酝酒'。这酒好喝,但坛盖难开,谁能打开这酒,今年肯定就会有好运。"

张局长笑着说:"好酝酒,好运气,这个意头好。不过没听说有什么酒坛是打不开的。"村主任说:"那一会儿您试试。"说罢,他便将酒坛抱到桌上。

这是个大肚小口的酒坛,肚身上贴着红纸,上面用毛笔写着"好酝酒"三个字,坛口很小,封口的是螺纹的盖。几个人轮流上前,试着去拧那盖,但没有一个人能拧开,大家都尴尬地笑了。村主任更是在那里摇头晃脑地说:"酒要遇有缘人,必须是今年有特别好运气的人才能拧开。"张局长便叫:"小唐,你年轻,你去把它弄开。"众目睽睽之下,唐小明上前抱住酒坛,来回将坛盖拧了又拧,累得龇牙咧嘴,结果却一脸通红地退了下来。

张局长来了劲:"拧个盖有这么难吗?看来你们运气不行啊,我来试下!"于是张局长上前,用左胳膊将坛身圈定,右手牢牢把住坛口,用力一拧,一股液体迸了出来,顿时满屋酒香,坛盖被打开了。于是大家一起鼓掌,连声喝彩:"张局神力,张局好运!"

酒喝到半酣,唐小明瞅见唐主任外出上厕所,便跟了出去,借着酒劲,他悄悄对唐主任说:"主任,我今天表现不错吧?"

唐主任斜了他一眼,轻描淡写地说:"是吗?说来听听。"

唐小明得意扬扬地说:"我上去时就将坛盖拧松了,所以张局才会那么轻松。"

望着唐小明神采飞扬的样子,唐主任表面上不动声色,心中却暗暗吃了一惊:都说姜还是老的辣,可唐小明显然"青出于蓝而胜于蓝",真的是后生可畏啊!

(发稿编辑:田　芳)

(题图:孙小片)

绿版编辑部电子邮箱:
朱　虹:zhong98305@sina.com
王　琦:wangqi_8656@126.com
赵媛佳:babyfuji@126.com
田　芳:greygrass527@126.com
赵俊斐:zhao_6601@163.com

赛马

□ 梁柱生

县里要办赛马活动,先在各乡镇赛出冠军,等决赛那天,各乡镇的冠军再到县城火把广场一试高下。

阿都乡是县里最后一个脱贫的乡,乡里人都想在这次活动中一举夺魁,提振一下大家的精气神。为此,乡政府补贴了一个养殖大户,让他从内蒙古购来一匹高头大马。

谁知这人骑马练习时,那马不习惯跑高寒山区,竟不小心溜了蹄,前腿扭伤了,没有十天半月治不好。养殖大户一看,立即打手机向乡党委副书记梁金报告。梁金一听就急了,要知道全乡只有这一匹蒙古马,其余都是本地马,怎么办?

梁金正一筹莫展,却碰上到乡政府办事的村民日呷,他自告奋勇地说:"我有匹好马,我去参赛!"

这日呷是村里的光棍,原先靠赶马车帮人拉东西为生,可一拿到钱就喝酒,所以家徒四壁。后来在对口帮扶中,梁金帮他修了房子,还联系到了给风电场拉建材的活路,条件是他必须戒酒。日呷立马答应了,那活儿一挣就是两万多块钱,让他一下子脱了贫。

梁金犹豫道:"日呷,你那马能行吗?也没听说它跑得快……"

谁知日呷发誓道:"我不参赛就算了,参赛就绝对拿全县第一!我拿不到第一,就把这半年挣的

·情节聚焦·

两万块钱全部捐给幼儿园！"

梁金一愣，随即打趣道："那就赶紧出征吧，冠军！"

日呷说："可我的马正在姐夫家配种呢，就在县城边。"梁金马上道："我开车送你去。"

到了日呷姐夫家，日呷把马牵出来，是一匹矮小的本地马，黑色，毫不起眼，梁金非常失望。日呷说："你别看它矮小，它拉惯了重物，一旦不拉东西，就会跑得非常快，我还给它取了个名字叫'黑旋风'。"梁金听后，觉得有理，心中又升起了希望。

比赛那天，两人一块儿来到火把广场。梁金一看，其他乡镇的参赛马匹，都是体格高大、四肢矫健的北方马，只有"黑旋风"一匹本地马；其他乡镇的骑马选手全是十二三岁的少年，这样能减轻马的负重，只有日呷是成年人。这样一对比，梁金心里凉了半截儿：重在参与吧，不倒数第一就谢天谢地了。

三十个乡镇抓阄分成六个小组，阿都乡在第六组。轮到日呷出场时，他一出现，顿时引起观众大笑："是来参赛，还是来陪衬哪？"

哨子一响，五匹马同时跃出，北方马腿长，很快把"黑旋风"甩在后边。"黑旋风"嘶鸣，奋力追赶，怪事很快出现，前边的马都放慢了脚步，不管马背上的少年如何抽打，它们就是不怎么迈步。不多时，"黑旋风"赶上并领先，其余的马全都跟在后面；还有几匹马打架，脱离跑道，被取消了参赛资格。比赛结束，"黑旋风"夺得小组第一！

在接下来的半决赛和决赛中，"黑旋风"也毫无悬念地夺得冠军！

梁金看得目瞪口呆。

原来，"黑旋风"是匹正在发情的母马，而其他乡镇选的全是公马。母马一叫，公马们全都跟在母马身后，不肯越前！

有选手看出端倪，向评委提出抗议："阿都乡用发情的母马参赛，比赛无效！"

日呷反驳道："本地的赛马活动，你们用外地马参赛，那才叫无效。况且，赛马规则中也没说一定要用公马，你这不是性别歧视吗？"对方哑口无言。

评委商量后宣布："比赛有效，阿都乡第一！"

日呷拿到两万元赛马奖金后，捐给了村幼儿园。不久，一个寡妇见他机智善良，嫁给了他。

（发稿编辑：赵媛佳）

（题图：孙小片）

·幽默世界·

老祖宗的拷问

□ 海 生

孟莹在欧洲留学，结识了男朋友杰森。这次放假，孟莹带着杰森回中国见父母。孟莹父母思想开放，告诉女儿说："只要你们真心相爱，我们完全接受，但你得去征求一下老祖宗的意见。"

老祖宗是孟莹的曾祖父，虽年事已高，但身体硬朗，在家族中有着极高的威望。于是孟莹带杰森去见他。

老祖宗见到孟莹很高兴，听说来意后，他盯着杰森看了一会儿，对孟莹说："想知道我的意见，得先让我问他几个问题。你放心，问题很简单，他只要点头或摇头就可以了。"

孟莹把老人的话翻译给杰森听，杰森点头表示明白了。

老祖宗问："你是英国人吗？"杰森摇摇头。

老祖宗问："你是法国人吗？"杰森摇摇头。

老祖宗问："你是德国人吗？"杰森摇摇头。

老祖宗问："你是俄国人吗？"杰森摇摇头。

老祖宗问："你是意大利人吗？"杰森摇摇头。

老祖宗问："你是美国人吗？"杰森摇摇头。

老祖宗问："你是奥地利、匈牙利那一片的人吗？"杰森摇摇头。

老祖宗又问："你是日本人吗？"没等杰森回答，老祖宗便自言自语道："高鼻蓝眼，当然不是日本人。"接着，他把两位晚辈的手拉到一起，开心地说："好了，孩子们，祝你们幸福！"

路上，杰森说："你曾祖父只问了我几个奇怪的问题……他为什么这么问呀？"孟莹笑着反问道："难道你没听说过八国联军侵华的事儿吗？"

（发稿编辑：赵媛佳）

·幽默世界·

准时送达

□丁凯丽

大伟是个新入职的外卖员，经常犯错，不是送餐晚点，就是打翻餐品，惹来一堆差评。主管给他下了最后通牒，倘若再有差评，立即辞退。

这天，大伟接到一个订单，发现送餐时间非常紧张，他不敢怠慢，马上骑着电动车，向着目的地驶去。

谁知半路上，大伟接到了顾客发来的短信："你能再晚点送来吗？"大伟一看，心想，对方恐怕是在说反话催自己吧？看样子，要是自己迟到一分钟，恐怕都会被打差评。他紧张起来，立刻加快了速度。

终于提前一分钟，大伟气喘吁吁地敲响了顾客家的门。

门打开了，一个年轻男人黑着脸走出来，他刚接过外卖，身后就拥上来四五个人，兴奋地说着："正好，海鲜大餐来了！今晚我们不醉不归！"

大伟擦了擦汗，好险，幸亏自己准时送达了。不料第二天，他发现自己居然被这个顾客打了差评。这下子，大伟不干了，他立马拨打顾客的手机号，想要弄个明白。

顾客解释说："昨天，我升为部门经理，准备和女友庆祝，所以才点了海鲜外卖。"大伟边听边点头："恭喜恭喜！"顾客继续说："可是，同事们突然登门为我道喜。我好说歹说，他们才同意出去吃饭。"

大伟很纳闷："然后呢？"顾客恨恨地说："我们刚要出门，你居然就把外卖送到了……"大伟更糊涂了："这不是正好吗？"

"什么正好？！"顾客几乎吼起来，"你知道吗？我的公司禁止办公室恋情，而我和女友是同事。为了不被发现，她硬是在阳台躲了好几个小时，现在正在跟我闹分手！"

（发稿编辑：王 琦）

· 幽默世界 ·

爱带伞的男朋友

□ 阿玉

小丽新交了一个男朋友,名叫阿勇。这天上午,两人出去逛公园,小丽见阿勇带了一把伞,便问:"今天天气这么好,你为啥带伞呢?"

阿勇神秘地说:"你看着吧。"到了下午,突然下了一场雷阵雨。小丽好奇地问:"你怎么知道下午会下雨?"阿勇解释说:"我昨晚看了天气预报,说下午会有雷阵雨,所以带了伞出门。"小丽听了,心里直夸阿勇谨慎细致。

过了几天,两人相约去看夜场电影。见面时,小丽发现阿勇依然带着伞,又好奇地问:"我出门前也看了天气预报,说今晚不会下雨啊,你为啥又带伞?"

阿勇笑了笑,没说啥。电影结束后,阿勇送小丽回家,路过黑漆漆的巷子时,突然蹿出来一个歹徒,想抢小丽的包。阿勇举起伞尖刺向歹徒,歹徒被刺中后痛得嗷嗷倒地,很快就被路人合力制伏了。阿勇这才对小丽解释说:"这一带最近常有歹徒在晚上偷袭女性,幸好我带了伞,才把他打趴下。"小丽听了,心里感叹阿勇的胆大心细。

又过了几天,两人相约去商场购物,小丽见阿勇又带了伞,不禁笑道:"商场里治安很好,伞就不用带了吧?"阿勇害羞地笑了笑没接话。

就在两人搭乘自动扶梯时,阿勇突然打开伞,挡在小丽身后。小丽惊讶不已:"你打伞干啥呀?"阿勇红着脸说:"因为你今天穿了短裙……"

小丽更纳闷了:"我穿短裙怎么了?"

阿勇支支吾吾地说:"穿……穿短裙乘扶梯,很容易走光,幸好我带了伞,可以给你挡一挡……"

(发稿编辑:朱 虹)

·幽默世界·

你等着吧

□孙国彦

小明读初二，上课时经常偷玩手机，成绩差得一塌糊涂。

这天数学月考，小明胡乱填完选择题和判断题，便趴在桌子上闭目养神。觉得时间差不多了，他四下里看看，悄悄取出手机，给死党王小毛发微信："计算题和应用题会做吗？"

不大一会儿，王小毛回复道："当然会了。"

会的话你倒是把答案发来呀！小明忍住气，又趁监考老师不注意，写道："会就发我呀！"

很快，王小毛又回复："你等着吧。"

小明明白了，王小毛应该是还没做完，于是他只好慢慢等。

过了好一会儿，小明没收到答案，又发微信催王小毛："先把做好的发给我！"但是等了半天，王小毛竟然只回了他一个笑脸表情。

眼看只剩不到半小时的时间，就算答案发来，也很难抄完了，小明急眼了，写道："再不仗义，小心老子告到班主任那里。"

谁知道这招儿根本不顶用，王小毛回复："去告呀，我还怕你不成！"

看这家伙这么嚣张，小明彻底被激怒了，撂下一句狠话："好，你给我等着！"

下课铃一响，小明第一个交卷，没等监考老师说话，就气冲冲地跑出教室，去办公室找班主任告状，说王小毛考试时看手机。

班主任听完，乐呵呵地表扬他一番，然后话锋一转说："你的手机也交上来吧。"

小明愣住了。班主任眼一瞪，从抽屉里拿出一部手机，指着一个微信头像说："这个微信是你的吧，我等你半天了！你想得可真不错，考试睡大觉，还想抄王小毛？幸亏他刚拿出手机，就被我不声不响地收走了，不然还抓不到你呢！"

（发稿编辑：赵嫒佳）

· 幽默世界 ·

张奶奶的联想

□ 郭南珍

双十一快到了,张奶奶在淘宝上看到有保健品商家搞促销,打算到时买一些。女儿阿芳上淘宝一看,这些所谓的特价保健品成本低廉,质量堪忧,万一吃坏身子怎么办?

于是,阿芳苦口婆心地劝张奶奶别买,可张奶奶却说自己的健忘症越来越严重,不买点保健品补补怎么行?这让阿芳犯起了愁。

到了双十一那天早上,阿芳发现张奶奶没有任何动静,她不禁暗自高兴,八成是母亲的健忘症又犯了,忘记今天抢购特价保健品的事了。她看了看屋里,发现还有一些之前买的保健品,就赶紧藏了起来,免得张奶奶看见了,又想起这事。

到了中午,阿芳的儿子突然蹦蹦跳跳地跑到张奶奶身边,撒起娇来:"外婆,我是不是淘气的小宝贝啊?"张奶奶一把抱起小外孙,笑呵呵地说"是啊"。阿芳听了,顿时惊出一身冷汗:这又是"淘"又是"宝"的,会不会让母亲联想到淘宝啊?好在张奶奶哄完小外孙,也没想到上淘宝,阿芳长出了一口气。

好不容易熬到了晚上,吃晚饭时,阿芳想:等母亲吃完晚饭,很快就会回屋睡觉了,熬过今天就没事了。

就在这时,阿芳的儿子开始玩起筷子来,阿芳正想出言训斥,张奶奶看了看小外孙摆弄的筷子,突然愣了愣,随后一拍脑袋,说:"哎呀,我都忘了今天要买特价保健品了,幸好小外孙提醒了我!"

阿芳大惊:"妈,他哪里提醒你了?"

张奶奶指着桌子,笑道:"你瞧,这淘气鬼把两双筷子并排放在一起,分明组成了双'11'啊!"

(发稿编辑:朱 虹)

· 幽默世界 ·

约翰是一名精明的商人,他把珠宝店开在镇上唯一的警察局旁边。

这天,富豪戴维找到约翰,说自己刚搬到豪华的郊区别墅,准备买一块宝石装饰新家。约翰喜出望外,拿出镇店之宝,戴维一眼就看中了。可问题是,宝石价值百万,而从店铺到戴维的别墅,有段十公里的山路。约翰打算自己送货,戴维却拼命摇头:"不,这块宝石太贵重,走山路也不安全。我可不想冒险,必须万无一失。"

约翰想了想:"我问过押运公司,费用要五万块钱,这钱谁出?"戴维相当坚决:"你是卖家,当然要'包邮'啊。"双方谈不拢,只好择日再谈。

两天后,约翰带着助手跑到戴维的别墅,来商谈运费的事儿,但买卖双方仍然僵持不下。更糟糕的是,约翰的助手还不小心打翻了戴维家中的一件装饰品,心情很不好的戴维非常恼火。两人发生了口角,约翰的助手甚至动手打了戴维。约翰怎么也拦不住,戴维很生气,还拨打了报警电话。

约翰不禁傻了眼,突然他灵光一闪,急忙跑出去打了一个电话。很快,警察赶到,调查清楚后,做了调解。

警察一走,约翰就对戴维说:"走吧,去收货吧。"戴维一愣,约翰说:"你要的宝石送到了。"戴维走出门一看,只见有人正从一辆车上往下搬箱子。他上前查看,果然是宝石,但他仍有些不满:"你怎么没请押运车?"

约翰嘿嘿一笑:"太贵了呀!但由警察'押运',不是更安全吗?"

戴维一头雾水,约翰大笑着解释道:"这得感谢你呀,你刚才报了警,我们的运货车才能一路跟着警车,免费押运呀……"

(发稿编辑:田 芳)

免费押运

□ 冯凯

· 幽默世界 ·

生意好为啥

□ 陶崇银

大牛和老张都开了一家搬家公司,这行竞争激烈,他俩为了多揽些活,便起早贪黑,在各小区的公共广告栏贴了不少广告。奇怪的是,大牛的生意明显比老张要好,这让老张很不服气,明明自己贴的广告更多,怎么就没用呢?

老张觉得是大牛那边价格便宜,就让老婆假扮顾客询价。老婆心领神会,按下免提键,捏着嗓子对大牛说:"你好,我最近打算搬家,要整车大搬。现在住六楼,没电梯,想问一下怎么收费。"大牛答道:"10公里内起步价400元,超1公里要加8元,没电梯的话,每层再加收20元。"老张发现大牛定价跟自己差不多,心说准是人家的服务更好。于是,老张派员工去查大牛公司的服务项目和评价,却发现大牛的服务没啥亮点,接到的投诉也不比自家少。他思来想去想不通,愁得头发掉了一大把。

老婆见他这样很是着急,就没话找话来逗他开心。这天,老婆对老张说:"我老同学在做微商,赚了不少钱。上回我跟她出去玩,看到她拿了好几部手机……"听了这话,老张突然眼睛一亮,说道:"对啊,我怎么就没想到呢!"

第二天,老张兴高采烈地回到家里,对老婆说:"多亏你昨天说起好几部手机,我可算找到大牛揽活的秘诀了!"老婆忙问:"是什么?"老张笑着说:"我贴的广告上,留的电话号码只有一个;而大牛贴出去的广告,底下留的电话都不一样。顾客多半喜欢多打几个电话'货比三家',这么比过来比过去,客人就被大牛揽到自家去了……"

(发稿编辑:赵俊斐)

(本栏插图:小黑孩 顾子易)

 ·听故事·

解放眼力 随时听书
享受身临其境的阅读体验

紧张、刺激、烧脑、惊险,带感的声音、精彩的音效,领你走进层层迷雾,抽丝剥茧,遇见真相!

《真正的杀招》

飞贼作案连连,却神出鬼没,猖狂至极。名捕师徒是怎么顺藤摸瓜,又出其不意地将其擒获呢?快来扫码听故事,一探究竟吧。

看书,听故事,聊人生百态
免费获取您的《故事会》阅读计划

【电子故事书】 【故事音频库】 【聊天书友群】

建议配合二维码一起使用本书

◀◀◀ 微信扫码听故事,聊人生百态

本刊为了让您更好地享受阅读,帮您轻松沉浸于精彩故事中,特别为您提供了电子故事书、精彩故事音频库,让您放松身心、纵享故事;为您提供了本刊专属聊天书友群,入群可参与话题聊天,可随意侃大山,可结交群内同好为好友。

阅读本刊,您将获得以下专属读者权益:

立刻获得的主要权益

- ▶ **专享本刊社群服务**:群内参与话题讨论,聊天交友
- ▶ **本刊配套资料包**:许您一段轻松悠闲的时光
- ▶ **阅读工具**:辅助您轻松读故事

每周获得的主要权益

- ▶ **专属热点资讯**:16周专属娱乐资讯服务,每周2次
- ▶ **配套线上读书活动**:群内16周有趣的话题聊天,每周1~3次
- ▶ **精选好书推荐**:16周热门休闲好书推荐,每周1次

长期获得的主要权益

线下读书活动推荐:
精选活动,扩充知识开拓视野

抢兑礼品:
免费抽取实物大礼

喜报:《名作欣赏·10分钟读解外国经典小说》
荣获2020上海书籍设计双年展暨第十一届华东书籍设计

双年展封面设计一等奖

名作欣赏系列共 10 册,甄选了《故事会》杂志"外国文学故事鉴赏"栏目中历年来的名篇佳作。

为更好服务《故事会》读者,特优惠如下(2020年12月8日截止):

全套8折, 原价280元,现 **224 元** 包邮

淘宝扫码购买　　微信扫码购买

2020年 中国十大幽默故事

最高奖金 每则4600元

为鼓励广大作者创作出老百姓喜爱的幽默故事,中国幽默故事基地上海金山山阳镇与《故事会》杂志社,联合推出 2020 年中国十大幽默故事评选活动。

评选范围:2020 年《故事会》"幽默世界"栏目发表的所有作品。

评选方法:1. 每季度评选出 **6** 篇季度奖作品;2. 荣获季度奖的作品再参加年度总决赛,经专家评选及网络投票,评选出 2020 年中国十大幽默故事。

奖项设置:季度奖奖金为每篇 **1000** 元,全年共 **24** 篇;年度奖奖金为每篇 **3000** 元,全年共 **10** 篇。所有获奖作品将颁发获奖证书。

来稿请寄:上海市黄浦区绍兴路 74 号《故事会》杂志社,邮编:200020;
征文信箱:gushihui999@126.com。请作者自留底稿,参赛稿一律不退。

幸福的天使

曹晴雯 故事会红版编辑
Cao Qingwen Stories Editor

天气渐凉，时常能在公园里看到晒太阳的流浪猫，它们大多乖巧，一声"喵喵"叫，一个翻身滚，就足够温柔，仿佛天使一般。这让我想起一部韩国的动画短片，主人公莱欧是一只流浪猫，也是带给人幸福的天使。

有一次，莱欧被人攻击，失去了一只眼睛，是后来的男主人尼奥救助了它。从此，莱欧有了家。尼奥却没那么幸运，他的工作和爱情最近都遭受了严重挫折。为了让尼奥摆脱困境，莱欧找到死神，请他帮助尼奥获得幸福。

死神简直不敢相信："你会希望人类幸福？你的眼睛不就是人类弄伤的吗？"

莱欧"喵喵"应着，意思很明确——它愿意付出一切来换取尼奥的幸福。

死神不相信，他答应帮助尼奥，不过却提出要求："如果你能在七天内得到尼奥的一个吻，就不用付出任何代价；如果不能，我就吃掉你的灵魂。怎么样？"

莱欧想，无论结果怎样，尼奥都会收获幸福，这就够了。于是，它答应了。

果然，接下来，尼奥的工作有了起色，女友也和他重归于好了——尼奥的命运真的被改变了。然而这期间，莱欧一直没有得到尼奥的吻。

死神不时提醒莱欧时间不多了，莱欧也试着引导过尼奥给自己一个吻，可每次都错过了。第七天时，死神似乎着了急："今天是最后一天，就今天吧，去争取一个吻……"可结果并不如愿——最终，莱欧还是没能得到尼奥的吻。

临死前，死神说："你现在后悔还来得及……"

莱欧奄奄一息，却仍然摇了摇头。

死神取走了莱欧的灵魂，却没吃掉它。莱欧默默为尼奥付出的爱，死神都看在眼里，并且深受感动。最后，他做了个决定：将莱欧的灵魂放到尼奥女友的肚子里——让莱欧成为尼奥的孩子，这样，莱欧就会得到无数的吻和无尽的爱了……

故事虽小，却能生出暖意。希望在新一期的杂志里，您也可以从故事中收获同样的暖意。

（插图：丁德武）

开卷故事已集结成书，更多优惠，扫码拥有！

716 CONTENTS

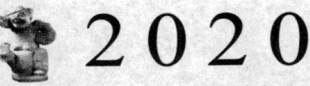 2020 SEMIMONTHLY 12月上半月刊

故事会网上书店　微信订阅故事会

欢迎登录故事会官方网站：www.storychina.cn

开卷故事	2
笑话15则 ……………………………… 白丁儒等	4
传闻轶事	
荒宅秘事 ……………………………… 李海庆	8
劝军 …………………………………… 寇建斌	65
我的故事	
除夕枪声 ……………………………… 宋曙春	10
网文热读	
点烟 …………………………………… 钟　兴	14
名旦 …………………………………… 郑俊甫	86
央企故事	
生死穿越 ……………………………… 杨　军	17
新传说	
疯狂的盲盒 …………………………… 金云鹤	21
奇怪的顾客 …………………………… 陆惠明	24
不许吃鸡肉 …………………………… 王　锐	27
千年屋 ………………………………… 湛鹤霞	30
民间故事金库	
四姑娘 ………………………………… 殷　蛟	34
血水盟誓 ……………………………… 王全喜	38
外国文学故事鉴赏	
杀妻计划 ………………………………………	41
阿P系列幽默故事	
阿P的"职业病" ……………………… 马奕彦	44
3分钟典藏故事 ………………………………	48
情节聚焦	
押宝 …………………………………… 李轩宇	50
海外故事	
硅谷凶手 ……………………………… 刘　峰	53
56个民族的故事	
海吾来克 ………………………………………	57
法律知识故事	
丈夫出狱要离婚 ……………………… 彭振林	59
东方夜谈	
翻个儿 ………………………………… 刘建平	61
中篇故事	
大筷子传奇 …………………………… 他　他	68
动感地带 ……………………………………	81
浮世绘 ………………………………………	82
诙段子 ………………………………………	84
幽默世界	
《一心练哑铃》等8则 ……………… 邵福军等	88
听故事 ………………………………………	96

故事会
红版·12月上半月刊

社长、主编　夏一鸣
副社长　张凯
副主编　吕佳　朱虹
本期责任编辑　曹晴雯
电子邮箱　caoqingwen0228@126.com
发稿编辑
吕佳　姚自豪　丁娴瑶　陶云韫　孟文玉
美术编辑　王怡斐　郭瑾玮
本社办公室电话　021-6437 5030
红版编辑部电话　021-6433 5114
绿版编辑部电话　021-6433 6469
地址　上海市绍兴路74号　邮编　200020
主管　上海文艺出版总社
主办　上海文艺出版总社
出版单位　《故事会》编辑部
发行范围　公开

· 出版发行部 ·
发行业务　021-6431 3938
发行经理　钮颖
媒介合作　021-6433 8113
广告业务　021-6433 4376
新媒体广告　021-6445 0660

· 融媒体中心 ·
《故事会》微博　@故事会
《故事会》微信　story63
故事中国网　www.storychina.cn
《故事会》网店
shop36332989.taobao.com

故事会公众号　故事会App下载二维码

国外发行　中国图书贸易总公司
印刷　上海四维数字图文有限公司
发行：中国邮政集团公司报刊发行局总发行
国内代号　4-225　　定价　6.00元

特别声明： 凡本刊录用的作品，本刊均已获得该作品与《故事会》相关的权利。除非中华人民共和国法律另有规定，未经本刊许可，不得以任何方式擅自转载、摘编或利用其他方式使用上述作品。已经本刊许可使用的作品，应在许可范围内使用。违反上述声明的，本刊将依法追究其法律责任。

· 笑话 ·

搭讪

火车上,有个小伙见旁边坐了一个气质清纯的姑娘,便搭讪道:"你好,你还在上大学吗?"

姑娘说:"是的,在省医科大学。"

小伙赶紧拍马屁:"原来你是白衣天使啊!那我以后看病就去找你喽……"姑娘强挤出一丝笑容,不太情愿地点了点头。这时,小伙又问:"你学的是哪个专业啊?"

女孩犹豫了一会儿,说:"法医……"

(白丁儒)

(本栏插图:包丰一)

不用担心

这天放学,小军坐同学家的车回家,并请开车的叔叔给妈妈发了一条短信报平安。

到家后,小军看见妈妈抱着手机正在大哭,赶紧问:"妈妈,怎么啦?"

妈妈一把抱住小军,然后给他看手机上的一条短信,只见上面写着:"是小军的妈妈吗?不用担心,你儿子在我手上……"

(落新妇)

有 仇

大娟刚搬了家,这几天,只要她一出门,就看见隔壁男邻居穿着内裤冲出来。

有一次,大娟实在忍不住了,骂道:"你变态啊,出门老是不穿衣服!"

那个男邻居也忍无可忍地吼道:"你有病啊!门和你有仇?每次关门都那么用力,害得我老是以为又地震了!"

(林小十四)

· 笑口常开 轻松一刻 ·

最近怎么没来

有个姑娘暗恋一位医生,为了引起医生的注意,姑娘每天都去医院找他。

后来,姑娘连续一周没去找医生,医生感到有点反常。当姑娘重新出现时,医生好奇地问:"你最近怎么没来?"

姑娘说:"因为我生病了……"

（祢豆子）

富人看病

一个富人去看病,医生对他说:"请您坐在那把椅子上排队等候。"

富人希望自己能得到优先看病的待遇,于是大声说道:"医生,你大概不认识我,我是这个城市里最富有的人。"

医生说:"哦,既然这样,就请您坐在两把椅子上等候吧!"

（心香一瓣）

醉汉打车

有个男人喝得大醉,不顾出租车司机的阻拦,硬是爬上了车。

见司机迟迟不开车,男人破口大骂。司机无奈地说:"让我开也行,可你得先从车头上下来呀!"

（召召）

难忘的礼物

小李上小学时有个同桌,很喜欢孙悟空。同桌转学前,小李用全部的零花钱买了一根金箍棒,当作礼物送给他。

多年后两人偶遇,闲聊一番后,小李忽然问:"你有没有珍藏当年我送给你的礼物?"

同桌听后说:"唉,要不是你送我金箍棒,我爸怎么会找得到那么合适的东西,天天打我……"

（潘光贤）

· 笑话 ·

重现

群众举报一处工地野蛮施工,破坏历史老建筑,记者接到消息迅速赶赴现场。面对残垣断壁,记者质问负责人:"你知不知道,你们毁坏的这段城墙已经有六百年历史了!"

负责人拿出规划图纸,对记者说:"六百年算什么?这里马上新建的文化旅游园,将重现九百年前的古城风貌!"

(报喜鸟)

又能怎样

武林盟主败给了一名剑客,他捂住伤口瘫坐在地,就等剑客动手了。谁知那剑客却将剑抽回,跪倒在地,痛哭起来,只听他说:"我的意中人都已经走了,就算给我一统江湖,又能怎样?"

武林盟主强忍剧痛,沙哑着喉咙说:"一桶糨糊……可以贴好多张寻人启事了……"

(猪猪可爱)

辈分乱了

饭前,小丽先对着公公说:"爸,吃饭了。"然后,她转身看着坐在沙发上玩手机的丈夫,冷冷地说道:"爷,吃饭了。"最后,小丽又对着正在玩游戏的儿子大声吼道:"吃饭了,祖宗!"

(一米阳光)

开头难

曹操犯了头疼病,华佗诊断后说,这病需要用利斧砍开脑袋才能去掉病根。曹操听后就要杀华佗,华佗不解:"您为什么要杀我?"

曹操说:"让你去死,就是要让天下人都明白一个道理!"

华佗问:"什么道理?"

曹操道:"万事开头难。"

(离萧天)

· 笑口常开 轻松一刻 ·

总 结

老师组织同学们看足球赛,结束后让大家讨论,说说如何在学习上发扬足球精神。

小明第一个举手发言:"老师,我终于知道为什么我们考试分数低了,就是因为'球'传得不好!有些人不自觉,别人把'球'传给他,他抄完了,就不肯再往下传了。"

(苦乐年华)

浪漫的方法

小虎喜欢班里一个女生,他想到一个浪漫的方法:每天在校园里折一枝月季,悄悄放在女生书包里……过了几天,那女生被班主任叫了去,回来后,她当着全班人的面怒吼道:"到底是谁偷花陷害我……"

(月月鸟)

不文明

阿花加班晚了,因为太饿,她一坐上出租车就啃起了在路边摊上买的烤鸭。一会儿,司机气愤地说:"这位小姐,你知道在车上吃东西是一种不文明的行为吗?"

阿花边吃边问:"怎么不文明了?"

司机说:"太馋人了!"

(啦沃尔)

上厕所

这天刚上课,小明就举手说要上厕所,一直到快下课时才回教室。

老师质问道:"厕所就在教室旁边,你上厕所上了一堂课?"

小明说:"老师,我没说上学校的厕所呀,我是回家上的!"

(邵福军)

微信扫码,您会获得:本刊专享社群服务、本刊配套资料包、阅读工具。

·传闻轶事·

每到夜半时分,荒宅里总会传出凄厉的鬼声,里面究竟藏着怎样的秘事呢?

荒宅秘事

□ 李海庆

明嘉靖年间,有个秀才姓苏,是江城人。苏秀才家贫,喜文墨。他住的是粗陋茅屋,不避风寒,一到雨天,更是潮湿难耐。

一日,苏秀才路过一座宅院,院墙环护,周遭绿柳垂荫。奇怪的是,院门凋敝不堪。苏秀才从门缝向内窥探,院内竟荒草丛生。

苏秀才心生惋惜,堂皇的宅院为何无人居住料理?他来到好友柳生处,说起所见。柳生说,那宅院本为一富户所居,富户之女为情所困,自缢于家中,富户为避免触景伤情,便举家搬迁,宅院自此荒废。

苏秀才听说是个荒宅,不由得心头一震,对柳生说:"柳兄,你我二人何不搬进那大宅子住?"

柳生听后,连连摇头,对苏秀才说:"常有人在夜半时分听到宅内传出凄厉鬼声,毛骨悚然。"

苏秀才仰头大笑:"何来鬼神?清静之处世上难寻,这是上天赐给你我的宝地呀!"柳生勉强应允。

院内房屋众多,苏秀才与柳生挑了一间,搬了进去。

夜深了,二人秉烛夜读。忽然,屋外传来柳树摇曳、风吹落叶之声,还有重重的喘息声,声音如诉如泣,久而不绝。柳生早已吓得浑身瘫软,苏秀才却披着衣服,走出屋子。

苏秀才朗声道:"在下在此居住读书,有所打扰,同在屋檐下,请众位行个方便,万分感谢!"

柳生听得战战兢兢,苏秀才难道在与鬼神共话?

不知是不是这几句话生效了,屋外变得悄然无声。

次日,苏秀才傍晚时分出了门,回来时,拎了一包干粮。柳生疑惑不解,苏秀才解释说:"这是答谢他们的不扰之礼。"柳生后背直冒凉气,难道苏秀才以此敬奉鬼神?

入夜,月过柳梢,苏秀才捧着干粮,走进院落,放在地上,道:"苏某略备薄礼,望众位笑纳!"

第二天,干粮不见了。此后,夜半再无凄厉之声。柳生暗暗称奇:苏秀才供奉鬼神,果然奏效!

不知不觉,二人在宅院住了半年。入秋,二人参加科考,如有天助,同中举人。柳生兴奋异常,劝苏秀才择日回去供奉荒宅里的神灵,苏秀才微笑道:"一定。"

让柳生讶异的是,苏秀才做官后,领到俸禄的第一件事,便是回到老家江城,把当年所住荒宅买了下来。

这晚,苏秀才喊上柳生,一同走进院落。苏秀才在夜色中深鞠一躬,说:"承蒙众位抬爱,为苏某行了方便,苏某与柳兄在此借宿读书,在省城中举,为答谢众位,苏某将此宅买下,赠予各位居住。"

一番话过后,从静谧的夜色中走出十几个衣衫褴褛之人。他们泪满衣襟,伏地磕头,震得石板"咚咚"直响。苏秀才将他们一一扶起。

柳生这才知晓,苏秀才当年逛遍院落,发现了一些端倪:院内荒草丛生,却不见四壁蒙尘;房屋门窗紧闭,但门把手光洁干净,可见此处并非荒无人烟。苏秀才守在一间屋子门外,撞见了一个流浪汉外出觅食。流浪汉说,他们之所以在夜晚装神弄鬼,是怕失去这来之不易的安身之处。

苏秀才对柳生说:"当年,你一直埋头苦读,未曾察看过院落。我发现这些无家可归之人后,答应替他们保守这个秘密。我不忍心将众人委屈成鬼,只想让他们堂而皇之为人。"

苏秀才为官后,常常修建房屋,赈济灾民,这都是后话了。

(发稿编辑:陶云韫)

(题图:孙小片)

· 我的故事 ·

除夕雪夜，一声枪响，改变的是三个军人的命运……

除夕枪声

□ 宋曙春

1972年农历壬子年，那时，我还是个只有三个月军龄的新兵，当兵第一年的春节，就赶上高度警戒的战备执勤。为迎击可能发起突袭的境外之敌，我所在的守备二团，在大山里守卫一条军运铁路线。除夕那天夜里，我和班长万玉明、老兵张农生组成一个战斗小组，在铁路线上执行沿线巡逻任务。

班长万玉明高中毕业，有文化，素质好；张农生是农村兵，没上过几年学，憨厚老实，有一股子犟劲，老话叫"死性"。也许正是这种天生的倔强，或者说是忠于职守的本能，使得他在突发意外时会第一时间挺身冲上去。

除夕这天，大雪下了一整天，东北老百姓都管这种狂风加大雪的天气叫"白毛风"。大风挟着雪粒漫天翻卷，刮得天昏地暗，一片迷茫，天地山林全部淹没在暴风雪中。

我们是夜里10点从驻地出发的，漫天雪粒打得我们只能眯着眼，20米外什么也看不清。我虽然在东北长大，却还是第一次遇到如此狂暴的风雪，不觉有些胆战心惊，好在我身上背着56式半自动步枪，俗称"七斤半"，可以壮胆。我便握紧枪，跟在班长身后，顶风冒雪向前走去。

突然，迎面扑来的风里，传来

10

·敞开心扉 诉说真情·

粗重的喘气声，像有人在张大口呼吸。班长飞快地把冲锋枪推上子弹，我和张农生也把子弹上了膛。班长命令我们猫下身，躬着腰向前摸去。这时，我们模模糊糊看见，前方20米左右，有一个黑影也猫着腰，在铁路上摸索。一瞬间，我想起电影《铁道卫士》里特务在铁路上偷偷埋设炸药的一幕，顿时血涌上头，举起枪来就要射击。班长一把压住我的枪，低声说："情况不明，别乱来。"但班长没能来得及拦住张农生，他已经冲了出去，大声喝道："什么人？不许动！"随后，一声枪响……

一道红光随着震耳的枪声划过，黑影向路基下逃去。张农生丝毫没有犹豫，紧跟着追了上去。仅仅几秒钟，那黑影就连同张农生一起消失在雪雾里，还伴随着低沉的吼叫，好像是有人在搏斗。

班长带着我追上去，我们跑了十几米，就到了黑影最先出现的地方。班长掏出手电筒，顺着路基和铁轨仔细搜索。虽然没有发现特务埋的炸药，却看到白雪上除了混乱的足迹，还有几滴血。

难道是张农生那一枪打中了特务？

班长迅速蹲下身，凭借手电光向漆黑的夜里搜索，但什么都看不见，也听不到动静。班长一挥手，蹿进了黑夜。我气喘吁吁地跟着跑了五六十米，赶上班长时，只见他呆呆地站着，微弱的手电光照见雪地上躺着的一团黑影，是张农生！随即，我听到班长厉声喝道："警戒！"

我吓得头发根儿都立起来了，生怕身后再有特务扑上来，忙背靠班长，端着枪，紧张地四下巡视。班长急切地呼唤着："张农生！张农生！"可是，听不到他的回答。班长的呼唤已经带了哭腔，我一个劲地哆嗦，颤抖地转过身，手电光下，我看到一张血肉模糊的人脸，身旁雪地上已经洇开一片黑色，那是张农生的血啊！

我惊叫："班长，快救他啊！"

班长蹲下身，摸着张农生的脉搏，叹气说："没用了，脉都摸不着了，人都快凉了。"

我腿一软，跌坐在雪地上，正好看到张农生脖子动脉处似乎被抓掉了一块肉，涌出的血渐渐凝固成黑色块状。人都成这样了，哪还有救啊！

班长脱下军大衣，盖在张农生头上，对我说："你守在这里，保护现场，不要走动，不要破坏痕迹，

· 我的故事 ·

我回去报告。不用怕,就是有特务也早跑了。"

班长冒着风,艰难地蹚着雪向远处走去,只留下我一人孤零零地守着张农生的尸体。尽管他是兄弟般亲密的战友,但毕竟是个死人啊,即使大白天,谁敢一个人守着死人?何况还是如此令人恐惧的风雪之夜。我连冻带怕,手指却片刻不敢离开扳机。耳边的风声好像是粗重的喘息,不断向我靠近,我几乎控制不住胆怯,几次要开枪,可手指已经僵硬,扣不动扳机了。我喊叫着:"张农生,起来啊,你快起来!班长不在,就咱俩,敌人上来,咱俩得一起打啊!"

然而,张农生毫无生息,四周也毫无动静。我坐在雪地上,枪架在膝盖上,枪口对着黑洞一般的夜色,保持着随时射击的姿势。就在我快要昏迷时,只见风雪中晃动着几道光亮,由远而近。是班长带着战友们赶来了!我的身体一下子松懈下来,向后倒去,躺在了雪地上……

我醒来时已经是早晨了,我发现自己躺在营房的铺位上,就掀开被子下了床,一瘸一拐地走到门口拉开门。门外站着两名挎着冲锋枪的战士,拦住我不让出门。一个战士说:"首长命令,你好好休息,不要离开,等待调查。"

看来,一定是上面来人了,一个战士被特务杀死,这问题能不严重吗?这时,我并不知道,军区来的侦破组已对现场作了周密勘查,只是勘查结果暂时保密。守卫战士告诉我,我被侦破组定为"涉案"人员,必须接受严格审查。我只好老老实实地坐在铺位上等待着。

上午10点,连长陪着一位军区的保卫干部来到班里,让我配合

·敞开心扉 诉说真情·

调查。我心里不免有些抵触,咋把我当成嫌疑人了,难道我还能是特务不成?

连长虎着脸说:"别闹情绪,你是战士,你们班你们组出了事,你必须接受调查,要正确对待,实事求是,有啥说啥。"

连长的命令,我当然服从,就一五一十地叙述了"案件"经过,又讲了怎样发现张农生已经死了,我按照班长命令,独自一人在风雪中守护他。

听到这里,始终非常严肃的保卫干部表情缓和了。连长拍拍我的肩膀,说:"小子,胆子不小,有种。"我知道,没我啥事了,可班长呢,他能过关吗?班里死了人,无论如何,他是脱不了干系的。

后来,指导员又陪着另一位保卫干部来了,重新询问了一遍,我也不走样地回答了一遍。

中午开饭时,全连在食堂门前列队,我和班长经过两轮调查询问,也都被"放"了出来。我们排队进了食堂,一进门,就看见前面站着一排军人。指导员介绍说,这是军区保卫部门的侦破组。侦破组宣布了侦破结果,我才知道事情的真相。

原来,哪里是什么特务,经过现场勘查和痕迹鉴定,侦破组确认我们看到的黑影,其实是一头黑熊,它正在铁路上抓捕一只野兔,不想被张农生一枪惊扰,转头逃跑。张农生紧追不放,惹恼了它,一巴掌抓去张农生半张脸,又一爪子豁开了他颈下的大动脉,几分钟就流尽了血……

黑熊在冬天是要"猫冬"的,但体质较弱的黑熊会在饥饿时出来觅食。当时夜黑风大,视线模糊,不仅我和张农生没有辨认出那是黑熊,班长也没看出来。由于判断失误,临机处置失当,致使张农生死亡,班长被取消提干资格,撤了班长职务,又背上个警告处分。

当天晚上,我跟指导员据理争辩,指导员说,军人面临危机,必须保持清醒,不然就要打败仗。打了败仗,就得承担责任,这才是军人应有的担当。我无话可说,只能接受现实。

班长受了处分,却说自己感到欣慰,因为侦破组向军区申报,把张农生定为因公牺牲,给予他应有的荣誉。而班长也没有一蹶不振,他从战士重新干起,一年后,再次担任班长;过了一年,又被提升为排长。

(发稿编辑:吕　佳)
(题图、插图:孙小片)

·网文热读·

点 烟 □ 钟 兴

我不抽烟，但领导抽烟，于是，我学会了点烟。

从北方到南方，从农村进城市，大学四年毕了业，到单位再四年，我为领导点了无数次烟，训练成了一见领导做出摸烟的动作时，我本能的反应，就是掏出打火机，"啪"的一声。我感觉，那清脆的声音太悦耳了！

为领导点了千万次烟后，我终于成了单位的副科长。

只是想不到没过多久，领导岗位也来个"辞旧迎新"——单位换了局长。事实上，换局长倒不要紧的，关键是，新来的林局长居然不抽烟，于是我只能努力工作，来取得新领导的青睐和欣赏。

之前为领导点烟点太多了，林局长来，我不但自己不适应，单位同事们看我也不太适应了。因为他们私下说我是"靠点烟点来的副科长"，说实话，虽然我工作能力不错，但我也清楚，为领导点烟与之前的提拔肯定有一定的关系……

就这样，我干了五六年，还是原地踏步，甚至没有一点要被提拔的迹象。虽然我的工作成绩也有目共睹，但民主测评时，就是过不了关。有时想想，在这单位实在没意思，要不是心有不甘，真想干脆一走了之，自己创业去。然而，在这样的环境下创业，谈何容易？

还好，我结婚了，后来又生了孩子。这一切把我心中的郁闷也冲淡了许多。

那天,父亲来看孙子,背了许多农村的特产过来,当然也包括家里母鸡下的鸡蛋。这一趟,一千多公里路呀,路上,鸡蛋就只碎了三只,但还是让父亲心痛不已。

父亲在我这里待了不到半年,就坚决要回去,因为他过不惯城市生活,也放不下老家养的鸡、鸭、鹅,当然,还有那头老黄牛。

我知道,父亲更不习惯的是,一来为了给孙子创造一个良好的环境,二来他也不愿意让我在媳妇面前为难,所以坚决地把抽了几十年的烟给戒了。

当我知道留不住父亲时,就给父亲买了回老家的火车票。我选的是星期六下午的火车,这样,早上我还可以请他去刚开张不久的一家大酒店喝早茶,也算为他饯行。

这家大酒店因为租用的是我们单位的房子,所以单位一些接待客人的饭局,也基本就定点在这酒店。酒店还给我们单位每个干部都送了不少消费券。

父亲是第一次进这样豪华的酒店喝早茶,从进门开始就表现得畏畏缩缩的,显得很不适应。为了不让他太紧张,我特意选了一个靠窗户的位子坐了下来。父亲看到酒店里熙熙攘攘的人群,眼睛似乎有点迷离。

也许是因为要离开我、离开孙子了,父亲一度表现出一股离愁,可能是想稳定自己的情绪,他到处摸口袋,突然说要抽支烟。

我让服务员拿来一包本地产的烟,父亲不太熟练地抽出一支,然后有点不知所措。我才想起,父亲已经好久没抽烟了,他没带火柴。因为林局长不抽烟,我也早就已经不在口袋里放打火机了。

我习惯性地叫服务员拿一只打火机过来,父亲还怯怯地问:"这打火机要钱吗?"我听着心里有点

·网文热读·

不是滋味。

服务员用托盘送来打火机,我轻轻地按下,久违的"啪"的一声脆响后,蹿出了蓝色的火焰。父亲似乎更紧张了,好几次都没能对上火,烟在他那颤抖的手上晃个不停。最后,他还习惯性地用另一只手遮风,之前,他一直是用火柴点烟的。

就在为父亲点烟的过程中,我看到父亲暴露的手,那种粗糙与古铜色,那种如老树根一样的青筋,一根一根地延伸到他的手臂,直到他的脖子、额头,还有在儿子面前那胆怯、紧张的眼神……

父亲回去后不久,有发小来南方,他跟我说:"你爸爸这次回去,在乡亲们面前算长脸了。"我问何故,他说:"他在你这里不但去大酒店吃了饭,你还为他买了烟,并且专门为他点烟……"

再不久,我被提拔为科长。听说在会上,林局长力排众议说:"该同志不但工作很努力,而且很有成效。此外,他还特别孝敬父亲。能够孝敬父亲、孝敬长辈的干部,品质不会坏的。"

有一次,我与林局长单独出差,我实在忍不住问到此事。林局长说,那天他陪父母亲在酒店喝早茶,看到了我为父亲点烟的那一幕情景。

这是我第一次给父亲点烟,也是唯一的一次。想不到,几年后,父亲就因病去世了……

(此稿为第十八届中国微型小说年度奖入围作品)

(发稿编辑:丁娴瑶)
(题图、插图:孙小片)

微信扫码,您将获得:专属娱乐资讯;配套线上读书活动;精选好书推荐。

·央企故事·

生死穿越

□ 杨军

十万火急

1981年8月23日,闪电像一条条长鞭,抽打着黑沉沉的天空,一阵阵雷鸣,砸开了天河的闸门,610毫米的强降雨,持续向大地倾泻,一场百年不遇的特大洪水和泥石流,以迅雷不及掩耳之势,袭击了地处秦岭腹地的航天工业部067基地——也就是现在的航天科技六院。

此刻,洪水、泥石流从天而降,浊浪滔天,最大流量达3500立方米/秒。同时,山体像蜕皮一样,将表层的泥土、沙石连带着草木,变成泥石流,从数十条山沟汹涌而下。数百万方的泥石流似脱缰的野马,一出峡谷便拥着巨石,裹着连根拔起的树木,铺天盖地地涌向厂房、车间、职工住宅,沿河家属楼的地基被洪水掏空,三层高的楼房被推向汪洋,顿时无影无踪,有的只剩下半截悬于河面,摇摇欲坠,危在旦夕;机床和其他设备、库房都被淹没,像待救的孩子在泥水中挣扎;高压线被冲断,公路全面毁坏,铁路的轨道像面条扭曲在黄汤中;基地断电、断水、断交通,科研生产全面瘫痪,几百户职工无家可归,两位领导干部在抗洪抢险中英勇牺牲,全基地职工家属的生命财产受到严重威胁,067基地面临着一场生与死的严峻考验。

当时,一家境外电台惊呼:"中国一个火箭发动机研制基地从地球

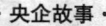
·央企故事·

上消失了。"虽然这是幸灾乐祸的不实之词,但当时的灾情对067基地来说,确实是一场劫难,更是一场灭顶之灾。而就在这时——067基地干部、职工全力投入抗洪抢险的危急时刻,突然接到上级通知:遥测飞行试验按原计划进行!

这是一次具有重大意义的发射试验,要求发动机试验队必须赶往北京集合,与其他部件试验队统一出发前往发射场。这次发射试验任务中,导弹使用的一级、二级发动机和姿态控制发动机全部由067基地研制生产,每个组件都要有相关设计人员现场配合,试验队员共有11人。此时,山沟里通往外界的公路和铁路因损毁严重无法通行,要在如此艰难的条件下,将11名试验队员和仪器、设备,翻山越岭、徒步送往近百里外的宝鸡市,再转乘去北京的火车,谈何容易!

然而,基地领导的话语却斩钉截铁、掷地有声:"再大的困难,我们都必须克服,一定按时间要求,让试验队员赶到北京!"

命悬一线

次日清晨7点,11名参试队员带着仪器、资料整装待发,近百名职工家属赶来为他们送行,小小的空场地站满了人。11名队员站立在一起合影,这是从未有过的啊,在这样特殊的时期冒险出发,每位队员表情肃穆,就像阵地上大战前夕执行特殊任务的突击队员一样,心中都生出"风萧萧兮易水寒"的悲壮和豪迈,每个队员合影时都努力地挺直了身子。

11名参试队员带着嘱托、期盼和使命,蹚着尚未完全退去的洪水出发了……

队伍出发后,家里的人一边抗洪救灾,一边在心里默默估算着队员们的行程,祝愿他们一路平安,然而谁也没想到,傍晚时分,试验队员们又一个不少地返回了住地。

原来,队员们行进到一个叫"油房沟"的铁路三等小站,一看眼前的情景,全都惊呆了:公路已被山体滑坡完全堵死,根本无法通过;山坡陡峭、湿滑,无法翻越,坡下是翻滚的洪水,那么,他们的面前,到底有没有路呢?

有的,摆在面前唯一的"路",是一条横跨洪水、30多米长的悬空铁轨,支撑铁轨的四个桥墩已被洪水全部冲走,只有两根铁轨、连带着枕木、悬在约四层楼高的空中——这就是他们要跨越过去的唯一通道!

这是何等的艰险,简直是命悬一线、生死攸关!只身通过没有路基和桥墩的铁轨,已经十分危险,更何况试验队员还要携带仪器、资料等物品,此情此景确实让他们内心感到了恐惧,一旦踏空,后果不堪设想。关键还有为飞行试验提供的仪器和资料,直接关系着飞行试验任务的命运,绝不能出现问题!

无奈,试验队员们只得原路返回,重新寻找出行方案。

为了保证试验队安全到达,不影响整个试验任务的顺利完成,基地领导连夜开会,商量对策。很快,会议决定:抽调抗洪抢险突击队员成立"敢死队",护送试验队奔赴宝鸡市!

"敢死队"连夜组成,一共30人。第二天一大早,经过周密计划,11名参试人员在"敢死队"的护送下再一次踏上征程,接受穿越铁轨、执行特殊任务的严峻考验。

这天大风狂吼,天气寒冷,虽然穿着棉大衣,身上还是感到很冷,大家不时喝口白酒取暖。大伙终于又来到了这段悬空铁轨前,这里被试验队员称为"泸定桥",这两根在风雨中轻轻摇摆的铁轨,试验队员已经看过一次,而"敢死队员"是第一次看到,他们抬头望着,心口禁不住"怦怦"地跳,说实话,腿肚子也有点儿软。就这么两根搁着枕木的细细铁轨,30多米长,悬在约四层楼高的空中,下面是洪水,要爬在上面,护送着试验队员过去,这简直就是上刀山、下火海啊!

此时,风更大,雨更猛。大家抬着存放试验资料的大木箱,手提、肩扛仪器和行李,小心翼翼地踏着铁轨上的枕木,悬在滔滔洪水之上,冒着山体随时滑塌的危险,艰难前行……

· 央企故事 ·

一往无前

这里是风口，风雨吹得铁轨摇摇欲坠，人站在上面随时有被大风吹落的危险。为了安全起见，每次只能由两个人抬一个木箱过去，为了防止木箱掉到洪水中，队员们将木箱放在单根铁轨上，箱子前后各一个人，喊着号子，保持着相同的步调，慢慢向前移动，一点，再一点，在这寸步难行的万分险情中如履薄冰地行进着……

此时，试验队队长为了给大伙增加一点信心，拔高了嗓门喊道："当年红军战士能从敌人的枪林弹雨中走过泸定桥，我们也一定能从风雨飘摇的铁轨上到达对岸。同志们，坚持就是胜利！"护送试验队的"敢死队"队长也鼓励大家："同志们，考验我们的时候到了！在我们身后，有基地近万名干部、职工的期盼；在我们前面，有发射场同行们焦急的等待，我们一定要把试验队员安全送达目的地！"

大家群情激昂，就这样，前面的人拉着箱子，后面的人推着箱子，一点一点地向前滑行。

经过两个多小时惊险的匍匐爬行，所有人员终于通过那段30多米长的"空中走廊"，到达对岸。

过桥后，紧接着就是过隧道，长长的隧道里伸手不见五指，又没有手电，不时有人被绊倒。大家抬着木箱，手扶着隧道壁，深一脚浅一脚地摸索前行。经过一个多小时的艰难行走，终于通过了第一个隧道。短暂休息后，大家又抬着木箱顺着铁路前行，来到第二个隧道。有了穿越第一个隧道的经验，这回穿越隧道时，大家排好队，一个紧跟一个，我提醒你，你照应他，互相照顾，谁都不落下。又经过一个多小时的摸索前行，下午两点多，终于完成了徒步70多公里的艰难行程，走出灾区，到达宝鸡火车站，转道北京，如期赶到发射现场，参加飞行试验的壮举。

一个月后，当遥测飞行试验圆满成功的消息传来时，067基地的干部、职工格外激动和自豪，因为他们不仅经历了一次生死穿越、圆满完成飞行发射任务的壮举，更彰显了067人敢打硬仗、一往无前的航天斗志……

（发稿编辑：姚自豪）
（题图、插图：陈明贵）

惊心动魄的生死穿越，让人感受到067基地神秘背后的温度和力量，扫一扫二维码，进一步感受航天精神。

・新传说・

盲盒圈是新兴的一个爱好者圈子,拥有越来越多的追随者。故事里的小伙子,追求的就是一个痴迷于盲盒的姑娘……

疯狂的盲盒

□ 金云鹤

阿明正在追求刚入职的漂亮姑娘小萱,可最近情况不妙,业务部经理林森也开始追求小萱。

说起这个林森,不但人长得高大帅气,家境也十分优渥,公司很多姑娘都对他芳心暗许。这样一个劲敌,让阿明十分焦虑。阿明知道,自己的条件与林森相差太远,只有更加用心地追求小萱才有胜算,于是他更加关注小萱的一举一动。

根据一段时间的了解,阿明终于找到了一个"突破口":小萱十分喜爱收集盲盒,家里的盲盒娃娃摆了满满一柜子,其中还有很多整套的系列盲盒娃娃。

一般来说,收集盲盒娃娃,要凑齐一个系列十分不易,因为每个系列中都有一个稀有的隐藏款,而盲盒从外观上根本无法判断里面装的是哪一款娃娃。盲盒爱好者们往往抽到了很多烂大街的款式,也不一定会抽到一个隐藏款。

虽然小萱为了收集盲盒已经花了不少钱,但依旧乐此不疲。

有了突破口,剩下的事情就好办多了。

这天,阿明刷到了小萱新发的

· 新传说 ·

一条朋友圈,图片是11个盲盒娃娃,还配了一行文字:"偶像同款盲盒,一定要凑齐,可是隐藏款好难抽呀!"

原来,最近盲盒商家与当红明星云飞合作,推出了一套盲盒娃娃。这套盲盒娃娃一共12个,其中有一个是隐藏款,只有很小的概率能抽到。小萱是云飞的忠实粉丝,不用说,这套盲盒不凑齐,小萱一定誓不罢休。

小萱发出的信号迅速惊动了阿明,小萱不是缺一个隐藏款嘛,那就想办法给她弄到!可是阿明上网一查,心里顿时凉了半截,网上出售的云飞隐藏款娃娃价格都在3000元以上,这个价格让阿明有点接受不了。再说了,盲盒最让人欲罢不能的就是那种亲手抽到的激动感,如果直接买一个现成的隐藏款,小萱也未必会高兴。阿明自语道:"那现在怎么办?这样一个表现的机会,总不能白白浪费吧?更何况,那个林森也在盯着呢!"

就在这时,林森在小萱的那条朋友圈底下留言道:"你一定会凑齐的!"

这话让阿明慌了,难道林森有什么好法子了?

第二天午休时,林森当着所有同事的面,给小萱送来了一整箱的云飞同款盲盒。很显然,林森为了小萱去"端箱"了!

"端箱"是盲盒圈的专业术语,意思就是将一大箱盲盒都买走。一般来说,一组盲盒有12个,一大箱有12组,就是144个,而商家承诺过,每一个大箱里都会有一个隐藏款,所以,有些不差钱的盲盒爱好者为了得到隐藏款干脆"端箱",将144个盲盒都买回家慢慢拆,这样总会拆到隐藏款。

阿明见到后心里一沉,这个林森还真是舍得下血本,一个盲盒50多块,144个盲盒可就是8000多块啊!等小萱抽到隐藏款后,自己不就彻底失去了表现的机会吗?

正失落时,阿明从朋友那里得到一个消息:有一档真人秀节目,邀请了多位明星在本市一处游乐场录制,其中一个正是云飞!而阿明的朋友,就是游乐场的安保负责人。阿明想:小萱喜欢云飞,如果自己买上一个云飞同款盲盒让云飞本人签名,把签名版的盲盒送给小萱,她一定会高兴吧?自己是不是也多了一些机会呢?

于是,阿明在朋友那儿软磨硬泡,朋友终于答应录制当天给个机会让他接近一下云飞。

· 大千世界 众生百相 ·

节目录制当天,阿明很早就来到现场,现场粉丝很多,苦等两小时后,他终于近距离看到了云飞。

见云飞缓缓走来,阿明颤抖地掏出了盲盒,他上前一步,刚要开口请云飞签名,就被保镖粗暴地撞开,手中的盲盒也掉在了地上,还被云飞踩了一脚。这突如其来的变故让阿明愣在了现场,看着云飞和保镖扬长而去,阿明意识到,自己的计划失败了,他垂头丧气地捡起被踩扁的盲盒,然后回了家。

第二天,阿明到公司上班,发现同事看他的眼神都有些奇怪,有个同事还戏谑地对他说:"阿明,要坚强一点呀!"

阿明一头雾水,他习惯性地刷了一下朋友圈,发现小萱的朋友圈又更新了,这次是宣布她抽到了隐藏款,终于凑齐了云飞同款盲盒。

阿明的心似乎被重击了一下,紧接着,一个视频映入了眼帘,竟是自己找云飞签名被拒的场景!阿明万万没想到,自己的窘态会被人偷偷拍下来,还发到了网上!他恨不得找个地缝钻进去,他趴在桌子上,脑海中浮现出小萱的脸和林森的笑容,还有视频中自己那尴尬的神情。阿明决定下午就去辞职,离开这个让他倍感屈辱的地方。可没想到,午休时小萱竟然来找他,说要请他吃饭。阿明受宠若惊,连忙答应了下来。

到了餐厅,小萱找了一个角落的位子坐下,小心翼翼地问起了昨天被踩扁的盲盒,当得知盲盒还在阿明手里时,小萱高兴地跳起来,然后娇羞地对阿明说:"我、我其实可以考虑跟你交往……不过你能把那个踩扁的盲盒送给我吗?"

小萱的表现让阿明摸不着头脑:"你都已经凑齐全套娃娃了,还要一个踩扁的盲盒干吗?"

"云飞的隐藏款娃娃虽然难得,但被云飞亲自一脚踩扁的盲盒可是独一份……而且,刚刚云飞的宣传团队公开发布了致歉声明,"小萱抬头看了看阿明,"他们说昨天因为现场过于混乱,云飞是不小心踩扁了你的盲盒,现在正公开找你呢,还说要给你提供一项专属粉丝福利!作为铁粉,无论是被云飞踩过的盲盒,还是云飞的专属粉丝福利,我都要尽全力争取!所以,到时候那个专属粉丝福利你能送给我吗……"

看着小萱那坚定的表情,阿明一时间竟有些哭笑不得……

(发稿编辑:曹晴雯)

(题图:豆 薇)

· 新传说 ·

奇怪的顾客

□ 陆惠明

于小军在鹿城的一家五金店打工,他的老板叫高大仓,生意做得挺大。平时,于小军就负责送货,空了就在店里帮忙。

有一天,店里来了一个瘦高个,高大仓热情地接待了他。瘦高个详细地询问了各种型号阀门、金属接口、大小轴承等的价格和产地,高大仓一一做了回答,还周到地做了一份报价单给他。最后,瘦高个高高兴兴地走了。

隔了几天,瘦高个又来了,问这问那。高大仓虽然接待了他,但显然没有第一次热情了,因为上次给他报了价,瘦高个并没有买东西。

几天后,瘦高个再来问价时,高大仓的脸色就阴了下来,他跟于小军说:"你去吧!"于小军就轻声细语地给瘦高个报了价。

后来只要瘦高个来,高大仓就让于小军去打发他。等瘦高个走了,高大仓愤愤不平地骂道:"什么人啊,老是来问价,从不买东西,浪费我时间!下次再来,直接告诉他没有!"

不久,瘦高个真的又来了,高大仓虎着脸说:"没有了,你到别家问问吧!"

从此,瘦高个再也没来过店里。

三年后,于小军从高大仓的店

·大千世界 众生百相·

里辞职,自己租了一个小门面做起了老板。因为没什么资金,他只能小打小闹,进货、送货、接待、报价等,统统他一个人包了。于小军的底线是,扣除房租和开支,能有个工资钱就行了,所以凡是来买货的,他都给最低价。慢慢地,他的生意好了起来,有时还忙不过来。后来,于小军就把老婆叫来帮忙。

这天,于小军正在理货,忽然听到有人问:"这阀门怎么卖?"

于小军忙停下手里的活,抬头一瞧,嚅,竟然是以前那个只问价不买货的瘦高个!于小军微笑着过去接待,详尽地跟瘦高个介绍产品的价格和产地,以及产品使用质量情况等,然后给他做了份报价单。

瘦高个拿了单子,还是没买东西就走了。后来他又来了几次,依旧没买东西。

于小军的老婆嘟囔着问:"这人老来问价不买东西,你还这样热情,为啥呢?"

于小军说:"这人在我老板那里就常去问价,也是不买东西,后来老板发火了,他就再没去过。"

老婆说:"就是啊!这种人就不应当理他。"

于小军笑着说:"我们开店做生意,没人问津肯定没生意,有人来问就有人气,就有希望。再说,人家为什么不买我的东西?肯定是我们的服务、价格和质量有没让他满意的地方,只有我们做到最好了,人家才会跟我们做生意……"

这之后,瘦高个还是经常来询价,但也从来不买东西。于小军丝毫没有厌烦,一直认真接待。

突然有一天,瘦高个开了一辆车来,还是跟于小军问东问西的,这次问完之后,他竟破天荒地跟于小军做了一笔大生意。于小军接过单子时,简直不敢相信。更让人惊奇的是,从此瘦高个经常来买东西,而且都是大单子。

老婆不禁对于小军竖起了大拇指:"你说得没错,这人终于发现我们的好了!"

于小军掩饰不住喜悦的心情,说:"做生意就是要童叟无欺,持之以恒,不厌其烦……"

于小军的老婆也乐开了花,从今往后不管谁来,不管买不买东西,她也都微笑迎客,好言相待。于小军的生意也做得越来越大了。

这天,高大仓突然来了店里,于小军忙把他迎了进去:"老板,你今天怎么有空到我这里来?"

高大仓闷闷地说:"唉,最近

·新传说·

没生意,准备关门了。这不来找你,想把一些库存转给你嘛……"

"好好的怎么要关门了?"

高大仓叹了口气:"竞争太激烈,没人上门,哪来的生意?这样吧,库存我打折给你,行不行?"

于小军说:"先看看东西,打不打折再说。"

"那就说定了,明天我让人送过来。"说完,高大仓就往外走。

刚走到门口,迎面来了一人,正是瘦高个。高大仓一惊,嘲笑说:"小军,这人怎么又跑你这里来了?自从他去过我店里,我的生意就一落千丈,你可千万别跟他瞎扯,免得跟我一样!"

瘦高个没吭声。

于小军说:"老板,你说啥呢!这位可是我的大客户,他一个月采购的量要抵我以前一年的量,得罪不得哦!"

高大仓又是一惊:"你说的是真的?"

于小军笑着点了点头。

瘦高个看了看两人,开口说道:"我们公司是个合资企业,以前我的工作是负责核价,采购不归我管,所以我只能问价,不买东西。因为我老去人家店里询价,常遭人家的白眼。自从到了于小军这里,我每次来,他都没有不满的情绪,总是笑脸相迎,让我很感动。他的价格公道,产地也符合要求,最近我调到采购部当了经理,马上就想到了他,每次采购都来找他啦!"

于小军挠了挠头,说:"原来是这样啊,谢谢你对我的信任!"

高大仓听了,似乎明白了什么,心里头五味杂陈……

(昆山故事创作基地优秀作品选登)

(发稿编辑:曹晴雯)

(题图、插图:陆小弟)

微信扫码,加交流群,
侃故事轶闻,聊人生百味。

·新传说·

不许吃鸡肉

□ 王 锐

许大强去城里打工，一走就是半年。儿子小路只要和他通电话，就会忍不住抹眼睛，小路太想爸爸了。

放寒假了，许大强的老婆就托人把小路送去工地，好让他们爷俩在一起团聚几天。

路上开了足足四个小时，总算来到许大强上班的工地门口。正是午饭时候，许大强刚走出工地，突然看到站在工地门口的儿子，兴奋地奔上前来，一把搂住儿子，又是亲又是捏。小路见到了日思夜想的爸爸，也"咯咯"笑个不停。

许大强带儿子去工地的活动板房里坐下。隔壁一阵油烟味扑鼻而来，"爸爸，你们中午炒啥吃？"

不等许大强答话，坐在一旁的工友就说："炒啥？炒鸡肉！"

没想到许大强这时却站起身，走出屋外踱起方步，显得有些烦躁。他来回走了几分钟，突然一跺脚，走进屋来对小路说："我带你去外面馆子吃个饭吧！"

"不要，"小路连忙摆手，"我跟你们一起吃。"

许大强一脸为难地说："不、不，我是怕……厨房做的菜不够。"

小路一下子笑了："难道我是一头牛啊？"

没想到许大强一把抓起小路："走，我们还是去外面吃吧！"

·新传说·

小路却把手使劲往怀里缩:"就在这里吃,我喜欢吃鸡肉。"

一旁的工友也说:"马上开饭了,将就吃吧!大强,你要请儿子吃大餐,晚上也行!"

这时,一个负责炒菜的工友端着一大盆鸡肉走了进来,其他工友也陆陆续续进屋,围着桌子坐下了。

看着桌上那盆热气腾腾的鸡肉,小路不停地往肚里咽口水。

许大强对那个炒菜的工友说:"我去买几瓶啤酒。"说完,他又对小路说:"走,陪爸爸去买啤酒。"

许大强不由分说,抓起小路就往门外走。小路极不情愿,肚子都饿得快贴上背了,爸爸不让自己吃饭,却偏偏要自己陪他去买酒,真是没劲!

走了一段路,许大强回头看了看,活动板房已经离得很远了,他这才停下脚步蹲了下来,对儿子说:"小路,你答应爸爸一件事,好吗?"

"什么事?"

许大强说:"等会儿吃饭的时候,你如果不吃鸡肉,我就给你二十块钱。"

"为啥?"

"因为……你如果吃了,那些叔叔就不够吃了。他们不够吃,就没力气干活。"

"我……我少吃点都不行?"

许大强摇了摇头:"你只要吃了,就没有奖励。"

小路咬了咬嘴唇,想了一会儿,用力地点了点头。比起吃鸡肉,他觉得自己更需要二十块钱。妈妈快过生日了,他想给妈妈买一个生日礼物。

买好啤酒,快走回活动板房的时候,许大强又拉了拉儿子,然后停下脚步,再一次跟儿子交代:"记着,不许吃鸡肉。来,拉钩,一百年不许变,变了就是猪八戒!"

两人拉了钩,走进活动板房,饭菜全部上齐了。两人一到,大家就开始吃喝起来。

大家干的是体力活,消耗都挺大的,这时吃饭,就像风卷残云一般。小路果真听话,始终没去夹一块鸡肉,默默地扒拉着米饭和素菜。许大强不时看看儿子,显得心事重重。

晚上,许大强下了班洗完澡,收拾得干干净净,牵着儿子,去城里最繁华的商业街逛了一圈,还给小路买了一套衣服,然后两人就去路边一家餐馆吃饭。想着中午没给儿子吃上鸡肉,许大强奢侈了一回,点了盘辣子鸡,小路吃得可香了。

· 大千世界 众生百相 ·

吃完饭,爷俩又回到了工地的活动板房里。小路感觉有些累了,他洗脸洗脚后就爬上床,捏着许大强给的二十块钱,迷迷糊糊地睡着了。睡了一会儿,他突然被什么声音吵醒了,只听见窗外,爸爸正和一个工友嘀咕着什么。

小路有些好奇,就尖着耳朵仔细听了起来。

先是爸爸的声音:"明天可不要吃鸡肉了。"

"不吃鸡肉吃什么?猪肉可贵呢。"工友随后回应道。

"鸭肉?"

"鸭肉也不便宜。"

"那就不吃肉!"

"不吃肉,大家哪有力气?"

"如果明天的养鸡场没有死鸡,你买啥?"

"不可能,那么大的养鸡场,没有哪一天不死鸡的。"

"算了,明天的肉我买,你别买鸡了。"

小路心里"咯噔"一下,他总算明白,爸爸为什么不让他吃鸡肉了。他心里有种说不出的难受,眼睛不知不觉就湿了。

第二天,活动板房里的餐桌上没见到鸡肉。小路知道,今天吃的猪肉,是爸爸自己掏钱买的。

第三天一早,小路要回去了。临走前,他把爸爸拉到一边,悄声说:"爸爸,你也答应我一件事,我也给你二十块钱。"

"啥事?"许大强满脸疑惑地看着儿子。

小路紧咬着嘴唇,眼睛里起雾了:"你以后也别吃鸡肉了,病死的鸡吃了不好。"

"这小子,偷听别人说话!"许大强用手指刮了一下小路的小鼻梁,说,"不吃了,以后我们都不吃了。你千万不能跟你妈说。"许大强嘴上说着,心里却刺痛了一下。不吃便宜的病死鸡,谈何容易?工地的饭菜是工人自理的,可已经好久没发工钱了。一斤猪肉的钱可以买三只死鸡啊!

许大强一阵心酸,他摸了摸儿子的头,语重心长地说:"儿子,回去之后,你要好好学习。"

小路迎着爸爸期许的目光,重重地点了点头。

(发稿编辑:陶云韬)

(题图:豆薇)

·新传说·

千年屋

□ 湛鹤霞

美荷村里有口百亩大荷塘，塘主叫方志高，四十出头的年纪。他看着塘里荷花开得好，就琢磨着弄一条划子放到中间，供游客们乘坐，赏花采莲。

划子，就是摆渡船。如今，湘江上的大桥都修通了，来往的行人都从桥上过，不坐划子了。这么一来，要想弄条划子还挺难，方志高瞄准了村里的"罗划子"。

罗划子今年六十多了，在湘江里开了一辈子的划子，直到今天，他还是一天两趟，雷打不动。罗划子没儿子，只有三个女儿，都嫁人了。方志高找罗划子提过几次买划子的事，都被果断拒绝了。

方志高这人也倔，偏就较上劲了。这天早上，他骑着摩托到码头，坐上了划子。码头上没其他乘客，八点一到，罗划子准时开船。待划子到了对岸停着等客，方志高却不上岸，罗划子也不催。

方志高给罗划子点了一支烟，说："罗爹，把划子卖给我吧，现在没人坐划子！"罗划子说："只要有一个人坐，我就要划。"

这时，罗划子的眼睛望着岸上，一位女子担着箩筐走来了。罗划子喊："芬伢子，你慢点，别摔着了。"女子笑盈盈地跳上划子。

方志高认得这女子，她叫谢芬，住村北，和自己差不多年纪。听说谢芬的男人遭意外死了有两年啦，家里老的、小的全靠她一人卖菜养

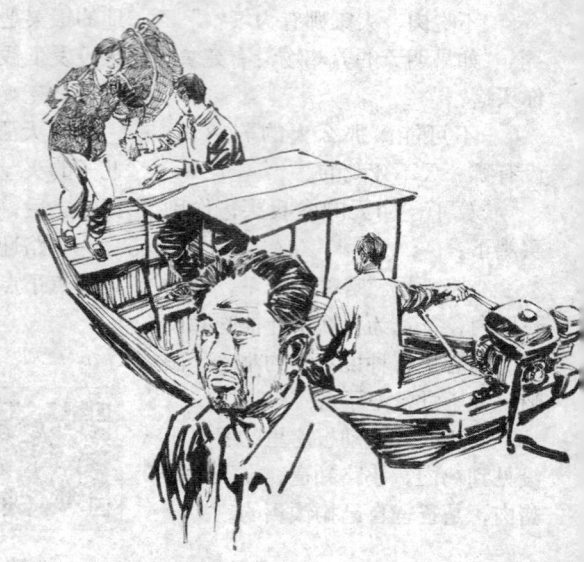

· 大千世界 众生百相 ·

活。谢芬身段丰腴,长相甜美,村里好多男人都打过她的主意,方志高心里也偷偷喜欢谢芬,只是一直有贼心没贼胆。

罗划子见谢芬上了划子,就开动了马达。方志高问:"不等其他客人了?"罗划子有些尴尬,说:"到点了就必须走。"

方志高很快就明白了:根本没有其他客人,罗爹开划子只是为了接送谢芬进城卖菜!因为从码头坐划子过河,划子靠岸就是城里的菜市场;走大桥不方便,桥头是建材市场,离菜市场太远。

方志高一路盘算着怎么说服谢芬不坐划子。等划子靠了码头,谢芬上岸朝前走,方志高赶紧推着摩托跟上去,拍拍后座,说:"芬,哥送你。"谢芬摇头说:"不用啦!"方志高说:"上来吧,顺路,我正好要去村北办事。"既然是顺路,谢芬就侧身坐上了车,把箩筐搁在腿上。

方志高慢悠悠地开着摩托,问:"芬,你那么早,什么时候过河去的呀?"谢芬说:"早上五点,坐罗爹的第一趟划子。"

早上五点?呵,罗划子够殷勤的,为了谢芬,竟然那么早就开工!方志高说:"芬,罗爹老了,别让他开划子了,也免得让人误会你俩。以后,哥包接送!"

谢芬不说话了。方志高稍稍加了一点油门,说:"芬,哥加速了,你坐稳,抱紧哥。"谢芬一松手,箩筐掉在地上,她大喊:"快停车,箩筐掉了。"车一停,她就跳下车,对方志高说:"你走吧,我有东西落划子里了,我回去拿。"说完,她头也不回地走了。

方志高很尴尬,又很不服气:难道我的魅力还不如罗划子?

第二天早上五点,方志高就来坐划子,谢芬也准时到了。谢芬装作不记得昨天的事,她跟方志高点头打过招呼,就对罗划子说:"罗爹,明天起我就不卖菜了。"罗划子一惊,赶紧问怎么回事。谢芬开心地说:"村里扶贫的杨书记,介绍我到城里去学茶艺,考了茶艺师证后,一个月可以挣几千块,比卖菜强多了。"罗划子立刻满脸堆笑,连声说好。

划子靠岸后,方志高对罗划子说:"这下真没人坐划子了,把划子卖给我呗,我出高价!"

罗划子拍拍划子,说:"不卖呢,我要用它做我的千年屋。"

千年屋,是棺材的另一个名字。

·新传说·

方志高赶紧往河里吐了一口唾沫："呸呸呸,莫说晦气话!"

从那天后,谢芬果真不再坐划子了。方志高发现,开始几天,罗划子还不死心似的,照样每天早上五点就到码头等,等到太阳落山,一个乘客都没有。再后来,罗划子把划子拖回了家。方志高去过几次,每次提到买划子,罗划子都说："这是我的千年屋,不卖。"

半年后,谢芬回村了,她考上了茶艺师,回来请罗划子和方志高到她家里吃饭和帮忙。方志高来到谢芬家一看,她的身边多了一个男人。谢芬介绍道："这是我爱人老王,在城里开茶馆。我们刚刚领证了。"方志高一听,好不失落,他不由得看了一眼罗划子,罗划子端酒杯的手在颤抖,眼里噙着泪。

晚饭后,方志高用新买的农用车和大家一起帮谢芬搬家。罗划子话不多,只顾埋头忙活。

忙完后,方志高开车送罗划子回去,他说："罗爹,这下可以安心把划子卖给我了吧?"罗划子沉默了一会儿,说："麻烦你帮我跑一趟鲁木匠家吧!"方志高也没多想,就开车把罗划子送到了村南的鲁木匠家。

第二天,方志高突然觉得不对劲,罗划子找鲁木匠干什么?难道真的要把划子打成千年屋?这么一想,方志高就直奔罗划子家,跨进门一看,糟了!划子已经被拆成了几大块,他气得直跺脚。

没过多久,镇上下了文,殡葬改革,不许土葬。不许土葬,当然就更不许埋千年屋了。方志高赶紧拿着文件去找罗划子,罗划子接过文件看了看,很随意地丢到桌子上,说："我早晓得啦!"方志高问："你晓得了还打千年屋?"罗划子笑着摇摇头,说："我想打一张好茶桌,

送给芬伢子。"

好你个罗划子,对谢芬还没死心呢!方志高心里不是滋味了,但这点"不是滋味",很快就烟消云散,因为罗划子,走了。

方志高赶到罗划子家,他的女儿、女婿挤了一屋子,角落里还有个女子哭得伤心,再看,原来是谢芬。方志高问:"芬,你怎么来了?"谢芬泣不成声地讲述了一个四十多年前的故事——

那个冬夜,罗划子的妻子躲在划子里生下了第四个女儿。因为实在养不活,夫妻俩就把这个孩子送给了村北的谢家夫妇,并承诺只要谢家对女儿好,罗划子就一辈子不与孩子相认。没想到谢芬十几岁的时候,养父出了车祸,临终前他说了谢芬的身世,还希望罗划子把谢芬认回去照顾。罗划子却说:"我会照看芬伢子,但她永远是谢家的人,要在谢家尽孝!"

谢芬哭道:"这些年,我和养母的生活重担都是罗爹挑着的。"

方志高听得心里难受,不知该说什么。这时,殡仪馆的车到了,方志高一听,急了:"怎么,殡葬改革的文件虽然下来了,但有三个月过渡期的。罗爹想要千年屋,为啥非逼着他老人家火化不可?"

· 大千世界 众生百相 ·

罗划子的女婿走过来,打开手机,给方志高看了一段视频——罗划子躺在床上,一字一句地叮嘱:"我死之后,通知芬伢子过来看一眼,其他人,谁都不告诉。把我烧了,撒到湘江里……"

两个月后,方志高再次来到湘江边,发现老码头那里新开了一家"划子"茶楼。方志高远远一看,惊呆了,整个茶楼就是一只完整的"划子",再仔细看,这只"划子"的外形,和罗爹的划子一模一样!

茶楼的老板娘就是谢芬。谢芬在一张古朴又大气的茶桌上,泡了一壶茶,先倒了一杯,徐徐洒进湘江里。她轻轻抚摸着桌沿,说道:"我是在划子里出生的,爹说他的划子里留着我小时候的哭声和味道,他愿意划一辈子。等他老了、走了,划子就是他的千年屋,住在里面他也不孤单。我考了茶艺师后,爹就放弃了他的千年屋,他把划子拆了,改成茶桌送给我,说他最宝贝的东西还得留给我;爹走了,我就想法子'还原'了他的划子,在我眼里,划子就是爹,我跟这划子千年万年,再不分离……"

(发稿编辑:丁娴瑶)

(题图、插图:陆小弟)

·民间故事金库·

四姑娘

□ 殷蛟

古时候，沂蒙山里坐落着一个小山村，村中有个青年名叫张三，他父母双亡，孤身一人过日子，二十多岁了还没有娶上媳妇。

一天，张三吃罢晚饭出门闲逛，他走到村外，突然，从山路前方传来一阵毛驴的脖铃声。张三抬头一看，只见朦胧的夜色中，一头毛驴飞快地迎面而来，驴身上坐着个青年女子，好像对他微微含笑，眉宇间透出万般风情。虽然天色已暗，但因是擦肩而过，张三把女子看得一清二楚。

张三一时愣在了那里，心中暗想，天都黑了，谁家的女子这么大胆，竟敢独自一人赶路？好奇心驱使他随着毛驴的脖铃声追了过去。走了不远，毛驴在村后的财神庙前一晃就没了踪影，张三不由自主地跟着进了财神庙。

财神庙年久失修，香火衰退，里面除了几尊泥塑，空空如也。张三伸手在供台上摸到半根蜡烛点了起来，四处察看，却发现庙中并没有人。这时，烛光照到了财神像旁边的玉女，张三仔细一看，这玉女塑像十分眼熟，与刚才路上相遇的女子恰似一人，他心中不由得一动，半开玩笑地说："我的媳妇，找了半天原来你在这里，快跟我回家。"

说着，张三真的把玉女塑像背了起来，一路走回家中，放到里屋的床上，然后他走到外间，点起油灯想起了心事。

此时，张三已经冷静下来，对自己刚才的所作所为，觉得既好笑又有些难为情，不禁自言自语："张三呀张三，人家娶回的媳妇能洗衣做饭生孩子，你却从庙里背回个泥人做媳妇，这要是让人瞧见，大伙不笑话你想媳妇想疯了才怪呢！"

张三正盘算着如何等村里人睡下后把泥塑送回庙里，心中刚这么一活动，里屋就传来一个银铃般的声音："好不容易把我背回来做媳妇，怎么还没成婚就想把人给休了？"

张三闻听此言，全身起了一层鸡皮疙瘩，从头到脚直往外冒凉气，一时呆在那里，不知如何是好。这时，里屋那个声音又娇滴滴地催促道："天色已晚，郎君还不赶快上床歇息？"

张三心一横，是神是鬼，不如进屋看个明白。他壮着胆子，双手打战地端着油灯走进里屋，灯光下只见床沿边坐着个美人，面如桃花，双目传情，朱口微开道："新婚佳期，良宵一刻值千金，你还磨蹭什么？"

看见灯下的绝世美人，什么神啊鬼啊全让张三抛到了脑后，于是，他当夜就同背回来的泥塑美人结成了夫妻。

自从有了媳妇，张三真是掉到了福窝里，每天下地干活回来，不但能吃上可口的热饭菜，家里还收拾得干净利落，早晚也有个说话拉呱的人了。张三觉得自己有使不完的劲，终日乐得合不拢嘴。

这样的日子过了一个月，这天早晨，张三正准备下地干活，却被媳妇给拦住了，说成婚已满一个月，今天得回娘家一趟。泥塑的媳妇也有娘家？张三丈二和尚摸不着头脑，但又不敢多问，只好硬着头皮到邻居家借了毛驴在门外等着。过了一会儿，只见媳妇打扮得如同仙女般光彩照人地走出来，她骑上毛驴，让张三一直向西南方向走。

翻过几座山，走过好几个村庄，近中午时，前面出现了一个大村庄。村中有一户盖瓦屋的人家，双扇红漆大门，门庭若市，张灯结彩，原来是在操办喜事。

这时媳妇对张三说，娘家到了，让张三把毛驴拴在门前的老枣树下，然后领着张三进了大门。只听院内有人喊："四姑娘回来了！"于是张三同四姑娘被娘家人亲热地接到了屋里。

·民间故事金库·

张三在媳妇的娘家不敢多言,他发现有人在他背后指指点点,私下议论着什么,可等他靠近,人们又都走开了。因为没有一个熟人,连个说话的也找不到,喜酒虽好,张三却吃不出香味。媳妇同家里人亲热得不行,眼看太阳快落山了,还聊个没完,没有散的意思。

张三有点耐不住了,想问媳妇一声,天晚了是住下还是回家,好做打算。他刚来到桌前,只听一个面带醉意的老妇人道:"四姑娘,你不是在一个月前就死了吗,怎么今天又回来了?"

此话一出,只听四姑娘大叫一声,歪倒在桌前,顿时化作一堆泥巴,刚吃的酒菜淌了一地。四姑娘的变化,弄得大家全愣住了。张三一下子明白了是怎么回事,他直埋怨那老妇人多嘴,但事已至此,只有自认倒霉。他只好牵着毛驴,无精打采地一个人往回走。

上路不久,天就黑了,张三突然听到路边有人喊他,正是自己媳妇的声音,但只能听到声音,看不见人。只听媳妇说道:"我本是前庄李员外的四姑娘,一个月前害病死了,只因与你在前世有一段未了的姻缘,所以才把灵魂附在财神庙玉女的塑像身上,与你结成夫妻。不想今天娘家操办喜事,我多喝了几杯,娘家婶子又多嘴,说出真相,破了我的法术,坏了替身,灵魂没了去处,这也是我俩的缘分走到了尽头。你别难过,你的终身大事我不能丢下不管。你赶快到前面扎纸店里给我扎个替身,我的灵魂有了去处就能复活,不过我们不能再成夫妻了。"随后,她又如此这般地交代了一番,说只要张三照着她的吩咐办,成家的事不用担心。

张三本不想答应,可拗不过媳

36

·口耳相传 源远流长·

妇,只好赶着毛驴到村头一看,亮灯的地方果然是一家扎纸店。他让扎纸匠给媳妇扎了个替身,拿到外面,在路边喊道:"四姑娘来了!"

说来也奇怪,话音未落,纸人就活了。纸人媳妇在前面引路,张三在后面牵着毛驴向村里走去。走到村中一户人家门前,媳妇停下了脚步,示意张三上前叫门。开门的是位大娘,张三对大娘说,他同媳妇回娘家,天色晚了,恳求大娘行个方便借住一宿。大娘一瞧张三身后那如花似玉的小媳妇,顿时生了恻隐之心,满口答应下来。

大娘家里只有母女两人,女儿名叫玉翠,生得端庄秀丽。大娘安排四姑娘同玉翠睡在里屋,让张三在外屋打个地铺将就一宿。

玉翠在灯下一边做针线活,一边同四姑娘拉起了家常,四姑娘特意向玉翠讲了张三的许多优点。不料玉翠在用灯头火燎线头时,一不小心,把没燃尽的一小截带火线头弹到了四姑娘的头上。这四姑娘本是纸身,哪能经得住火,立刻就燃烧了起来。等玉翠反应过来大喊"救人"时,四姑娘早已化为灰烬,消失得无影无踪。

张三心里清楚是怎么回事,他按照四姑娘之前的吩咐,一把抓住玉翠,向她要人。任凭玉翠怎样解释,张三一口咬定:大活人怎会让灯火给烧没了?

玉翠娘一看势头不对,心想,人的确是在自家没的,说让灯火给烧了,这话谁能信?等天亮了,张三若闹到县衙,告她娘俩拐骗人口之罪,就说不清了。她又仔细一瞧,张三外表蛮讨人喜欢,人也算厚道;再回头看一眼玉翠,两人恰似天生一对,心头顿时有了主意。

玉翠娘把张三拉到一边,问他这事能不能私了。张三问:"私了怎么讲?"玉翠娘回答:"就是我做主把玉翠嫁给你做媳妇!"张三见目的已达到,就顺水推舟地答应了。玉翠见祸是自己惹的,眼下也没有更好的主意,只好听从娘的安排。于是,张三同玉翠当夜便结成了夫妻。

张三自从娶了玉翠后,两人恩恩爱爱,如漆似胶,不到一年就添了个胖小子。为了不忘四姑娘的大恩,张三请人帮四姑娘画了一张像供在家中,当作神仙,每日烧香叩拜。四姑娘为媒、张三巧娶玉翠的故事,也在当地传开了。

(发稿编辑:吕　佳)
(题图、插图:谢　颖)

·民间故事金库·

明朝的时候,有两个人,一个叫赵吉,一个叫胡侃,他俩住一条街上,从小一块儿长大。赵吉为人有些古板,胡侃性子就不同了,特别爱开玩笑。

一天傍晚,赵吉从外地回来,快到家门口,迎面碰上了胡侃。

胡侃老远见到赵吉,笑着说:"二哥,幸亏从你家出来得早,要是被你堵在家里就糟喽!"

赵吉皱起眉头,问:"胡侃,你瞎咧咧啥?"

胡侃停下脚步,说:"我告诉你,你回家可不要发火。"

赵吉说:"你倒是说说看。"

胡侃说:"我刚才去你家找你,看你还没回,趁机和我那二位嫂嫂亲热了一会儿!"

赵吉"呸"了一口:"你还真会瞎掰,滚蛋吧!"

胡侃说:"赵二哥,不信是吧?我刚才和二位嫂嫂在一起,大嫂的胸像火炭一样热,二嫂的胸却像冰块一样凉。你回家摸摸就知道了。"

赵吉气急败坏,回到家问妻妾二人:"我问你们,刚才有

血水盟誓

□ 王全喜

人来咱家里吗?"

妻子回答说:"刚才胡侃来了,听说你还没回来,他就走了。"

赵吉一听胡侃真来过,心中不免一惊。赵吉知道胡侃一向没正形,可

听他说得有鼻子有眼,还是将信将疑。妻妾二人把饭菜端上桌,侍奉在赵吉左右,他不由得把手伸进妻子怀里摸了摸,果然是火热的;他又把手伸进小妾的怀里摸了摸,果然很凉。这下不得了,赵吉把妻妾推开,怒骂道:"你们给我等着,回来再和你们算账!"说完,他怒气冲冲地出了家门。妻妾二人莫名其妙,待在家里暗自垂泪。

赵吉来到胡侃家,见胡侃坐在自家院子的黑枣树下,正大口吃着黑枣。秋后时节,熟透的黑枣挂满枝条。见赵吉来了,胡侃摘了几个黑枣给赵吉,说:"来,吃黑枣,又软又甜。"

赵吉接过黑枣,甩手把黑枣打在胡侃脸上,怒斥道:"我把你当亲兄弟,你却欺人太甚!"

稀烂的黑枣打了胡侃满脸花,他把脸擦了擦,"哈哈"笑了,说:"和你开个玩笑,咋还当真了!"

赵吉看见房门口靠着一根抬水棍,拿起来就朝胡侃身上打去。胡侃跑到大街上,赵吉就追到大街上,街坊邻居见了纷纷劝架。当着街坊邻居的面,胡侃把经过诉说了一遍,说自己要是真干了这事,还对赵二哥说?街坊邻居都信胡侃,因为村里人都知道,胡侃最喜欢逗笑取乐,都说赵吉小心眼,给个棒槌咋就认针哩!赵吉听不进劝,对胡侃说:"就算是玩笑,你也得证明!"

胡侃说:"我对天盟誓,行不?"

赵吉说:"要看你准备盟什么誓了!"

这时,胡侃的弟弟从官井上挑了水,回家路过这里,胡侃就让弟弟把水桶放到自己跟前,用牙咬破食指,把血滴进水桶,一头扎进水桶,"咕咚咕咚"喝了几口血水,说:"赵二哥,我喝血水对天盟誓,街坊邻居都做个见证,我要真做了对不起你的事儿,不得好死!"

赵吉见胡侃又是喝血水,又是当众盟下重誓,气消了大半儿。

就在众人要散去的当口,胡侃突然倒下,捂着肚子在地上打滚。

胡侃的弟弟见状不好,赶紧跑去找郎中,人们手忙脚乱地把胡侃抬到家中的炕上。郎中还没来,胡侃竟已断气了。

胡侃喝血水盟誓,不一会儿就死了。人们议论纷纷,有人说,怕是胡侃真做了伤天害理的事了!

第二天,赵吉到县衙,向县官说了事情经过。县官认为胡侃死因不明,不追究赵吉的责任,但事由赵吉而起,就让赵吉出资买了棺材,

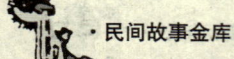

把胡侃埋葬了事。

赵吉虽然买了棺材葬了胡侃，但心中憋着一口气，他相信上天有眼，胡侃的死是现誓现报。赵吉写了休书，把妻妾二人休回了娘家，他自己也打点行装，外出经商去了。

妻妾二人的娘家都是邻村的，她们回到各自的娘家，向爹娘哭诉。可胡侃已经死了，这事儿又传得沸沸扬扬，妻的爹就找妾的爹商量对策。两人一合计，带着女儿到县衙告状，告赵吉无端休妻，要求县官明断，还二人清白。

这天，赵吉外出经商刚回到家，就被衙役唤去，到了大堂，见妻妾和她们的爹都在，赵吉不知就里，跪在一旁，听县官问话。县官当堂问案，先让众人回避，只留下赵吉的妻问话。县官问："出事那天，胡侃去你家里了？"

赵吉的妻回答说："去了。"

县官问："他到你家干什么？"

赵吉的妻回答说："什么也没干，问赵二哥在家吗，我说他去讨债，估计快回来了，他就走了。"

"他去你家时你们在干什么？"

赵吉的妻答："我在厨房烧火做饭，妹妹在院里井台上洗衣服。"

县官就让赵吉的妻回避，唤赵吉的小妾问话，二人的回答一字不差。县官写下判词，当堂宣布：赵吉的妻妾与胡侃并无苟且之事，胡侃对赵吉说的话实属笑谈。赵吉的妻烧火做饭，有灶火烤着，所以胸热；妾洗衣服，水凉天寒，所以胸凉。胡侃和赵吉开玩笑，赵吉以假为真，休妻真是荒唐！

此时，赵吉知道自己错怪了妻妾，叩头如捣蒜，感谢县官明断。

赵吉这次出外经商，在客栈病倒，巧遇名医为他诊治，说他的病是气火攻心所致，他就原原本本诉说了自己的家事。名医说，现誓现报的事，不可全信，如果盟誓就报应，世上没有坏人了。名医说，医案上记载，空腹吃太多黑枣会引起腹疼，他村里有一个老人、两个小孩，也是在秋后吃了太多的熟黑枣肚子疼，没法医治都死了。胡侃的死，或许也是因为空腹吃了太多黑枣。赵吉听了名医的话，再经县官明断，算是彻底明白胡侃是在和自己开玩笑了。

（发稿编辑：陶云韫）

（题图：刘为民）

微信扫码，您会获得：本刊专享社群服务、本刊配套资料包、阅读工具。

·外国文学故事鉴赏·

罗伯特·布洛克(1917—1994)，横跨侦探、科幻、奇幻、恐怖文学创作的美国通俗小说家，获奖无数。曾担任美国侦探小说家协会主席。本文根据其小说《至死不分离》改编。

杀妻计划

□ 姚人杰 编译

卡尔与妻子西莉亚结婚后，如愿继承了岳父的殡葬生意。不久后，老岳父过世，西莉亚生了一场大病，长期卧床不起，卡尔开始打起了他的新算盘。

殡仪馆产权至今登记在西莉亚名下，假若卡尔与妻子离婚，他可什么都捞不到，但如果西莉亚一命呜呼，卡尔就能得到全部的家产。如今，西莉亚虽然病得不轻，但一时半会儿是没有生命危险的，卡尔却等不及了，他决定杀了妻子。

最近，医生好几次力劝西莉亚去南方休养，这让卡尔觉得机会来了。他知道，西莉亚没什么来往亲密的亲戚朋友，所以等他将妻子去亚利桑那州休养的消息散布出去后，也不会有什么人来问东问西。

卡尔的计划是这样的：解决掉西莉亚后，他会把尸体藏到一个谁也想不到的地方，而等大家以为西莉亚坐火车离开后，他会伪造几封

·外国文学故事鉴赏·

西莉亚的来信,西莉亚会在信中说自己一切安好,叫卡尔也去那边。然后,卡尔会卖掉殡仪馆,告诉左邻右舍,他要去亚利桑那州和西莉亚团聚。之后就算有谁起了疑心,也没关系了,因为那时候卡尔已经带着钱远走高飞,过逍遥日子去了。

卡尔觉得这个计划完美极了,唯一的阻碍就是埃尔默。埃尔默是卡尔的兄长,住在隔壁的小镇上。从小到大,两兄弟就合不来。卡尔生性轻浮,喜欢拈花惹草;埃尔默是众人眼中的道德先生,做着教书育人的工作,还是教会唱诗班的顶梁柱。

卡尔知道,埃尔默从一开始就不赞成他和西莉亚的婚事,认为他配不上西莉亚,与西莉亚结婚,图的就是钱。卡尔想,如果西莉亚突然不见,埃尔默肯定会怀疑他。假如从埃尔默口中传出什么流言蜚语到了警方那里,使得警方展开调查,那就完蛋了。所以,卡尔的杀妻计划需要一个好时机,没想到,好时机很快就出现了。

7月4日那天,埃尔默的妻子竟然在郊游野餐后突发心脏病去世了。当埃尔默神情哀伤地来告诉弟弟这个噩耗时,卡尔佯装担心兄长,内心却喜不自禁。他想,埃尔默正处在丧妻的悲痛之中,不太可能会多管闲事。卡尔立刻按照计划行动起来,他先向兄长解释,西莉亚遵照医嘱,正坐火车去亚利桑那州,一时难以联络到,所以她无法及时赶回来出席葬礼。

埃尔默对此似乎并不在意,他神情恍惚不安,除了点头,什么都做不了。卡尔就是搞殡葬服务的,此时由他代为处理所有葬礼事宜再合适不过了,埃尔默对弟弟交代了几句,就回去休息了。

这个安排正合卡尔的心意,他精心挑选了一具用料上乘的大棺材……接着,他上楼来到卧室。西莉亚正卧床休息,卡尔告诉了她嫂子去世的消息,说着说着,卡尔突然变得面目狰狞:"你瞧,我特意准备了一具大棺材,因为你也会躺到里面。"

虚弱的西莉亚张嘴想要喊救命,但来不及了,卡尔用飞快的速度,拔刀刺入了她的脖子。

卡尔将西莉亚的尸体搬下楼,放到停尸台上,紧靠他已故嫂子的遗体。他以最好的手艺给嫂子的遗体化了妆,而对于西莉亚的尸体,他仅做了常规的防腐处理,没在遗容上多费工夫。毕竟没人会看见西

·世界之窗 精品共赏·

莉亚,她只会躺在灵柩的丝绒衬里底下,躺在嫂子的遗体下面。

没人会料到灵柩内躺着两具尸体。当然,等到抬棺人抬起灵柩送到灵车上时,他们会发觉灵柩很沉,不过因为这是一具大灵柩,而且用料上乘,抬棺人多半不会吭声抱怨。

下葬前一天的晚上,吊唁者来到教堂,向逝者表达最后的致意。有些人注意到西莉亚不在场,顺便问起她,卡尔趁机将西莉亚去亚利桑那州休养的说法传了出去。

次日的葬礼仪式上,牧师发表了一篇冗长的悼词。卡尔内心焦急如焚,头上冷汗直冒,他只想能快点合上灵柩,让事情告一段落。

所幸,仪式终于顺利结束了。

到了公墓,卡尔镇定地望着灵柩缓缓下降,被放入墓穴。让他意外的是,他看到兄长并没有太过悲伤,不知道是不是错觉,卡尔觉得埃尔默好像很高兴能送走妻子。

那天傍晚,卡尔做完葬礼的收尾工作后回到殡仪馆,发现有一个高个儿男子在那儿等他。

男子做了自我介绍:"我是斯旺森警长,来自县治安官办公室。我本不愿在这样的时候打扰你,但恐怕我必须得问你几个问题,你兄长与嫂子之间最近有没有争执?"

"我哥哥和嫂嫂有争执?"

斯旺森警长说:"我就直说了,有传言说他俩常常吵架。好像是你兄长与唱诗班的一个姑娘纠缠不清,你嫂子发觉了丈夫出轨,威胁说要去找学校和教会说理,让你兄长身败名裂。我们还从一位药剂师那儿打听到,上周,在你兄嫂外出郊游野餐之前,你兄长买了一些士的宁。这种毒药只要半克,就能要人命。这些线索组合在一起,让我有不祥的感觉。"

听着这惊人的消息,卡尔的身体止不住地哆嗦。

斯旺森警长叹息了一声,单手搭到卡尔的肩上,说道:"很抱歉打扰你,这个消息对你来说肯定像一道晴天霹雳。人很难看透其他人,即便是自己的哥哥也是如此。为了查明真相,警方已经申请到开棺许可,我们会去挖开你嫂子的坟墓,打开棺材,查个究竟……"

听到这儿,卡尔再也站不住了,膝盖一软,瘫倒在地……

(发稿编辑:丁娴瑶)

(题图:佐　夫)

精彩故事没看够?
扫一扫二维码,
畅读更多外国文学故事!

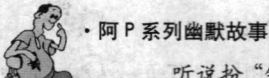

·阿P系列幽默故事·

听说扮"铜人"能拿高薪,阿P哪会错过?然而高薪还没拿够,阿P却先患上了"职业病"……

阿P的"职业病"

□ 马奕彦

现在大家都开起了网约车,阿P的三轮车拉客生意越来越难做了。月底,阿P照例把收入交给小兰,小兰一看只有那么一点,火冒三丈地骂他:"钱都挣不到,你算什么男人!"骂完,她一甩手,带着儿子回娘家去了。

老婆孩子一走,起码得十天半月,家里清锅冷灶,阿P打算出门买点吃的。他摸摸口袋,想看看有没有零钱,结果只摸出来一张小广告,是昨天有人在街头派发,硬塞到他手里的。阿P仔细一看,内容是:在脸上涂金粉扮街头铜人,月薪一万元,欢迎前来应聘……

月薪一万元?听上去不错,阿P决定今天就去应聘,碰碰运气。

到了地方,阿P一看,哟嗬,密密麻麻的,好多人在排队拿报名表,摩拳擦掌争夺唯一的名额呢!老板亲自面试,问道:"扮演铜人,最关键的是不能动,而且要保持几个小时……你们谁有这方面的经验呢?"阿P抢先答道:"我有!我经常被老婆罚跪键盘,一跪就是两个小时,要是动了,她就拧我耳朵!"旁边的人听了哄然大笑。阿

P的回答显然给老板留下了深刻印象,经过几轮筛选,阿P脱颖而出,被老板录用了。

老板告诉阿P,他的店是经营体育用品的,为了吸引人气,铜人要在店门口做一个"挥杆仰头看向飞在空中的高尔夫球"的造型。

老板说:"每天花两个小时扮这个铜人……试用期后,如果让我满意,每月给你一万元高薪。"

阿P心想:工作两小时,再加上涂金粉、卸妆的时间,满打满算三个小时,其他时间自己照样可以用三轮车拉客,嘿嘿,性价比不错。

第一天上班,在老板挑剔的目光下,阿P很快就找到了感觉。几天下来已经有模有样。

没过几天,小兰带着儿子回家了。她听说阿P要去街头扮演铜人,杏眼一瞪,泼冷水说:"你是一时头脑发热,根本不会成功的!"

"呵呵,老婆大人,你就等着瞧吧!"阿P说完昂首挺胸,雄赳赳、气昂昂地出门了。

阿P扮演的铜人太逼真了,吸引了越来越多的目光,店里的人气也越来越旺。

这天,小兰买菜回家,只见阿P眉开眼笑地说:"我通过试用期啦!下个月开始,老板就能给我

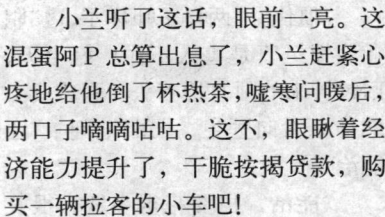

一万元的高薪了,总算苦尽甘来……"

小兰听了这话,眼前一亮。这混蛋阿P总算出息了,小兰赶紧心疼地给他倒了杯热茶,嘘寒问暖后,两口子嘀嘀咕咕。这不,眼瞅着经济能力提升了,干脆按揭贷款,购买一辆拉客的小车吧!

转眼,阿P扮演铜人大半年了。这天,阿P早晨起来洗脸刷牙,一仰头,竟然把漱口水吞了下去!怎么回事,脖子咋低不下去了?阿P赶紧唤来老婆,听到动静的小兰出来一看也吓傻了,赶紧扶着阿P,上医院检查情况。

很快,结果出来了:由于日

积月累不正常的"职业习惯",阿P的脖子僵化了!

"僵化?"两口子吓坏了,这"职业习惯"真是害人不浅!好半天,回过神来的阿P抬着头,眼球费力地往下看向医生,弱弱地问:"还能治吗?"

"能治,但要花很多钱、很长时间。"医生同情地说。

"很多钱?可我们家还在按揭还车贷呐!"小兰哭哭啼啼地说。

医生一声叹息,建议说:"我给你们开证明,你这种情况是职业病,跟单位协商,看能不能按工伤处理。"

小兰"腾"地站了起来,激动地对阿P说:"老公,事不宜迟,赶紧跟老板联系!"见阿P没啥反应,小兰心急如焚:"老公,你咋啦,千万要想开点啊!"

好一会儿,阿P吐了口气,支支吾吾道:"我、我还没跟老板签正式合同呢,你说老板能承认吗?"

这时,阿P手机响了,竟是老板打来的:"阿P,告诉你一个好消息,你扮的铜人已经成了我们店炙手可热的名片……为了给顾客新鲜感,准备给你换一个'低头弯腰抓杠铃'的举重造型。"

啥,低头弯腰?天哪,现在脖子都僵化了,还咋低头弯腰?阿P一时无语问苍天。电话那头的老板等了半天,见阿P不回应,以为阿P要另谋高就,急忙用温和的语气说:"从明天开始,我准备跟你签正式合同,再给你加薪……"

"签合同?加薪?"阿P和小兰热泪盈眶,老板真是好人啊!

阿P在电话里,断断续续地将自己因为"职业习惯"变成"木乃伊"的情况汇报了一下,紧接着又眼巴巴地说:"老板既然这么欣赏我,能不能按工伤处理,先给我治病……喂,喂……"阿P"喂"了半天,这才发现,老板早就悄无声息地挂掉了电话。这老板的脸变得也真快,这下麻烦大了!

突然,小兰惊恐万状地惨叫起来:"蛇,有蛇……老公,快救我!"医院里咋会有蛇?阿P急忙看向小兰,果然,有一条吐着信子的眼镜蛇正趴在小兰的脚背上,吓得小兰冷汗直冒,不敢动弹。

"我踹死你!不许动我老婆!"阿P大喊一声,扑了过去,先是闪电般踢开了蛇,随即抬脚对着蛇头狠狠地踩了又踩。

"叔叔,你坏,你赔我玩具蛇。"一个胖乎乎的男孩跑了过来,哭着对阿P嚷嚷。

·多重性格 憨态可掬·

阿P傻眼了，拿起踩扁了的蛇仔细一瞅：妈呀，是电动玩具蛇。这也太逼真了！

原来，这男孩是跟着家长来医院的，家长在隔壁科室就诊，男孩闲不住就跑出来，玩带在身边的电动玩具蛇，然后把"蛇"弄进了阿P就诊的科室。

小兰眼睛发红地说："老公，刚才你那着急的样子，我好感动！"

"谁叫我这么爱你呢？"阿P肉麻地说。

"对了，老公，你刚才是不是低头弯腰，抓起了蛇？"小兰忽然想到什么，急切地问。

"哦！"阿P一愣，然后做出了低头弯腰的动作，哈，没错！

"老公，你能低头弯腰了？不是做梦吧！"小兰一声惊呼，旁边的医生也早就目瞪口呆了。他"腾"地站了起来，惊讶地给阿P重新检查，一番折腾后，不可思议道："爱情的力量创造了医学奇迹……你的脖子受到意外刺激，竟然恢复了正常！历史上也有这样的事：二战期间，一个原本瘫痪在床的士兵，猛然听到'空袭来了，快藏起来'的紧急呼喊后，竟条件反射地爬起来，迈开步子冲了出去……"

出了医院，小兰深情地望着不停灵活转动脖子的阿P，关心地问："老公，你吉人天相，那你接下来要不要再回去扮演铜人？"

阿P想了想，说："不去了，我怕变成有'职业习惯'的低头族！我决定了，还是脚踏实地去开开小车拉拉客，干好我的老本行！"

阿P说完，潇洒地拉着小兰的手，乐呵呵地打道回府了。

（发稿编辑：陶云韫）
（题图、插图：顾子易）

 微信扫码，为您讲述故事会趣闻轶事。

神剑上的字

欧冶子是春秋战国时期的铸剑名匠。当时,他给一位鼎鼎有名的剑士铸造了一把神剑,无数武林高手都败在那把神剑下。

有传闻说,那把神剑上刻了几个小字,被剑士奉为至高无上的心经,也正是那几个字,成就了现在的他。这也引起了大家的好奇,神剑上究竟刻了什么字?当众人得知那神剑是欧冶子所造、字也是他亲手刻的时,都跑去寻求答案。

见欧冶子久久不答,众人纷纷猜测起来。有人说,一定是"天下第一",毕竟追求第一是很多习武之人的梦想;有人说,既然是神剑,一定剑气逼人,所以剑上的字应该是"近我者死";也有人说,神剑上可能是一句激励之语,如"三更眠五更起"之类的……

欧冶子连连摇头,最后轻轻说出四个字:"剑下饶人。"

众人顿时恍然,拍手叫绝。

身为剑士,武艺必不可少,但更重要的是要有一颗仁者之心,方能成就武者的至高境界。

(作者:张君燕;推荐者:梅 子)

54条曼龙鱼

考尔比的儿子刚大学毕业,考尔比想让他进自己的公司工作,可儿子却想到外面的公司应聘。这让考尔比很生气,他把这一切告诉了妻子。妻子想了想,说:"我们可以像往年一样,先好好过一个暑假,一切等暑假过去后再决定,怎么样?"父子俩都答应了。

第二天,考尔比刚到办公室,就不小心砸碎了鱼缸。那鱼缸里养着两条曼龙鱼,考尔比已经养了五年。情急之下,他想起楼下的花园里有一个大喷水池,于是就把那两条曼龙鱼养到了喷水池里。后来,考尔比就没再过问那两条曼龙鱼。

很快两个月过去了,这天也是暑假的最后一天。早上,考尔比坐在喷水池旁的长椅上发呆,突然被水池里的情形惊呆了——清澈的池水中,竟有了54条曼龙鱼!考尔比问管理花园的杜克,水池里怎么会有这么多鱼,杜克笑着说:"这些小鱼都是两条大鱼生的孩子呀,您看,两条大鱼也长大了很多!"

考尔比不解地说:"我在鱼缸里养了它们五年,从没见它们长大过,它们也从来没生过小鱼!难道是因为水池里的水能晒到太阳?或是这水里有某些矿物质?"

"您说的这些可能都存在,但您忽略了一个最简单的问题——这个水池要比您的鱼缸大得多!"

考尔比恍然大悟,鱼还是那两条鱼,但养在鱼缸里和养在水池里的结果却大不相同。他突然想到,他的公司对于整个世界来说,会不会也只是一个很小的鱼缸?

回家后,考尔比就对儿子说:"你去外面应聘工作会更好!"

(作者:[比利时]考尔比·安斯艾尔;编译:李克红;推荐者:离萧天)

有两名年轻的杂技演员,他们刚出师不久,即将获得人生第一次参加演出的机会,这让他们既兴奋又紧张。两人知道机会来之不易,于是比以前更加刻苦地训练。

到了演出这天,两名杂技演员表演了他们的绝活——"抖杠"。只见男演员轻身一跃,便跃上了细长的竹竿。他的同伴———位身材娇小的女演员,随即也像燕子一样跃上了竹竿。他们开始在细细的竹竿上做各种惊险的动作。随着竹竿的抖动幅度越来越大,两位杂技演员跳起的高度也越来越高,观众的神经都紧绷着……好在表演很成功,最后男女演员跃下竹竿时,全场掌声雷动。下台后,大家本以为两位演员会是一脸汗水,神情兴奋,然而他们却平静如水。有人问男演员:"台下的掌声那么热烈,你们怎么还这么镇静?难道不为自己第一次表演成功而高兴吗?"

如何赢得掌声

男演员坦然地回答道:"在台上表演时,我们耳朵里全部塞着棉花,根本就听不到观众的掌声。"见问话的人不明所以,他笑着一语道破:"如果我们时时听到观众的掌声,就会干扰自己的正常发挥。在学徒的时候,师父就说了,只有听不到掌声,才能赢得掌声。"

的确,只有一心一意做好自己该做的事,才能赢得最终的胜利。

(作者:姚秦川;推荐者:田龙华)

(本栏插图:陆小弟)

·情节聚焦·

押 宝

□ 李轩宇

齐行是一名解放军战士,20世纪50年代,他所在的部队进山剿匪。正是大雪封山的季节,首长认为这样容易引蛇出洞,然而,部队低估了匪帮的疯狂,穷途末路的他们依仗着对地形的熟悉,展开了猖狂的撕咬。齐行所在的部队被打散了,更可怕的是,还引来了不远处另一个匪帮的堵截。

连长说:"总部命令,暂避锋芒,先行突围。"

齐行哪受得了这个气?他心想,老子当年在山西被胡宗南围了三天三夜都没撤,现在被几个土匪一围,就跑了?等他回过味儿来的时候,才发现自己落单了。大部队已经突围出去了,四周看不到一个战友。齐行靠着一棵雪松,心里充满了绝望:他的子弹早就打完了,干粮也不多,后面等着他的,不是冻死在这里,就是被土匪活捉。

前面唯一的山口已经被另一个匪帮派人守住,就等着捡解放军伤兵的漏。齐行在心里哀叹:但凡有一梭子子弹,我也能干翻山口那几个小虾,突围出去,唉!注定要栽在这里吗?齐行望着模糊的月亮,感到自己拿着空枪的手逐渐冰冷。就在这时,背后传来一个兴奋而又紧张的声音:"齐行!"

齐行转身一看,这不是自己的老乡传富吗?他被分到了另一个连,也参加了这次行动。传富蹑手蹑脚地走过来,齐行注意到,他的裤子上有一大片血迹,显然是一条腿中弹了。

传富说:"我中弹之后,一直趴在那边一个土坑里面,就等着你来救我呢,你真来了!神不神?"

齐行说:"得了吧,我自身难保呢!"

"为啥?"

"没子弹了。"

"你看看这是啥!"传富掏出一把锃亮的盒子枪,得意又紧张地说,"一枪未发!"

齐行故意恶狠狠地瞪了传富一眼:"好你个逃兵!"然后,他忍不住笑起来。

在月光下,枪身晃得齐行的眼睛眨了几眨。他接过手枪,兴奋得手心里全是汗。这是一款新式手枪,部队还没有大规模列装。齐行本想再仔细看看,传富突然提醒道:"别看了,小心枪针受冻!"齐行醒悟过来,立刻把手枪揣进棉衣里,要知道,这可是两人唯一的命根子了。

有了枪,齐行心里安稳了一些。传富的腿没有伤到骨头,但是快速跑步肯定是不行了。齐行想了想,说:"没关系,到时候你就站在我身后。"

两人制定了一个计划,先潜伏到山口土匪据点的后方,等到放哨的一松懈,立刻冲上去。齐行负责干倒首先摸枪的那个,传富负责拿着齐行的空手枪,大声喊着造势。一梭子子弹有六发,假如据点里的人不到五个,齐行有信心将他们一一干掉。

终于,到了据点附近,两人躲在一块岩石后面。齐行感觉自己的神经绷得紧紧的,仿佛一个随时会爆炸的地雷,要将这个据点瞬间炸得粉碎。他注意到传富的眼神飘忽不定,显然也很紧张,就悄悄地凑

·情节聚焦·

到他耳边说："相信我的枪法，我们都会活着走出去。"

传富坚定地点了点头。

熬到后半夜，温度越来越低，幸好两人都挺住了。假如只有一个人，应该熬不到这会儿，说不定已经冻死了。时间差不多了，齐行看了看传富煞白的脸，低声道："冲！"

一开始很顺利，放哨的两个土匪被齐行他们一枪一个抵着脑袋进了屋。突然，其中一个放哨的大喊一声，屋子里立刻传出拉枪栓的声音。齐行反应极快，顺着声音一枪崩开了那人的头，一汪黑色的血水静静地从脚边流过。枪声刚过，不远处的山上立刻传来一阵密集的枪声，是解放军大部队！

齐行和传富趁势用最疯狂的吼声咆哮着，屋里所有人都吓傻了，缓缓地举起了手。齐行这时候才看清，里面的炕上齐刷刷地躺着六个抱着枪睡觉的土匪，算上俩哨兵，一共有八个人。齐行哆嗦着挨个儿踢走了他们的枪械……

回到部队后，齐行立刻赶到医院，在病床边，他紧紧地攥住传富的手，说："传富大哥，要不是遇

到你，我这次真的就完了。多亏有你，是你救了我！"

谁知传富"呵呵"傻笑着说："不，是你救了我。那天夜里，我的腿失血过多，已经接近昏厥，我都对突围不抱任何希望了。最后我把宝押在你这疯家伙身上，还真押对了！我没跟你说实话，其实，我也差不多打光了所有子弹，我的手枪里，只有留给自己的最后一颗子弹……"

传富的话让齐行打了一个趔趄……

（发稿编辑：吕　佳）
（题图、插图：佐　夫）

微信扫码，加交流群，
侃故事轶闻，聊人生百味。

·海外故事·

硅谷凶手

□ 刘 峰

马修是旧金山的一名警探,这天晚上,他接到电话,说卡尔顿在自己的办公室被人杀了。卡尔顿是著名的企业家,他公司的高科技产品影响着每个人的生活。马修以最快的速度赶去了案发现场。

卡尔顿的公司在硅谷的一栋大楼里,他的办公室在最高层。马修赶到时,那里一片狼藉,凶手不但杀了卡尔顿,还纵火烧了办公室。

据了解,卡尔顿白天说他晚上要加班,让保安不要打扰。保安是听到警铃后才知道出了意外,他们的安保系统非常先进,只要有陌生人靠近,都会被查出来,但案发时警报系统并没有任何反常。

卡尔顿办公室里有很多器材,如仿生眼睛、仿生腿、仿生手臂。卡尔顿是高科技公司的董事长,拥有这些器材也很正常。马修猜测,难不成是公司的竞争对手雇凶杀人?他问在场的员工谁会有杀死卡尔顿的嫌疑,大家异口同声地说:"韦斯特。"

韦斯特是公司的合伙人之一,他和卡尔顿在二十几年前就开始合作了,一向很愉快。但半年前,两人开始争吵,而且互不相让,至于为什么争吵,大家就不得而知了。

这时,负责鉴定工作的警察打来电话:"杀害卡尔顿的凶器已经找到,就是案发现场的那把手枪,这证实了凶手曾潜入过那里,可是手枪上没有找到任何指纹。"

·海外故事·

马修觉得有必要先问问那个韦斯特,可公司的人说,韦斯特一周前去伦敦旅游了,还没回来。

马修立马赶去伦敦,在酒店找到了韦斯特。马修问:"韦斯特,卡尔顿被人杀了。公司出了这么大的事,你怎么不回去处理?"

韦斯特轻蔑地说:"我知道啊,可地球离了谁都一样转,卡尔顿死了,公司就不运作了吗?"

马修直截了当地问:"听说你最近和卡尔顿的合作不太愉快?"

韦斯特不耐烦地说:"看来你怀疑我是凶手了?你有什么话去问我的律师吧,我没空陪你闲聊。"

这时候,一个自称是韦斯特律师的人走过来说,案发时,韦斯特正在伦敦的酒店里睡觉,他和卡尔顿相距万里之遥。

卡尔顿被杀时,旧金山时间接近凌晨,而伦敦则是上午八点之前。马修立马调查了酒店的监控,发现韦斯特是半夜回的酒店,第二天早上八点的时候又出门了。也就是说,在卡尔顿被杀后,韦斯特就在伦敦露面了。马修疑惑了,凶手究竟是不是韦斯特?如果是,怎么解释他有不在场证明?而且,凶手是怎么进入卡尔顿的办公室的?杀人后又是怎样离开的呢?

马修决定留在伦敦,继续调查。这天,他听酒店前台说,案发当天,她们曾想上网打发时间,但手机和电脑一直没有信号。马修问了附近居民,他们也说,那天早上网络不通。马修赶紧去网络公司了解情况。对方听了,答道:"那天早上,公司的网络确实发生过小面积的瘫痪,但没过多久就好了。"

马修问:"能告诉我那天网络瘫痪的地点和时间吗?"

对方查了一下,瘫痪的地点就在韦斯特住的酒店附近,时间总共大概半小时,早上7点20分出现了瘫痪,到7点50分恢复了正常。

马修想,伦敦和旧金山有八个小时的时差,换算成旧金山的时间,也就是晚上11点20分到11点50分,这恰好是卡尔顿遇害的时间。

出了网络公司,马修打电话让旧金山的同事查询,发现卡尔顿遇害的那段时间,硅谷的网络也发生过小面积瘫痪。

马修重新调查了韦斯特,得知他醉心于科研工作,极少露面。在公司,他只负责技术,市场销售这块儿归卡尔顿管。半年前,韦斯特出了车祸,失去了一只眼睛和一只手臂,他看着和正常人没什么区别,是因为安装了最先进的仿生眼睛和仿生手臂,但此事极少有人知道。

说起这,马修想到案发现场就有很多仿生器材,它们都是卡尔顿公司的产品,虽然遭到了纵火破坏,但都是合格能用的产品。然而没有人知道,卡尔顿是何时把那些器材搬进办公室的。当时马修并未将此放在心上,毕竟卡尔顿的公司就是研究仿生器材的。

马修找到韦斯特,开门见山地问:"听说你出过车祸,失去了一只眼睛和一只手臂?"

韦斯特一听就跳了起来,愤怒地说:"这是我的事,不需要你来管。就算我失去了眼睛和手臂又能怎么样?我的大脑是举世无双的,没有人能和我相比!"

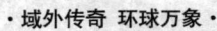

· 域外传奇 环球万象 ·

马修说:"不好意思,伤了你的自尊心。不过,我相信杀害卡尔顿的凶手就是你。"

韦斯特毫不示弱:"你既然这么肯定,就拿出证据来。"

"我会找到的。"马修认真地说,"不过你知道卡尔顿为什么要把那些仿生器材搬进办公室吗?我怀疑卡尔顿的死和它们有关。"

"我不知道,但你怎么猜跟我无关,以后别再打扰我就行了。"

马修回到旧金山,让人把案发现场的仿生器材都搬到了自己的办公室,说要好好研究一下。

这天,韦斯特突然给马修打来电话:"警官,找到凶手了吗?我想起一件事,也许对案件有帮助,你今晚在办公室等我,记住,我只见你一个人。"

晚上,马修独自坐在办公室等韦斯特,突然他的手机没了信号,但电脑的信号还在。这时,有人拍了拍他的肩膀,马修回身,却什么都没有。突然,一只仿生手臂抬起来,一拳打在马修脸上。还没等

·海外故事·

马修反应过来,那手臂快速地抢过马修的手枪,对准了他。马修惊道:"别开枪,这是怎么回事?"

只听韦斯特的声音从电脑里传出来:"警官,不管你找没找出杀死卡尔顿的方法,今天必须死!"

"韦斯特,你藏在哪里?"

韦斯特得意地笑道:"我在伦敦啊,现在你明白我是怎么杀死卡尔顿的了吧?"

原来,自从韦斯特装上了仿生手臂和仿生眼睛,他就成了"半机械人"。现在科技发达,仿生器材可以安装在人体内,也可以从人体分离出来,只要有网络,就可以通过网络远程操控它们。

此前,韦斯特将假冒的仿生手臂和眼睛安装到自己身上,而他真正的仿生手臂和眼睛却留在了硅谷。后来,他通过网络控制手臂,把公司的仿生器材搬到卡尔顿的办公室,将自己的仿生手臂和眼睛混入其中,然后趁卡尔顿加班时操纵手臂枪杀了他,并纵火烧了办公室。这一过程需要不少的网络流量,这也是案发时两地出现小面积网络瘫痪的原因。这样做还有一个缺点,就是仿生手臂不能离开,凶器也只能留在现场。

韦斯特说:"马修,你是个聪明的警察,所以我得赶在你怀疑到仿生器材之前把你干掉。"

"你为什么杀卡尔顿?你们不是亲密无间的合伙人吗?"

韦斯特一听火冒三丈,他告诉马修,公司的重大发明都是他想出来的,虽然卡尔顿抢了他的股票和风头,他都不在乎。但半年前,韦斯特出车祸后,卡尔顿越来越不把他放在眼里,还说他是个废物,要把他赶出董事会。韦斯特很愤怒,他要让卡尔顿知道,就算失去了手臂和眼睛,他也绝不是废物,他一样有卡尔顿想不到的创意。

听完这些,马修说:"韦斯特,谢谢你主动上门自首。请你打开门,我的同事都等不及了。"

其实,马修早就咨询过其他科技人员,虽然有点不可思议,但他们怀疑韦斯特就是用仿生手臂杀的人。为了得到证据,马修先故意激怒韦斯特,再暗示他自己已经怀疑仿生器材。韦斯特果然故技重施,对马修起了杀心……

韦斯特简直不敢相信。很快,房门被打开,韦斯特坐在电脑前,被荷枪实弹的警察包围了。

(发稿编辑:曹晴雯)

(题图、插图:佐　夫)

· 56个民族的故事 ·

我国塔吉克族主要分布在新疆。塔吉克族人民在漫长的历史发展中创造了丰富的民间文学作品，寄托了他们对美好生活的向往，对英雄和智慧人物的崇敬，以及对丑恶事物的蔑视与鄙弃，表现出强烈、鲜明的民族风格与特色。

海吾来克

有个孩子，生下来只有一丁点儿大，母亲就给他取名为"海吾来克"，意思是耳朵般大的孩子。

有一次，母亲做好了饭，准备给正在田里耕地的丈夫送去。海吾来克提议由他去送，母亲同意了。海吾来克提着饭，来到一条水渠边上，过不去了，他只好呼唤父亲来帮忙。父亲赶来了，把他抱过大渠，带他到田头。

海吾来克对父亲说："爸爸，你去吃饭，我来耕一会儿地。"说完，他不顾父亲的阻拦，爬上木犁的扶手，就耕起地来了。父亲吃完饭时，他已经把全部土地都耕完了，可是拉犁的老牛也让他累得够呛。长尾巴耕牛对短尾巴耕牛说："喂，朋友，这小子真不地道，赶着咱俩这一阵子好跑，连口气也不让我们喘，让我用长尾巴把他从木犁扶手上扫下来，你再往他身上拉一堆牛屎，把他捂死算了。"说完，长尾巴耕牛尾巴一甩，就把海吾来克从木犁扶手上扫下来，短尾巴耕牛赶快跑过来在他身上拉了一堆牛屎。海吾来克太小了，一堆牛屎就把他埋住，爬不出来了。

后来，一只狼走过来，嗅到了人的气味儿，从牛粪下面把海吾来克翻出来，没有嚼，就囫囵个儿咽下去了。打那往后，这只狼可就倒

·56个民族的故事·

霉了。每次狼走近羊群打算捉一只羊羔吃的时候,海吾来克就在狼肚子里大叫:"狼来了,狼来了!"牧人听到叫声,就放出猎狗,把狼赶到远远的地方去。这只倒霉的狼很快就瘦得皮包骨了。它忍受不住,去到一只经验丰富的老母狼那里,请求老母狼帮助它。

老母狼给它喝了一种促呕吐的药,告诉它药一喝下肚,就得拼命地跑,边跑边吐。这只狼按老母狼说的去做,才算摆脱了海吾来克。

再说海吾来克被狼吐出来以后,来到小河边,到水里痛痛快快地洗了个澡。他正要朝自己家里走去,忽见迎面来了一个人,骑着一匹高头大马,原来这人是他们村里最吝啬的一个巴依。这巴依平时放高利贷,整得村里许多人叫苦不迭。这会儿,他马背上的褡裢里驮着元宝和金币,正准备进城去做生意呢。

海吾来克马上钻进路边一块大石头的裂缝里,等巴依走近身边,他用一种尖细的声音喊:"喂,放高利贷的,你丧尽天良,吸尽了人们的血汗,造孽太多。我是死神,真主派我来取你的命,你的死期到了。"巴依弄不明白喊声从何而来,东张西望,四处寻找,连个人影儿也没见到。

巴依以为听错了,刚要催马赶路,那声音又出现了。这一回巴依真慌了,急忙滚下马,跪在地上,连连叩头哀告说:"尊贵的死神,你发发慈悲,赦免了我的罪过吧!我以后再也不害人了。我的孩子们还小,他们不能没人养活,等他们长大了,你再要我的命不迟。"

海吾来克看巴依一副可怜相,心里暗暗觉得好笑。他对巴依说:"好吧,看在你孩子的分儿上,我暂且饶你一命,但有一个条件:你把马和马背上驮的东西留下,自个儿快滚,今后不许你再害人!"

巴依连声应诺,爬起身一溜烟跑了。

等巴依走远后,海吾来克从石缝里钻出来,爬到马鞍上,催马回家,把褡裢里的金银分给了村里的穷人,他家也分得了一份。妈妈给海吾来克做了好吃的,晚上把他搂在怀里。海吾来克太累了,他在妈妈怀里很快就进入了甜甜的梦乡。

(**讲述**:米 娜;**翻译**:陈荣良)

(**发稿编辑**:吕 佳)

(**插图**:豆 蔻)

 微信扫码,为您讲述故事会趣闻轶事。

· 法律知识故事 ·

丈夫出狱要离婚

□ 彭振林

那年，小萍和阿海结了婚。他们两人是同一个厂的，感情一直不错，可本该甜蜜的婚姻生活很快被打破了。由于工厂亏损严重，他们夫妻俩都下了岗。那时候，小萍有了身孕，只能在家养胎，阿海四处求职无果，最后在一个老同学开的公司里打了一份工。可惜他不争气，眼红人家当老板赚大钱，竟干起了监守自盗的勾当，贪污公款，结果被判了六年。

丈夫被判刑不久，小萍生下了儿子。大半年后，为了赚钱过日子，小萍不得不把孩子交给公公婆婆看管，自己则到县城找了一份工作。

小萍长得漂亮，进单位没多久，就有好几位男同事对她表达了好感，但她是个很重感情的人，一直在等阿海出狱。一到节假日，小萍就会带着儿子到监狱去探望阿海，有好几次，阿海都因为愧疚提过离婚，小萍一次都没回应他。

一晃五年过去了，在这段时间里，小萍省吃俭用、起早贪黑，通过努力打拼，有了自己的事业，手头也积攒了一些钱。为了方便儿子上学，她在县城买了一套房，还配了一辆轿车。

眼看着日子越变越好，就等着阿海出狱，一家团圆。

· 法律知识故事 ·

不久,阿海因在牢里表现好被减了刑。出狱回家后,阿海想出去找份工作,但是并不容易,四处碰壁。小萍常常宽慰他,让他暂时就在家里陪孩子。阿海很感激妻子的善解人意,但他心里很快又起了疙瘩:他发现小萍平时工作一直很忙,根本顾不上家里。有时回到家还没喘口气,就被老板一个电话叫去,还经常出差和应酬。

阿海看在眼里,开始对自己漂亮的老婆不放心了,于是他就经常打电话查岗。很快,小萍也察觉到阿海的不对劲。丈夫对自己这么不信任,让她心里很不舒服。就这样,两人常常发生争吵,吵得一次比一次凶,让小萍没想到的是,阿海还跑到法院提出了离婚。

开庭那天,小萍心灰意冷,她答应了阿海的离婚请求。令她更痛心的是,阿海竟然还提出要分割房产和轿车。小萍气得发抖,她说,房产和轿车尽管是在婚内购买的,但那是她自己一个人挣来的,这期间阿海还在监狱服刑,根本不能去赚钱,所以不能作为夫妻共同财产来分割。

小萍把丈夫服刑期间自己的种种艰辛一股脑儿地倾吐出来,说到动情处,她泣不成声。

不过,法院最终并未支持小萍的主张。小萍很受打击,但让她意外的是,经过法官的耐心调解,阿海终究在最后一刻放弃了分割财产的要求。他坦言,小萍在法庭上说的给了他当头一棒,他意识到了自己的自私和荒唐。

律师点评:

本故事涉及的一个法律问题,即在没有约定的情况下,婚姻存续期间夫妻一方所获得财产的归属。根据法律规定,夫妻可以约定婚姻关系存续期间所得的财产及婚前财产归各自所有、共同所有或部分各自所有、部分共同所有……没有约定或约定不明确的,则对双方具有约束力,夫妻关系存续期间所得财产(包括工资、奖金、收益等)归夫妻共同所有。婚前财产及遗赠或赠予合同确定为一方财产、专属于一方获得的损害赔偿、补助等归个人所有。

故事中,小萍的收入虽是她一人努力获得的,但基于是夫妻关系存续期间所得,如果没有约定,从财产性质分析当属夫妻共同财产。

(发稿编辑:丁娴瑶)

(题图:佐　夫)

·东方夜谈·

翻个儿

□ 刘建平

临洺关有座伍家酒坊,掌柜伍德发很有钱,但为人吝啬,恨不得把别人的皮给扒了,人送外号"伍皮匠"。

酒坊生意好,后院里堆满了空置的酒坛子。空坛子再用来酿酒,要彻底清洗干净,否则会影响酒的口感。土陶做的酒坛两尺多高,狭口大肚细长身子,刷干净不容易。伍皮匠抓了一个穷苦人家的孩子,叫陈实,在洺河边专门刷酒坛,刷不好就不给吃饭,把孩子折磨得就剩皮包骨了。

这天午后,陈实望着那堆还未清洗的酒坛,不由得叹了口气。

这时,一个宽厚的声音在旁边说:"孩子,这坛子很难刷吗?"

陈实抬头一看,见一个面目慈祥的老头从一块大石头后走了出来,答道:"是啊,老爷爷。"

老头说:"看你瘦成啥样了,为什么不吃得饱饱的再刷呢?"

陈实噙着泪说:"只有刷完了这些坛子才有饭吃。"

老头点点头,说:"我明白了。孩子,我有个法子,可以让你每天吃上饭。看我的!"

说着,老头左手将一个酒坛放倒,右手在酒坛底下轻轻一拍,嘴里轻轻念了句"米拉米拉轰",酒坛眨眼间从里到外翻了出来,哪里干净、哪里不干净,一目了然。

老头说:"这样洗容易多了吧!"

·东方夜谈·

陈实不敢相信自己的眼睛，他兴奋地将酒坛按在河水里，没几下就洗干净了。随后，老头又往酒坛底上一拍，酒坛恢复了原状。

老头笑着说："孩子，这翻个儿的本事，我传给你，你过来……"

陈实凑了过去，老头附耳把秘诀教给了他。陈实试了一下，果然灵验，回头要拜谢老头，发现老头不知什么时候已经走了。陈实对着大石头磕了三个头。

陈实用老头教的本事洗酒坛，半个下午就轻松洗完了。他刚把酒坛摆放整齐，伍皮匠来了，他要例行检查，挑出毛病，然后告诉陈实晚上不用吃饭了。

可这次，伍皮匠怎么也挑不出毛病来，心说：这么多坛子，他怎么这么快就刷干净了？

伍皮匠皮笑肉不笑地说："陈实，明天刷坛子数量再加一倍，刷不完没有饭吃。"

第二天，陈实还是刷完了酒坛。伍皮匠更加吃惊了，他表扬了陈实一番，又加了工作量。这次，伍皮匠决定悄悄看个究竟。

伍皮匠看到陈实把酒坛一个个翻过来清洗，不禁又惊又喜，立马跳了出来，逼问陈实是怎么做到的。

陈实如实地告诉了伍皮匠。

伍皮匠说："小子，你遇到神仙了！把秘诀教给我，以后啊，我每天让你吃饱饭！"

陈实摇头说："我问问老爷爷。"随后，陈实对着石头磕头，问能不能把翻个儿的本事传给伍掌柜。

不一会儿，石头上飘落一张纸条，陈实捡起来，上面写着："秘诀可传，记住，伍皮匠一天只能用

· 荒诞视点 虚幻笔记 ·

三次秘诀,万万不可超过。"

伍皮匠激动地说:"看来我有仙缘!神仙同意了,小子,赶紧传给我,传给我!"

陈实看老爷爷同意了,就将秘诀告诉了伍皮匠,伍皮匠当即用酒坛子试了一回。他不再搭理陈实,跑到酒坊里炫耀去了。

对着众多喝酒的客人,伍皮匠拿了一只海碗,拍了拍,心里默念"米拉米拉轰",就将一只海碗翻了两回。客人们开了眼,都喊起来:"再来一个,再来一个!这脸盆能翻吗?这铁盒能翻吗……"

大家一个劲地叫好,客人提什么要求,伍皮匠就翻什么,早把老头的叮嘱抛到了九霄云外。

这时,有一个衙役从人群中挤了进来,对伍皮匠说:"今天是王知县生辰,正要举行宴会,刚才听说你有翻个儿的绝活,请你马上过去表演助兴!"

伍皮匠不敢怠慢,赶紧雇轿子赶往县衙。谁知伍皮匠刚把手往轿子上一搭,轿子突然"砰"的一声翻了过来,把伍皮匠弹出去老远,重重地摔倒在地上。衙役赶紧上去扶:"掌柜的,没到地方,怎么就开始表演了?"

伍皮匠脸红了,心说:我也没念"米拉米拉轰"呀,这是怎么回事?脚夫们受惊过度,不肯抬他,伍皮匠只好走着去了县衙。

到了县衙,宴会已经开始,当地的乡绅名流坐得满满当当。王知县见伍皮匠进来,起坐欢迎。伍皮匠向王知县行礼,趁王知县扶他起来,他掏出一张银票,想悄悄塞进王知县的袖口里。

谁知伍皮匠的手刚碰到王知县的袖口,只听"刺啦"一声,王知县的衣服翻了个儿,衣服和银票飘到了地上,王知县赤身裸体地在地上翻了两个大跟头,旁人看了个清清楚楚,"轰"的一声笑了。

王知县恼羞成怒,指着伍皮匠骂:"你把本官当猴耍?来人呐,给我关进死牢!"

伍皮匠闯出大祸,一时呆若木鸡。两名衙役提溜起伍皮匠扔进了死牢,跟一堆死囚犯关到了一起。死牢里有老规矩,新进来的要给个下马威。伍皮匠挨了顿打,伏在墙上痛哭起来,他扶墙刚哭一嗓子,耳边"哗啦"一声巨响,死牢翻了个儿,死囚全给翻到大街上去了。死囚四散奔逃,转眼不见了踪影。

死囚全逃走了,伍皮匠是罪上加罪,他这才想起来老头的叮嘱,

后悔也来不及了!

伍皮匠趁乱回家,准备收拾东西外逃。他刚进家门,衙役就追进来了。伍皮匠一摸墙壁,酒坊翻了个儿,伍皮匠、客人,还有衙役,都飞到外面去了。

伍皮匠爬起来就跑,跑了好一会儿,跑到了陈实刷酒坛的河边,陈实还在给酒坛翻个儿洗刷呢。

伍皮匠渴得厉害,蹲到河边双手掬水就往嘴里送,谁知手碰到了舌头,"哗啦"一声,伍皮匠自个儿翻了过来,心肝脾肺肾挂在了身外,一口白牙"哇哇"乱叫:"陈实,救命!翻个儿的本事我不想要了!"

陈实看伍皮匠变成这样,吓坏了:"我替你求求老爷爷吧!"

两人刚要给大石头下跪,老头从石头后面转了出来,他指着伍皮匠,"哈哈"大笑:"我实在看不下去你对一个孩子这么狠心,所以让你吃点儿苦头,不知你能不能悔改?"

伍皮匠连声说:"一定改,一定改。只是我现在得罪了王知县,自己也成了这副模样,这可怎么办?请老神仙救救我!"

老头见伍皮匠有了悔意,点点头说:"你在大庭广众之下那么一闹,倒把王知县收贿赂的事给抖搂出去了;他已经被革职了。你呢,好好开你的酒坊,别再欺负老实孩子了……现在,看看你自己吧。"

伍皮匠低头一看,自己已经恢复了正常,他赶紧磕头道谢,老头不知道什么时候又不见了。伍皮匠拎起一个酒坛子,口念"米拉米拉轰",右手轻拍酒坛底部,却再也翻不过来了。

(发稿编辑:陶云韫)
(题图、插图:刘为民)

·传闻轶事·

劝军

□ 寇建斌

民国年间,保定蒲阳有个大药市,常年药商云集,号称全国第一,是出了名的富庶之地。戏班子却都不敢去,不光因为这里是唱戏的老祖宗关汉卿的故里,更因为这里是老调梆子的根脉所在,人人懂戏,稍有差池,就会被闹场。

别人都不敢去,老生周福才却不怕,他带着自家戏班来了。

周家班唱的是保定老调,老调本就粗犷高亢,周福才天生一副好嗓子,声调拔得极高,称得上是响遏行云。头天的开箱戏是他的拿手剧《调寇》,不少人起初抱着起哄架秧子的心理,等到周福才一亮嗓,众人才晓得这位在京城受过醇亲王载沣赞赏的老生并非浪得虚名。

"声声唤我快进宫,豁着一把生灵骨,探探黄河几澄清……"周福才独创的"水音儿花腔"不急不躁,气韵流畅,细腻传神,赢得了满堂喝彩。

这时,忽然闯进一群大兵,"嗷嗷"乱叫,观众吓得四散而逃。

周福才退到后台,见到商会的崔会长,才知道这是从西山溃败的一营大兵,闯入蒲阳老城后,就像野猪钻进庄稼地,乱糟一气。县官闻讯溜了,崔会长带人好一番劝说,

·传闻轶事·

才把这群浑身戾气的大兵收聚到这里,想请周福才唱个专场,稳住他们。崔会长表示,商会愿意出大价钱。周福才为人敞亮,慨然应允,说这等事情,何必言钱,救民于水火,义不容辞!他当即集合演员,改剧目演出。

戏开演了,吃饱喝足的大兵们仍在打闹嬉笑,比台上还热闹。猛然间,一声高唱,如炮弹呼啸,如汽笛高鸣,强横霸气地盖住了一切声浪:

"打胜仗回营来才餐战饭,你打败羞答答难回营盘。"

大兵们抬眼望去,戏台上凛然站着一位老生,扮相英武,正在尽情演唱。有懂行的听出这是《临潼山》中《劝军》一场的唱段,老生饰演的是与隋军对阵的李渊,此时这唱词听来非常扎耳,分明是拿他们这群败兵开涮。一个大兵不由得怒火中烧,抬枪"梆梆"就是两枪。幕布被子弹烧出两个黑洞,"滋滋"地冒着黑烟,剧场里一下子静下来。

老生毫不惊慌,目视端枪的大兵,问:"兄弟,唱得不好,尽管指教,何必以枪相对?"

大兵吼道:"别以为我们听不懂,你在骂谁?"

老生面不改色:"兄弟,你既然懂戏,就该知道这本是戏词,并非乱唱。"

台下有人起哄:"少跟他废话,送他颗黑枣吃!"

老生冲台下拱手作揖:"各位兄弟,本人周福才只是个唱戏的,来到此地混碗饭吃,断不敢存心得罪各位,如有冒犯,也请容本人唱完这段戏文,到时是杀是剐,全由各位。"

台下有人跟周福才是同乡,赶忙跑上前来,拽开那个持枪大兵,对众人说:"听他唱完吧!"

周福才拱手作揖,抖擞精神,继续唱道:

"战死在两军阵不如鸡犬,把一个热身子扔在了阵前。有亲戚和朋友捎书带信,你举家老小哭皇天。爹也想,娘也盼,那妻子房中守孤单。劝尔等退了伍回家去孝母,落一个庄农人苦种庄田。春种秋收打几石,咱们纳了皇粮不怕官。到夜晚你把那柴门紧闭,怀抱子足蹬妻自在安然。罢罢罢来休休休,看破了机关早回头。"

周福才演唱得声情并茂,字正腔圆,低音处沉沉凝重,雄浑宽厚,高音处高亢激越,气势恢宏,把一段唱词演绎得感天动地,直击大兵们的软肋,剧场里响起一片抽泣之声。戏散之后,一营士兵竟然趁着夜色四散而逃,返回了故乡。

带兵的军官在妓院一夜缠绵之后,发现自己已成光杆司令,顿时恼羞成怒,找到剧场跟周福才要人。周福才笑问:"你的兵是听你的,还是听我的?"军官无言以对,待要动粗,几个武生早已拉开架势围在四周。军官咬牙切齿恨恨而去,找到县衙,对那位刚刚潜回的县官大发雷霆。县官不敢怠慢,当即派衙役前往剧场抓人。

商会感恩周福才,也为安抚受到惊吓的市民,捐钱公演三天,演出剧目仍为《临潼山》。剧场里挤满了人,人们对周福才义退溃兵交口称赞,剧场里叫好声鼓掌声不断。

衙役们到了剧场,不敢贸然抓人,等到终场,客客气气地对周福才扯个谎,说是县官要接见嘉奖,把他骗到县衙,以惑乱军心的罪名关入大牢。当天的戏为"三开箱",一天演两场,晚上还有一场戏。有耳朵长的得知情况,跟众人一说,当即炸了窝,浩浩荡荡就去围了县衙。县衙里的人耍赖,说人是来过,早回了。大家不信,又不知人关在何处,正发愁呢,突然,县衙深处响起高亢的"水音儿花腔"——

"打胜仗回营来才餐战饭,你打败羞答答难回营盘。"

这唱腔,不是周福才又能是哪个?人们不干了,齐声高喊:"放出周福才,我们要看戏!"呐喊声又招来更多人,众人鼓足了劲一起喊:"放出周福才,我们要看戏!"

喊声震天动地,惊得县衙门前老树上的乌鸦扑棱棱飞起,房顶的瓦片也跟着颤动。县官害怕了,赶快叫人把周福才放了。周福才昂首而出,站在人前,继续高唱:

"春种秋收打几石,咱们纳了皇粮不怕官。"

人们簇拥着周福才向剧场走去,周福才唱,大家也跟着唱。县官派了衙役尾随,本想等人散了再抓周福才,将他押往他处。谁料这一大队人一路走一路唱,周福才不唱了,大家还唱。等到了剧场,人"轰"地散了,哪里还有周福才的踪影……

(发稿编辑:吕 佳)
(题图:谢 颖)

2020年11月(下)动感地带答案

神探夏洛克答案:如果是第一现场的话,经过一夜的暴风雨,棒球帽应该早就被吹走了。

思维风暴答案:四十三。

·中篇故事·

老丁家几代单传的独苗抓周那天，啥好东西也看不上，偏偏抓了一双筷子。后来，筷子果然改变了他和老丁家的命运……

□ 他 他

大筷子传奇

1. 异姓兄弟

早年间，有南方的好哥俩儿，北上去哈尔滨收皮货。这好哥俩儿，一个叫赵顺大，一个叫李玉金，他们一起当学徒，一起出师，又合伙开了个店，想要专做东北皮货生意。

他们都是第一次来东北，一下火车，两人就有点蒙了。东北的大冬天贼冷，气温能有零下三四十摄氏度，白毛风卷着雪粒子，打到脸上比刀割还疼。哥俩儿一路强撑着走啊走，走到了老道外西门脸子，又冷又饿，实在走不动了，一抬头，就看见一个大招牌，上面写着"丁大窝瓜饭庄子"。饭庄子只挂了两个红色的幌子，两个幌子的意思就是表示只能做点简单的本地小菜，大菜做不来。

哥俩儿仿佛见到了救星，飞快地冲上去，合力拉开了饭庄子那扇又厚又重的红松木大门。一股白色的热气冲了出来，一下子就把哥俩儿给淹没了。两人进了屋，反手拉上房门，再一细看，这小店里面还挺宽绰。屋里靠着四角，摆了四张木头小桌，地中间生着个铸铁火炉子，炉子上面坐着个水壶，水烧

·社会长廊 生活广角·

开了,"咕嘟咕嘟"地响,壶嘴冒着热气儿。炉膛里面,木头样子在尽情地燃烧。炉子旁边,站着一个又粗又壮的女人,一看就知道是老板娘,她一脸笑地问道:"来了啊,两个大兄弟,看看吧,给你们整点儿啥吃的?"说着,她向后一扬手,指了指身后的那面墙壁。

那面墙上挂满了小木牌,每一个小木牌上写着一个菜名。菜样儿还真不少:猪肉炖粉条、小鸡炖榛蘑、酸菜炖大骨棒、酱炖松花江大鲤鱼、排骨炖豆角干、筋头巴脑炖萝卜、炖杀猪菜……全是炖菜。这哥俩儿一看,傻眼了,这些菜他们不但没吃过,连听都没听说过,这可怎么点呀?还是年龄大一点的赵顺大聪明,说:"不看了,就点最前面那两个菜吧。"

老板娘一脸为难地说:"那啥,大兄弟,能不能就点一个呀?"

李玉金不乐意了,说:"为啥只能点一个呀?"

老板娘说:"大兄弟,我的意思是,点两个菜太多了,吃不了不都白瞎了吗?"

李玉金十分不屑,说:"两个人点两个菜还多?我们都饿了一整天了,够吃就不错了。"

老板娘只好答应了。不大会儿工夫,两个菜就都端上来了,放在桌子上,热腾腾地冒着白气。哥俩儿一看,又一次傻眼了——盛菜的盘子实在太大了,简直就是两个大盆。两个大盆倒也罢了,里面的菜为啥还要盛得那么满,上面堆了一个大大的尖儿,想要再往上添一个豆粒,都有点困难。

老板娘说得没错,两个人确实吃不了。哥俩儿吃得肚皮都鼓起来了,也只吃掉了两座大山上面的山尖儿。老板娘见状,就走过来说:"没事儿大兄弟,吃不了我给你们放外边冻上,明天你们再来,热热,接着再吃。炖菜这玩意儿,炖得越久越好吃。"说完,她又拿来了两个大盘子,扣在那两盘菜上面,扣得严丝合缝,端到外面,放在了窗台上。

咦,还有这种操作?这可真是东北特色。

结账的时候,哥俩儿再一次傻眼了。那么大两盘菜,竟然只收这么一点点的钱?东北人呀,就是实在、真诚、爽快。

付完了账,两个人都坐在桌子旁,没走。

赵顺大说:"弟,要不……"

李玉金说:"哥,我明白你的

·中篇故事·

意思……"

两个人几乎同时脱口而出："我们把家也迁过来吧。"

这事儿就这么定下来了。两人分别向家里写了信,半个多月后,两户人家二十多口子人,浩浩荡荡地从南方坐火车来了,住进了哥俩儿早先买好的两栋大宅里。这两栋大宅,一栋在丁大窝瓜饭庄子左边,一栋在丁大窝瓜饭庄子右边。

两栋大宅都是前边开店,后边住人。前边的店,一个负责收皮货,一个负责卖皮货。收来的皮货,先在左边赵家大宅的院子里加硝加盐清洗,熟了皮子,晾干了,再拿到右边李家大宅的院子里,缝制成衣服,放到前面的店里,卖出去。两家人不忙不乱,有条有理。

在家人向北迁移还没到达的这大半个月里,哥俩儿终于把那两盘菜吃完了。当然,他们也没光就吃那两盘菜,还试着品尝了一些其他东北菜。他们也终于知道了,东北不光有炖菜,还有:锅包肉、地三鲜、尖椒干豆腐、拌拉皮、皮冻、蘸酱菜、酱骨棒、三烀一炸、蒜泥血肠……两人可算是饱了口福了。

在这期间,哥俩儿也跟饭庄子的丁家两口子混熟了。老丁大嫂子为人爽快,老丁大哥更是实在,见这哥俩儿天天来吃饭,他在后灶炒完了菜,就提着一壶六十度的东北小烧,非要和这哥俩整两口不可。

喝着喝着,老丁大哥和这两个脾气禀性、身材样貌都没半点相同的南方人,竟然对着飘雪的天空磕了头,发了誓,结拜成了异姓生死兄弟。三个人都记不起来,这事儿到底是谁先张罗的了,反正他们都觉得这是顺其自然,水到渠成。

2. 老来得子

赵顺大家有俩小子,仨闺女。李玉金家有仨小子,四个闺女。小子们跟着大人学习收皮货和卖皮货,几个闺女就学缝皮草。两家人的日子过得其乐融融,可是,夹在中间的老丁两口子就不一样了。

老丁大哥和大嫂子都五十多了,还没有孩子。看过无数大夫,喝过无数汤药,就是没有任何改变。赵顺大和李玉金有心想把自个儿的孩子过继给老丁两口子一个,话到嘴边,却没有说出口,他们害怕伤着了人家两口子。

一转眼几年过去了。有一天,李玉金找到正在向客人推销貂皮帽的赵顺大,笑嘻嘻地说:"哥,老丁大嫂子生了,是个大胖小子。"

赵顺大推了他一把,说:"滚一边去,别扯犊子,我忙着呢。"

来东北时间长了,自觉不自觉地,两人都说起了东北话。李玉金就说:"扯啥犊子呀?不信,你自个儿去看看呀!"

赵顺大真去看了。不用到老丁大哥家里头去看,他站在自家店门口,向丁大窝瓜饭庄子那边张望了一眼,只见饭庄子的门梁上新拴了两条红绸子。东北风俗,门前拴红绸子,就是这家有喜事儿,生孩子了,颇有点儿广而告之的意思。

可为啥这事儿大家伙儿谁也不知道呢?原来,老两口子五十多了才第一次有孩子,不好意思向外说,再加上老丁大嫂子本就腰粗体壮,怀上了也看不出来,所以直到要生了,找了接生婆,这事儿才外露。

赵顺大看了一会儿,忍着眼中的泪水,返回店里,抱着李玉金就哭,李玉金也哭了:"老天爷开眼,老天爷开眼哪!"两个人哭得"哇哇"的,客人都吓跑了,以为这家出了两个精神病。

抓周那一天,老道外整个西门脸子的人几乎都来了,屋子里站满了,院子里站满了,连门前的大街都被堵死了。大家伙儿既是来贺喜的,也想来沾沾老丁两口子老来得子的福气。

老丁两口子给儿子准备了满满一盘抓周用的好东西:一块老金疙瘩儿,一枚老官家印,一支毛笔,一本《百家姓》,一把铜算盘,一枚当兵的肩章,一把扒锄子,还有一把炒菜的菜铲子。

士农工商学兵,都占全了。孩子被放在炕上,向旁边的盘子爬了过去,伸出手刚要抓,看了一眼,又停下了。在众人期待的目光下,孩子转过身,向炕头的方向爬去。炕头那儿放着一个饭碗和一双

· 中篇故事 ·

筷子,因为人来得太多,老丁大嫂子没来得及收走,就顺手放在那儿。

孩子一下抓起了那双筷子,抱在怀里就不松手了,兴奋得"咿咿呀呀",也不知道说的是啥。

这么多好东西他都不抓,咋就偏偏抓了一双筷子呢?大伙都愣住了,还是赵顺大反应快,说:"丰衣足食,这是占了'足食'两个字啊,好兆头,好兆头!"

大家伙儿"轰"的一下都笑了。李玉金却有些担忧,他小声在赵顺大耳边说:"这孩子,会不会以后要用筷子跟人家抢吃的呀?"

赵顺大不满了:"胡说个啥?从你嘴里,就吐不出一根象牙。"

李玉金意识到失言了,接连啐了自己几口。

自打抓周以后,老丁两口子的孩子就得了一个外号,人们都叫他"丁大筷子"。丁大筷子越长大,越像年画里的娃娃,又白又胖,模样虽可人疼,脾气却大。也难怪,三户人家的宠爱集于一身,养出了不少娇毛病,丁大筷子平时稍一不如意,躺在地上就打滚扑腾。这时候,大人说啥都不管用,只有一个法子,就是马上给他送上点好吃的,一根糖葫芦、一串烤腰子、一根烀苞米、一个煎黏豆包……赶上有啥就送啥。丁大筷子也不挑食,来者不拒,见了好吃的,顿时两眼冒光,才哭到一半的声儿"嘎"一下子就全都憋回去了。他接过吃的,眯缝着眼睛,细细地品着,品得那个香啊……

3. 灾祸上门

一转眼,十几年过去了。"九·一八"事变后,日本人不断地往中国派兵,本来就不太平的中国更乱套了。赵顺大和李玉金一商量,把家里的孩子都送回了南方老家,就留下了两对老两口子。老丁家在本地好几代了,根底都在哈尔滨,就没让丁大筷子也跟过去。老丁两口子心想,就算日本人要抓丁,也不会抓自家儿子这样的吧,抓去了干啥呀?还不得把人家军队给吃黄铺了呀!

可就是这样,他们还是没逃过一劫。

丁家是开饭庄的,日本人说了,开饭庄的家里头肯定有吃的,那就一个月交十麻袋大米吧。一麻袋大米两百斤,十麻袋就是两千斤,这可不是个小数儿。丁大窝瓜饭庄子薄利多销,交那么多大米,上哪儿去倒腾啊?连交了三个月,到第四个月,实在是交不出来了,老丁大哥和大嫂子被逼无奈,趁着天黑,两个人双双挂在店里的梁上,上吊了。

赵顺大和李玉金东拼西凑,好歹钉了两副棺材,把老丁两口子发送了。下葬时,平辈儿的行礼,小辈儿的磕头。小辈里的第一个自然就是丁大筷子。不料丁大筷子既不哭,也不闹,就那么站着,眼睛瞪得溜圆,腰板挺得溜直,人们咋说、咋劝、咋给好吃的,他就是不磕头。

· 社会长廊 生活广角 ·

不磕就不磕吧,人们就越过他去,后面的接着磕。磕完了头,大家再看丁大筷子,他还在那儿呆呆地站着,也不知道在想啥。

老丁两口子走了,饭庄子停业了,赵顺大和李玉金就把丁大筷子接到家里好吃好喝地养了起来。不料还没过一个月,灾祸又上门了。

一个日军小队找到老哥俩儿,说你们不是做皮货的吗,冬天要来了,你们给小队一人做一件皮大衣吧,就当棉军装了。鬼子的这个小队一共有54个人,那就得做54件皮大衣啊!赵李两家是小本生意,上哪儿去弄那么多皮子呀?

没法子,凑吧。牛皮、羊皮、狗皮、兔子皮,甚至是猫皮,各种皮子都凑上,总算是做出了54件皮大衣。

做完了这54件皮大衣,两家人的家底也就全都败光了,还欠了猎户好几张皮子。两家人的生活水平一落千丈,以前隔三岔五地还能吃上一顿肉,现在只能顿顿喝稀粥,吃咸菜。

赵顺大和李玉金两对老夫妻倒还没啥,都是打苦日子过来的,能挺住。可丁大筷子就不行了,一顿两顿没事儿,三顿五顿下来,他馋

· 中篇故事 ·

得浑身都火烧火燎的不自在。家里头没好吃的,他就出去找,别说,还真让他找着了。

这天,裤裆巷有一家大户人家结婚,办的是流水席,每桌十六道菜,鸡鸭鱼肉都占全了,离着老远就能闻着香气。老亲少友来了,笑呵呵地打完了招呼,围着桌子坐下来,小酒盅一端,喝!吃!

丁大筷子呢,也二话不说坐下来,闷着头,喝!吃!

这一喝一吃,就上瘾了。从此,丁大筷子有事儿没事儿就成天到大街上寻摸,看见谁家办酒席了,他也不说话,闷着头坐下来就吃,吃完了拍拍屁股就走,更不要说随一个大子儿的礼。

席上有认识他的,也有不认识他的。不认识他的,以为是哪个远房亲戚,没当回事儿;认识他的,知道他是老丁家的儿子,人家爹妈都死了,来吃你一顿酒席,总不能把人家撵出去吧。东北人办喜事儿,讲究的就是来的人多,热闹,有喜气儿。所以丁大筷子也就一直蹭酒席,没人撵他。

时间长了,人人都认识他了,都知道有这么个丁大筷子,长得又白又胖,像个大白萝卜,天天满大街上晃悠,专蹭人家的喜席儿。口口相传,他就成了名人。

人们很快发现,这个丁大筷子实在太能吃了。他一个人能吃五六个人的份儿,吃得还快,别人刚拿起筷子,还没夹菜呢,那一盘子菜,他就都给造光了。

这谁能受得了啊!

丁大筷子再去蹭酒席的时候,人家就故意挤到一块儿,把空档给挤没了,说:"没地场了。"

丁大筷子倒也实在,顺手抓起一双筷子,说:"没地场我站着吃。"说完,他真的站到人家身后,站着吃席。再后来,人家就紧紧地把筷子抓到手里,生怕让他抢去了似的说:"没筷子了。"

没筷子,总不能用手抓着吃吧?可丁大筷子能让一双筷子难倒吗?绝不!

那个年代的松花江,两岸都是土筑的江堤,大坝上、滩涂上,长满了柳条子。这种柳条子长不粗,但长得很直,不分杈,可以用来编筐编篓,用处还挺大。

因为一双筷子,没吃着好吃的,丁大筷子憋了一肚子气,就一个人冲进了柳条丛,又扯又踢,撒了一通野,终于有点消气了,刚想转头回家,忽的一下子,两根柳条子映

·社会长廊 生活广角·

入了他的眼帘。这两根柳条子长得可真直啊,从根直到梢,直成了两条线,没带一丝弯儿。

丁大筷子看得两眼冒光,这不就是两根现成的大筷子吗?

丁大筷子把这两根柳条子从根那儿撅折了,拎回家里,又用刀削了树皮,比量着,从两根柳条上选了粗细差不多的部位,截了两根大木条子,晾干洗净,筷子就做成了。

再去蹭酒席时,主人家说没地场了,丁大筷子就站着吃;主人家说没筷子了,好,等的就是你这一句,丁大筷子就说:"没筷子我自个儿带了。"说完,他一抖胳膊,从袖子里甩出两根柳条棍子来。这两根柳条棍子足足有胳膊那么长,平时就藏在袖子里,只有吃东西的时候才会往外拿。丁大筷子站在人家座位后边,够不着?不要紧,筷子长,往席面上一伸,菜就全都夹上来了。

得,当初大家伙儿一语成谶,"丁大筷子"的外号当真应验了。

4. 是门手艺

自从有了这双大筷子,丁大筷子就有了傍身的"武器"。大筷子对他来说有多重要呢?这么说吧,就像是侠客的剑、刺客的刀、当官的大印、教书先生的毛笔、丁老爹的菜铲子……

没事儿的时候,丁大筷子就把一双大筷子掏出来摆弄,耍、夹、掏、戳、捅、挑、砸、搅、划……两根在一起能耍,单根也能耍。手里拿着一根,挑着另一根转圈,抡起来呼呼生风,风雨不透;或是把一根筷子立在另一根上头,成了木架,就像粘上了一样,无论丁大筷子怎么闪转腾挪,那筷子就是不会倒下。

丁大筷子把他的一双大筷子耍出了花儿,一开始的时候,没人注意,可有一天,丁大筷子在一户人家吃喜酒,吃了整整一个大猪肘子,吃得挺饱,心中得意,就站在一边,不管不顾地耍起了筷子。

其他人没留心,却被一个人看到了。这人是个司仪,专门帮人家主持喜事儿的。司仪看了,暗暗赞叹:"这可是门手艺呀!"他就请丁大筷子下次去参加自个儿主持的喜事。

主持喜事,讲定的价钱不能变,可是如果能把喜事办出彩、把东家整乐呵了,就会有额外的赏钱。不过凭司仪一个人,说得再热闹,气氛也上不去,这就需要丁大筷子上场了。

·中篇故事·

司仪隆重推出了丁大筷子。丁大筷子上场一耍,把所有人都耍傻了。一双筷子,还能耍成这样?这筷子是成精了吧?不不不,这耍筷子的人是成精了吧?能把一双筷子耍出这么多花活儿,从古至今,可能也就丁大筷子一个人。

耍完一通筷子,喝彩声把旁边松花江的涛声都盖没了。

丁大筷子一耍成名。从那以后,司仪无论去谁家主持喜事,都会带上丁大筷子。每次丁大筷子都能把气氛推向高潮,全场一片叫好声。东家乐开了花,连声喊:"赏,重赏!"

司仪比以前多挣了好几倍的钱,最让他高兴的是,这赏钱都不用分给丁大筷子,只要给丁大筷子吃顿饱饭,走的时候,再给他包半拉猪头或者一块肥肉,就行。

包回来的猪头和肥肉,丁大筷子并不是留着给自个儿,而是孝敬了赵叔和李叔。丁大筷子虽然馋,却很孝顺。赵顺大和李玉金见孩子带回了肉,就翻出半瓶酒,倒了四杯,两杯给他们自个儿,另外两杯,一杯给老丁大哥,一杯给老丁大嫂子。就着肉,两个人一杯接一杯地喝,喝着喝着,两个人都哭了。世事难料啊!要是在早先,他们说啥也不会让孩子去耍筷子卖手腕儿,可是身在乱世,人命不值钱,能活下来,能吃上肉,已经比多少人都走运了,又哪能顾得上那么多呢?两个人喝得倒在炕上,睡着了。明天的事儿,明天再说吧。

明天,还真就来事儿了。

一大早,司仪就来找丁大筷子,神秘兮兮地说:"走,今儿个叔带你走个大场子。"

丁大筷子啥也没问,跟着就

·社会长廊 生活广角·

走了。司仪领着丁大筷子,来到了道里中央大街上,进了一家大饭店的包房,包房里的圆桌上,至少有二十盘子菜。肘子、排骨、肚儿、肠儿、肝儿、腰子、肺子……吃了这么多酒席,就没哪一个有这么齐全。菜都还是热乎的,散发着香味儿。丁大筷子两只眼里放出了绿光,喉头不自觉地"咕嘟"一声,咽了一下口水。再看一眼桌子旁边坐着的五个人,丁大筷子愣住了。

五个人,都穿着日本人的军装。

司仪得意扬扬地说:"日本长官想要看一看你的筷子绝活儿。你耍一个,这一桌子酒菜,就都归你了。日本长官不吃,我也不吃,全都是你的。二十道硬菜啊,咋样儿,小子,叔没苛待你吧?"

丁大筷子没动,也没说话,就那么站着,腰板挺得溜直。

司仪着急了:"我都答应啦,你倒是快耍呀!"

丁大筷子还是没动,也没说话。

其中一个军官看出来苗头不对,"唰"一下抽出了战刀,架在丁大筷子的脖子上,说:"你,筷子,耍!菜,全是你的!不耍,死!"

丁大筷子仍然没动,也没说话,腰板还是挺得溜直。

司仪吓坏了,躲出了老远,说:"大筷子,你快点耍吧,你、你不要命了?"

丁大筷子就是不动,也不说话,腰板仍旧挺着,就和他那双大筷子一样笔直笔直的。

那个日本军官气坏了,举起战刀,对着丁大筷子"呼"地拦腰斩下。刀光闪过,齐着手腕连同腰,丁大筷子被斩成了两截,手掌掉到了地上,"咕咚"一声。可丁大筷子就是不倒,上半身还粘在下半身上,整个人还站着,腰板依旧挺得溜直。那两根大筷子弹了出去,掉到了地上,没折。

日本军官走过去,一脚踢在了丁大筷子的身上,丁大筷子这才"咕咚"一声,倒在了地上。血喷出来,溅了一饭桌儿,二十道菜,全都被丁大筷子的血染红了。

五个日本军官气呼呼地走了,司仪也吓跑了,从此再也没有出现过。等饭店的人找到赵顺大和李玉金,把他们领到饭店,再见到丁大筷子的时候,丁大筷子的尸体早都凉了。

5. 改姓为丁

赵顺大、李玉金和东邻西舍凑了几块木头板子,钉了一副棺材,

·中篇故事·

在老丁两口子的坟旁挖了个坑,把丁大筷子埋了。下葬前,两人用缝皮子的针,把丁大筷子被刀斩断的地方全都缝上了。丁大筷子躺在棺材里,不动,不说话,腰板子还是溜直的。好些街坊邻居,做了好吃的,都是家里头平时舍不得吃的,也给放到了棺材里。

落葬后,老哥俩儿跪在老丁两口子坟前,没哭,也没说一句话,跪了两天一夜,要不是邻居把他们强行背回去,他们就在坟前跪死了。

那两根大筷子,被老哥俩儿带回了家。哥俩儿到家后,点了盏油灯,相互看着,还是不说话。灯油烧干了,一宿就过去了。第二天一大早,两人睁着通红的双眼,几乎是同时,说:"写信吧。"

一个月后,两大家子六七十口子人,就从南方老家全都回来了。回来的第一件事,就是两户人家凑在一起,开了个会。赵顺大和李玉金都讲了话,大体的意思就是,你丁大爷丁大娘死了,丁大筷子也死了,老丁家的这一根独苗,就这么断了。老丁家后继无人,要绝后了。我们能答应吗?我们不能答应。不答应咋整?从今儿个起,赵家、李家,两家所有的男丁都改姓丁,以后世世代代都姓丁,丁大筷子的丁。

儿孙们都知道丁大筷子是怎么死的,都爽快地答应了。

接着就要立家谱。

老丁大哥的祖上也是闯关东过来的,不过来得早,一辈辈儿下来,也没人记着。赵顺大想了想,说:"既然没了祖宗,家谱就从现在开始立,现在的人,就是后来人的祖宗。"

于是家谱上第一个人名儿就写了"丁家生",就是老丁大哥。第二个人名儿丁顺大,就是赵顺大。第三个人名儿丁玉金,就是李玉金。

哥仨儿的名儿就排在了一起。

家谱还没立完呢,有人找上门来了,说是来认祖归宗的。这事儿可稀罕,老丁家都绝后了,来的人会是谁呢?赵顺大把人让进来一问,就愣住了,来人说是太古街上的丁家。

这个丁家可不得了,是哈尔滨数一数二的大户人家,他们在正阳街上有一家百货商店,还开了一个照相馆、两个电影院。论人口,人家光姓丁的就一百多口人,再加上家里的伙计、长工、丫鬟,上千人也不止。

来的是六个人。

前边三个,都是老家伙,白头发白胡子,长袍马褂;后边三个,穿的却是洋装,皮鞋锃亮,苍蝇爬上去都得打滑。六个人排成了两排,不忙不乱,秩序井然。人家这是有备而来呀!

按规矩,赵顺大,哦不,丁顺大抱拳拱手,问:"几位爷,说是要来认祖归宗,敢问你们祖籍是哪里的呀?"

站在前排正中间的老家伙用力地顿了一下手中的乌木拐棍儿,说:"你管我们祖籍是哪儿的呢,我们就姓丁,丁大筷子的丁。"

丁顺大心里"咯噔"一下,很

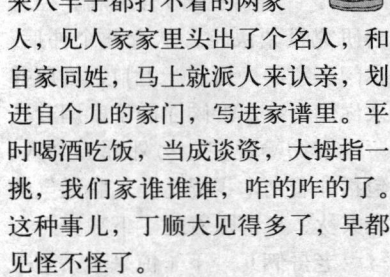

· 社会长廊 生活广角 ·

明显,这是碰瓷来了。本来八竿子都打不着的两家人,见人家家里头出了个名人,和自家同姓,马上就派人来认亲,划进自个儿的家门,写进家谱里。平时喝酒吃饭,当成谈资,大拇指一挑,我们家谁谁谁,咋的咋的了。这种事儿,丁顺大见得多了,早都见怪不怪了。

没想到,事情却不是丁顺大想的那样。

站在后排中间的那个中年人,留着两撇小胡子,戴着个黑礼帽,他走上前来,伸出手,想和老哥俩儿握手,想了一下,又马上改成了中式的抱拳,说道:"两位爷,不才我叫丁约翰,留过几年洋,可还是觉着哪疙瘩儿也不如家乡,就回来了。不好意思,不才现在愧为这门儿丁家的族长。"

丁约翰一挥手,后面的两个年轻人,一个抱过来一大摞子账本,一个抱过来一大摞子家谱,放到了丁顺大和丁玉金的面前,又退了回去。

丁约翰从怀里掏出了一张纸,突然双膝往下"扑通"一跪,开口道:"两位爷,这两叠是我们丁家的账本和家谱,这张纸,是衙门口儿给开的过户证明。丁大筷子的义举长我中华志气,我们与他同姓,乃有荣焉。经开会研究投票决定,从今儿个往后,本门丁家共一百三十七口,自愿并入你们丁家,听候你们丁家调遣。"

丁约翰说完,另外那五个人,包括挂着乌木拐棍儿、一脸傲气的老家伙,也都跟着跪了下来。

老哥俩儿一下子惊呆了,丁玉金问:"你们,并入我们这个丁?"

丁约翰说:"是,我们并入你们这个丁。家里头所有的钱财、房产、店面、买卖、土地,包括人口,我都已经托人过户到你们两位爷的名下了。从今往后,你们两位爷就是咱们大丁家的族长了。"

丁顺大和丁玉金急忙搀起了他们,众人脱鞋上炕,围着八仙桌,一帮子人细细商量。最后议定,家谱上写上第四个人名儿:丁约翰。以前的列祖列宗,还有丁约翰在世的长辈和平辈,都不入家谱。丁约翰下辈儿的人,也就是和丁大筷子平辈的,都入家谱,都是一个丁。

众人又定下规矩:从今往后,丁家拜祖宗,不立牌位,不拜画像,就拜一双筷子,丁大筷子的筷子。所有丁家后人都要以保护筷子为己任,人在筷子在,人没了,筷子也得在。人可以被腰斩,筷子不能断。

挂乌木拐棍儿的老头听了,从炕上爬起来,二话不说,对着柜上插在沙子碗里的两根大筷子就拜,头磕得"咣咣"直响,墙上的灰都给震下来了。

商量完了,送走了六个本家,已经是下半夜了。丁顺大和丁玉金站在大门前,丁顺大望着天空中的繁星,慨叹连连:"老丁大哥,老丁大嫂子,合该咱们老丁家人丁鼎盛,人丁鼎盛啊!"

丁玉金也说:"您两位在九泉下放心吧,我们都姓丁,丁大筷子的丁。"

(发稿编辑:吕　佳)
(题图、插图:杨宏富)

故事看过瘾了吗?轮到你出手了,给我们的中篇故事栏目投稿吧。在这个栏目里,我们欢迎这样的故事:1.题材新颖,视角独特,能引起读者的兴趣,尤其欢迎反映当代生活的作品;2.情节曲折生动,线索脉络清晰,故事性强;3.人物形象鲜活生动;4.篇幅在10000字至15000字之间。热情期待您的来稿。优秀作品除了能得到优厚的稿酬,还有机会拿到千字千元的奖金。来稿可从邮局寄发,邮寄地址:上海市绍兴路74号《故事会》杂志社,邮编:200020;也可从网上传递,本期责任编辑信箱:caoqingwen0228@126.com。

·动感地带·

故事会微信号：story63，欢迎添加故事会微信，参与互动！

·神探夏洛克·

逃跑的偷牛贼

美国伊利诺伊州有一个牧场，最近常有牛只被偷。奇怪的是，现场除了牛的足迹，别的什么线索也没有。牧场主便请夏洛克来协助破案，两人埋伏在附近。夜晚，偷牛贼又出现了。早有防备的牧场主大喊一声，跃上马背，朝黑影追去。可是，不多一会儿，偷牛贼的身影就消失在黑暗之中。查看地面，还是只能看到凌乱的牛脚印。

"偷牛贼看来是骑牛逃跑的，可我骑马怎么没追上他呢？"牧场主很奇怪。

夏洛克顺着足迹调查了一番，对牧场主说："偷牛人骑的是马，不是牛。"

"可是，没有马蹄印啊！"

"那是因为他在马蹄上装的，是一个牛蹄形状的金属套子。"

"是吗？怎么看出来的呢？"牧场主问。

"瞧，就是这个。"夏洛克拿出一个纸包，当即打开，牧场主恍然大悟。

你知道夏洛克发现的线索是什么吗？

超级视觉

夜空中绚丽的极光，倒映在平静的水面，化为水中女孩的天使之翼。一时间不知是天在水，还是女孩们正在振翅从水中飞向天际。

疯狂 QA

木字多一撇是什么字？

想知道答案吗？

1. 您可直接扫描下侧二维码；

2. 购买2020年12月下《故事会》。

动感地带，与您不见不散！上期答案见本期P67。

· 浮世绘 ·

《论语》还价

范元卿是南宋时期有名的学者，一天，他想买一件首饰，小贩开价三十贯，范元卿想还价，又怕被小贩探知底价，就用《论语》的章节名称打哑谜："我只出《乡党》的价钱，你看着办吧。"《乡党》是《论语》第十章，也即十贯钱。小贩听后说道："你讲的价钱我没法卖，我最少要《卫灵公》，十五贯！"范元卿没想到小贩也熟悉《论语》，只好照价付钱。

李鸿章戏谑大使

法国大使施阿兰狡诈多端，曾多次羞辱总理衙门官员，连恭亲王也不能幸免。一日，李鸿章与其相见，正交谈公事，李鸿章冷不丁地问道："你今年贵庚？"西方人最忌问年龄，但出于礼节，施阿兰只好如实回答。李鸿章听后笑道："如此说来，你与我孙子同岁啊！我去年曾与你爷爷相谈甚欢，你可听说？"施阿兰一脸局促不安，从此气焰有所收敛。

买书与买田

辛亥革命后，鲁迅做了教育部佥事，走上了仕途。鲁迅的母亲就劝鲁迅："儿啊，现在你做了官，光耀门楣，攒了钱还是要买些田地，雇几个佃户，别人抢也抢不走，一辈子吃自家白米饭，多好呀！"鲁迅是接受了新思想的，自然不同意，但他也不能直接拒绝，就笑着说："我是想买田，但我的钱都用来买书了，还是算了吧！"

一首诗救命

安史之乱中，王维因为来不及逃走，被安禄山抓了。

由于王维声名在外，安禄山硬让他做了高官，王维便写了一首叫《凝碧池》的诗来抒发自己怀念唐朝的情志。不久，唐军收复长安，王维还是没来得及逃走，又被当作叛臣关在了牢里，准备处斩。这时，王维的弟弟赶紧找出了那首诗进献给唐肃宗，唐肃宗看后认为情有可原，赦免了王维，最后还让他做到了副宰相的高官。

沈德潜的"著作权"

沈德潜是乾隆时期有名的诗人，深受乾隆的宠信。乾隆有时会让沈德潜代笔写诗，然后收入自己的御制诗集里。作为回报，乾隆给了沈德潜很多赏赐，在他九十岁那年，还封他为"太子太傅"。但沈德潜并不甘心，退休后又悄悄地把代笔的作品编回了自己的诗集，跟皇帝抢起了"著作权"。这下惹恼了乾隆，在沈德潜死后，他下令追夺沈德潜官衔，毁墓戮尸。

宋孝宗吃素

宋孝宗性格仁孝，对禅位给自己的太上皇宋高宗十分关心。宋高宗在八十一岁时去世了，宋孝宗决定戴孝三年，坚持吃素寄托哀思。吃了三个多月后，有个叫吴夫人的老宫女看不下去了，她担心宋孝宗身体吃不消，便让厨房用鸡汤煮素菜。宋孝宗吃时觉得味道不对，得知原委后，他对吴夫人说："虽然你是好心，但你的好心破坏了我的孝心，我不能接受。"于是他赐给吴夫人一笔钱养老，把她送出了宫。

偏旁犯忌

晚唐的周瞻在考进士前，将自己的文章送给宰相李德裕指正，很久没有回音，周瞻就去打探消息。李德裕对周瞻说："家父讳'吉甫'，你姓周，偏旁里有个'吉'字，所以我一见你的姓名就要避讳，不能看后面的文章了。"周瞻不服气，理论道："如果偏旁也要避讳，那么'裕'字里有一'口'字，与'吉'字犯忌了，那您是不是连自己的名字都写不得了？"当场噎得李德裕说不出话来。

（本栏插图：孙小片）

红版编辑部各编辑邮箱：
吕　佳：lujia411@126.com
丁娴瑶：dingxianyao@126.com
陶云韫：taoyunyun1101@163.com
曹晴雯：caoqingwen0228@126.com
孟文玉：yuwenmeng@126.com

· 该段子 ·

城市名称造句

- 上海：昨天晚上海边十分热闹。
- 合肥：今天复合肥料又涨价了。
- 成都：就是那个价，成不成都不改了。
- 西安：鞭炮这东西安全得不到保证。
- 西宁：这种不合格的东西宁可报废，也不能混出厂门。
- 信阳：我就不相信阳刚的男人不招女孩喜欢！
- 长春：冬天这么长春天还会短吗？
- 大连：脾气这么大连我都不放在眼里。
- 保定：给你二大爷办的低保定下来了。

（推荐者：李云贵）

想都不敢想的都在新闻里了

- 小偷被抓时身上带着一本"刑法"，目的是希望被抓时能"有所应对"。
- 男子盗窃被抓，希望从重判处，原因是上次关的时间太短没有学会缝纫技术，希望这一次把它学会了。
- 女子嫌隔壁包间的人唱歌太难听，竟推门而入，两人在KTV里互殴。
- 女子给未见面的网恋男友转账五十万，电话打过去时闺密的手机竟然响了。
- 四川大学生用脸盆上游泳课，"陆游器"真的批量生产了！
- 男子喝尿上瘾，担心感染艾滋病，医生建议他烧开了喝。
- 夫妻带双胞胎儿子做亲子鉴定，发现两个儿子为同母异父。
- 女子戒指卡手求助消防员，第二天又被卡住了，原因是给朋友示范怎么卡住的。

（推荐者：猪鸽小姐）

考场上的迷惑瞬间

- 用半小时算出来的答案,竟然不在选择题的四个选项中。
- 模糊地记得那些题目老师好像讲过,但清楚地记得自己没听。
- 语文考试的古诗词填空,整首诗都背下来了,就空的那句忘了。
- 信心满满地写下一个"解",然后就没有然后了。
- 答题卡填到最后发现多了一个空。
- 在考场上越紧张,想起来的歌词就越多。

(推荐者:酸浆果)

"扑哧"一笑

- 和老婆走在路上,忍不住多看了几眼漂亮姑娘,老婆不高兴了,说:"怎么,山珍海味吃多了,想尝尝大白菜的味道?"我脱口而出道:"你搞错了,是大白菜吃多了,想尝尝山珍海味……"结果被一顿暴打……
- 买东西付钱前,我习惯性地问:"真的是亏本卖的吗?"老板说:"绝对亏本!卖一件亏一件。"我想了想,说:"兄弟,你真不容易,那我还是不买了。"
- 上飞机前,女神说:"我要上飞机了,晚点再联系你。"可到了第三天,女神都没消息,于是我问女神为什么没联系我。女神说:"因为没有晚点啊……"

(推荐者:胖胖子)

真实的自拍文案

- 这条朋友圈屏蔽了凡人,欢迎我的神仙朋友点赞。
- 不笑运气差,一笑脸又大。
- 有人发自拍吗?没有的话我发!
- 好看的锁骨千篇一律,有趣的肚子弹来弹去。
- 没有无缘无故的爱恨,只有无缘无故的自拍。
- 以前丑,不敢自拍;现在不一样了,脸皮厚。
- 我真好看!这得感谢我爸妈,给了我一张爱胡说八道的嘴。

(推荐者:喵喵咪呀)

(本栏插图:孙小片)

微信扫码,加交流群,侃故事轶闻,聊人生百味。

·网文热读·

名旦

□ 郑俊甫

腊月二十三,一大早,春生戏班的大师兄庆来就敲开了师弟小春子的门。庆来是来跟小春子商量"封箱戏"的事。

作为一家老戏班,春生戏班有自己的讲究和规矩。辞旧迎新,为了讨个好彩头,年底戏班会演最后一场戏,叫"封箱戏"。这场戏要唱点绝的,一般是唱"反串"戏。

不过,小春子照例是拒绝,就像十多年来一直拒绝的那样。

小春子是春生戏班的头牌。打四岁起,他就被父亲送到这个专收男弟子的戏班,跟着师父学戏了。师父好像一眼就看出小春子骨子里的戏苗,没几天就宣布,小春子唱青衣,男扮女装的那种。不但要唱青衣,连生活也要是青衣的生活。他不能跟师兄弟们混吃混住在一起,不能用男声讲话,举手投足,一颦一笑,都要是戏里的女娇娥。

可别以为师父只是说说,碰了师父的规矩,任谁都要打板子的。

一次午饭,庆来趁师父不在跟前,就带着两个师弟钻进小春子的房间,逗他:"吃个饭也跟个小娘们似的,连个声也没有。"庆来敲锣,两个师弟敲边鼓,一会儿就把小春子逗哭了。这事传到了师父耳里,庆来和两个师弟被打得在床上整整叫唤了二十天。又一次,小春子看师兄们唱《夜奔》,一时技痒,摆了个林冲的造型，用高亮的嗓子唱了一句。师兄们还没叫好，师父的棍棒就下来了，可怜的"八十万禁军教头"，一棒就被打翻在地，鲜血直流。打那时起，小春子就再没有唱过别的。在大家眼里，小春子就是青衣，就是女娇娥，大家再也不敢提他的男儿身。

小春子很快就出道了，出道的第一场戏是《贵妃醉酒》。也真是奇了，小春子一亮嗓，观众的眼前就再没小春子，只有贵妃。那唱腔搅动的空气里，全是百媚千娇，柔粉凝脂。不但唱腔，连水袖也甩得迎风花开，仿佛那不是柔软无骨的丝绸，而是"回眸一笑百媚生"的意，是"玉楼宴罢醉和春"的魂。

小春子红了，红了的小春子唱《贵妃醉酒》《霸王别姬》……但他独不唱生角，连说话也不粗声，以至于在外面有不少闲言碎语，传得神神道道。

这一回，庆来敲开了小春子的门，任小春子如何拒绝，也不让步。庆来说："十多年了，有师父在，你一直忍辱负重，可师父都去了快一年了，再没人拦你，你也该回了你的男儿身。"不独庆来，师娘也劝："这些年，你师父一直把你当女孩养着，他许是想捧红你，但他太自私了些，你也该自由地重见天日了。"小春子终于点了头。

"封箱戏"里，小春子手执錾金虎头枪，一身英武的扮相，成了《挑滑车》里万夫不当的高宠。"挨挨挤挤任金兵乱扰，管叫他插翅难逃，管叫他插翅难逃！"

唱到末一句，本该气壮肝胆，小春子却忽然破了嗓，把个英雄高宠唱成了千娇百媚的女娥。观众席上兴致满满的一众看客，一下子就炸了锅。有人嚷了一声："这是欺负我们只会听女声呢！"一时间，戏台下无数双手纷乱地扬起来，瞬间沦陷了。可怜的小春子，丢了錾金虎头枪，双手抱头，缩成一团。

多亏几个师兄弟，拼命护着，才把小春子救离了是非之地。

在小春子房间，庆来揽着他的肩，柔声宽慰："不是你的错，这些年，师父他……委屈你了。今后，你想唱什么就唱什么！"

小春子怔怔地盯着庆来，忽然扑进他的怀里，痛哭道："我没有男扮女装，我本就是女儿身哪！"

（此稿为第十八届中国微型小说年度奖入围作品）

（发稿编辑：曹晴雯）
（题图：孙小片）

一心练哑铃

□ 邵福军

老张是一家健身馆的老板，最近在家休养，就让儿子亮子帮忙看店，亮子正好也想练练健身器材。

老张健身馆的器材都是分区设置的，亮子转了一圈后，最后停在跑步机区域左侧的哑铃区，坐在哑铃凳上一心练起了哑铃。

晚上回家，老张听说亮子一心练哑铃，就指指他健壮的臂膀和发达的胸肌，说："你没必要再练哑铃了吧？"

亮子笑了笑，没作答，只顾左右摇晃着脖子。老张问他脖子怎么了，亮子说："有点不舒服，没事儿，过会儿就好了。"

第二天晚上，亮子回来后，老张问他："今天馆里情况怎样？"

亮子下意识一回头，突然"哎哟"一声叫喊，说："脖子痛了，一往右转就痛。"

老张赶紧问："是不是练器材练的啊？你今天练了什么？"

"哑铃。"说完，亮子不置可否地笑了笑，按着脖子回屋了。

老张冲着亮子的背影喊："明天别练哑铃了，脖子也许就好了！"

可是第三天，亮子的脖子症状更严重了。得知亮子又练了一天哑铃，老张气道："不是跟你说别再练哑铃了吗？你到底是怎么练的啊？"

亮子犹豫地说："我、我就是连续练了两个小时……"

老张惊道："两个小时过度了啊！任何一项单一运动，运动过度就会引起肌肉疲劳拉伤。"

亮子不屑道："怎么会？"

"你别不信……"老张滔滔不绝地讲起了运动的科学道理。

亮子烦躁地打断道："什么科学道理啊？我右边那个美女，她每天在跑步机上走两个小时，不也好好的？哪有什么肌肉疲劳拉伤！"

(发稿编辑：曹晴雯)

·幽默世界·

事事谨慎

早些时候,有个外国小伙,坐着火车去旅行。火车开了一会儿后,在最近的一站停了下来。

车子刚停稳,小伙就看见车厢里的一位老先生,匆匆忙忙地下了车,然后冲向车站大楼。没过一会儿,那位老先生又回来了,跑得气喘吁吁,上气不接下气。

当火车在第二站停下时,那位老先生又匆匆忙忙地下了车,然后又一次冲向车站大楼。就在火车准备要启动时,老先生又匆匆地赶了回来。

当火车缓缓地驶入第三站时,老先生已经做好了"冲刺"的准备。只见他来去匆匆,跟前两次一模一样。等老先生再回到车上时,又是上气不接下气,甚至还有两行热泪顺着他的脸颊流了下来。

这个时候,同车的旅客你看看我,我看看你,面面相觑,大家的好奇心被一下子激发出来。

小伙十分好奇,他觉得,如果再不解开这个谜底,他在接下去的旅行中恐怕会一直想着这事。于是,小伙走到老先生的面前,问道:"请原谅我的好奇心,为什么火车每到一站您都要下车呢?"

老先生回答:"去买下一站的车票啊!"

小伙不解,又问:"那您为什么不直接买一张到终点站的车票呢?"

老先生摇了摇头,说:"年轻人,你看,我的心脏很糟糕,医生说我随时都可能'一命呜呼'。你想想,要是我没到终点站就没气了,那不就花冤枉钱了吗?所以我得事事谨慎,处处防范呀!"

说完,老先生朝小伙得意地笑了起来。

(作者:哈利·凯文 编译:闻春国)
(发稿编辑:曹晴雯)

· 幽默世界 ·

越买越差

□ 孙凡利

小袁是一名汽车销售。这天,初中同学利子前来买车,相中了一款十五万的车,爽快地交了订金。可只过了一天,利子就给小袁打电话:"我想换一款。"小袁表示理解,让利子再来店里选。

利子来到店里,磨蹭了半天,换了款十二万的。小袁想不通:"怎么回事?"利子叹了口气,说:"我有个同事叫老刘,他母亲得了重病,医疗费不是小数目。"小袁听说利子常为朋友两肋插刀,点头表示理解,让利子三天后来取车。

三天后,利子来到店里,一见面又对小袁说:"真不巧,老刘妻子出了车祸,我还得换一款。"

小袁善意地提醒道:"帮人得有个度。"利子吐吐舌头没吱声,随后,换了款十万的汽车。小袁有些心疼利子,如今这样的人太少了。

没过几天,利子订的车来了。小袁把利子叫到车行,刚要办理交车手续,利子接了个电话,挂了电话,他哭丧着脸对小袁说:"还得再换辆便宜的,老刘儿子高考失利,准备花大钱送他出国读书了。"

小袁摇摇头,说:"这就没必要帮了吧?"利子却坚持道:"我已经决定了。"小袁只好随了利子的意,帮他换了款八万的车。

八万的车有现货,付款时小袁发现,利子银行卡里竟有几十万余额,他忍不住问:"你明明有钱,为啥车越买越差?"利子苦笑一声:"老刘不是有难处嘛!"

"你给了他多少?"小袁好奇道。

利子脸拉得老长:"实话和你说了吧,老刘是我上司,这段时间也准备买车,家里摊上那么多事,他买车的档次一降再降,我总不能比他买得好吧?"

(发稿编辑:陶云韫)

· 幽默世界 ·

睡个觉好难

□ 马奕彦

重阳节一早,养老院热闹起来,有志愿者来免费为老人们理发。梅大爷很高兴,可没想到,一批又一批志愿者轰炸式地赶到了养老院。一整天,梅大爷都在接待志愿者,连午觉都没睡成。总算吃过晚饭,梅大爷准备早早休息,只听"笃笃笃",一阵急促的敲门声又响了。

梅大爷禁不住嘀咕道:"这么晚了还有志愿者?"他打开门,迎进来两个青涩的小女生。

一个女生开口道:"老伯,我们为您捶捶背好吗?"

"武术学校的学生捶过了,不用再捶了!"梅大爷强颜欢笑道。

"老伯,我们为您修指甲吧!"

"园林学校的学生修过了,你们看,多齐整。"梅大爷伸出了手。

"老伯,我们为您洗脚好吗?"

"厨师学校的学生洗过了,都脱了一层皮了。"梅大爷脱下了鞋。

"那我们陪您聊天解闷好吗?"

口干舌燥的梅大爷,脑袋摇得像拨浪鼓:"不用了,我都说了一整天话了……"

梅大爷见两个女生没有走的意思,他强打精神、吞吞吐吐地说:"谢谢你们,但不好意思呀,我、我真的很累了,要睡觉了。"

"睡觉?"两个女生忽然眼睛一亮,一个女生脱口而出:"太好了,我们给您唱摇篮曲!老伯,我们是校合唱队的,摇篮曲唱得可好听了。"说着,女生就唱上了:"小宝贝,快快睡……"

梅大爷一口气差点没续上:"咳!明明是重阳节,怎么过成了儿童节!"

(发稿编辑:陶云韫)

微信扫码,为您讲述故事会趣闻轶事。

埋个将军

□ 阿荣志

古时候有个叫向阳坡的小村子,在村子还没有建成时,这里曾是战场,打仗死了不少人。

一遇到晚上打雷下雨,向阳坡的村民们总能听见厮杀声,声音大得都快盖过雷声了。村民们很害怕,又被吵得睡不着觉,时间长了,实在受不了,于是大伙让村里最能干的大牛进城去请有名的王道长。

大牛一大早就出门了,到了晚上,他终于把王道长请回来了。村民们争先恐后地把村里闹鬼的事告诉王道长,王道长却半闭着眼睛,半天不说话。大伙看出他的意思来,只能凑足了银子,先付给王道长,王道长这才开口了。他说,那些战死的士兵成了孤魂野鬼,无法投胎转世,所以死后仍在厮杀,必须在此处埋一个将军镇一镇。王道长说罢,在村里大吃了一顿,吃完擦着嘴角的油走了。

当时正是乱世,不久战事又起,死了不少人。村民们想起王道长的话,就找到一个战死的将军,将他在村边下葬了。果然,从那以后,打雷下雨的夜里,村里都很平静。

可惜好景不长,这天,大牛来到城里,找到王道长,一见面就让王道长退还银子。王道长问大牛:"你们按我说的,埋了个将军在村里吗?"

大牛说埋了。

王道长又问:"那现在夜里还有厮杀声吗?"

大牛说没有了。

王道长怒道:"那你怎么还要我退银子?"

大牛苦着脸说:"唉,别提了,我们按你说的,在村边埋了个将军,厮杀声倒是没有了,可现在不论晴天雨天,夜夜都传来练兵的声音,比以前还吵,我们根本没法睡觉啊!"

(发稿编辑:吕 佳)

· 幽默世界 ·

装聋作哑

□ 黄超鹏

大林是个新手推销员,他们公司有上门推销的要求,他脸皮薄,又没经验,心里很忐忑。

这天,大林好不容易溜进了一个高档小区,按响了一户人家的门铃。男主人开门,一见到大林西装革履、背个双肩包、一脸媚笑的样子,就猜到了大林的身份,他嫌弃地朝大林白了一眼,然后"砰"的一声,重重地关上了门。

大林愣在原地,尴尬得涨红了脸,这上门推销的活儿,真不好干呀!他垂头丧气地走出小区,突然,看到一个挂着盲拐的男人,正在沿路乞讨,脖子上还挂着一张说明卡片。原来这男人不但眼睛看不见,还是个哑巴,路人见了他,有慷慨解囊的,也有悄悄绕着走的,但至少没人对他态度恶劣。

大林看在眼里,大受启发。第二天,他又来到昨天那个小区,这一次他有了充分的准备:他敲开几户人家的门,没等对方开口,大林便打开手机外放,播放了一段语音:"您好,我是个聋哑人,公司照顾我,特聘我为销售员,请您耐心听完我们公司的产品介绍,我会为您现场演示如何使用……"

没想到,大林这一招还真灵,大家都挺同情他,甚至还成交了几单生意。有些人就算不买,也只是客气地朝他摇摇手。

大林暗自得意,脚步都轻快不少。走着走着,他转到了昨天"碰壁"的那户人家。大林信心大增,决定再去试试。哪料他正想拍门,顿时愣了,门上多了一张纸条,写着:"屋主是聋哑人,再怎么敲门也听不见。谢绝推销!"

大林不由得嘀咕:"昨天敲门,他还听见了,今天就变'聋哑人'了?哥们跟我想一块儿去了吧!"

(发稿编辑:丁娴瑶)

· 幽默世界 ·

作 弊

□ 侯 子

大军爱打牌,平时总会出去和牌友玩上几局。最近,他心血管的老毛病犯了,被老婆强行"按"在家里休养,哪也去不了。这天,兄弟二毛带了几个牌友来看他,大军乐了,掏出扑克牌,说:"总算把你们盼来了,陪我玩两局?"

"成啊!"二毛他们积极响应,哥几个立马开了局。这时,大军老婆买菜回来,见状,先是眉头一皱,但见大军一脸可怜相,也就心软了,她拍了拍自己的胸口,又指了指大军,说:"打牌也行,就是注意别太激动!"

得了老婆的"尚方宝剑",大军玩得更带劲了,可不知怎么,他今天的牌运就没好过!刚才明明抓的一把好牌,眼看着就要赢牌了,却在二毛他们有如神助的合围下,被打得溃不成军。

这会儿,大军又抓了手好牌,他激动得心"怦怦"直跳。这时,轮到二毛出牌了,只见他磨磨蹭蹭,试探性地抽出了一张牌。大军一见,心中暗喜,因为无论二毛出什么,只要是单张牌,大军就能赢了。可二毛琢磨了片刻,又把那张牌收了回去,打出了一个对子。

大军一下子像泄了气的皮球,其他人瞅准机会,又是一通配合⋯⋯大军又输了。他突然意识到什么,把牌一丢,说:"你们该不是联手作弊了吧?"

二毛忍不住笑着说:"我们没想作弊,谁让你抓到好牌或碰到想要的牌,就会心跳加速!"

大军蒙了:"你们怎么知道?"

二毛笑着,冲大军手腕一指:"还不是刚才嫂子提醒的!"

大军一看,恍然大悟,他手腕上还戴着老婆新买的便携式心率监测仪呢!

(发稿编辑:丁娴瑶)

·幽默世界·

如此"报复"

□ 春之晓晓

大卫是一个士兵,他十分节省,吃穿用度都用部队的,攒下不少津贴,成了战友们眼里的部队"首富"。

虽然大卫积蓄不少,可他不舍得花,到了抠门的地步。相恋多年的女友终于对他有意见了,前几天,女友宣布和大卫分手,并在短信中说:"我要和一位商人结婚了,我们既然走不到一起,请把我的照片还给我吧!"

大卫收到分手短信,很是伤心。消沉了几天后,他突然向战友们提出了一个奇怪的要求:"把你们女朋友的照片统统借我用一下,越多越好!"

那是个人隐私,怎么能随便借呢?考虑到大卫平时没少帮大家,看在兄弟的情分上,不好拒绝。战友们问大卫究竟怎么了,大卫说:"女友和我提出了分手,我一定要狠狠地报复她!"

大卫把从战友们那借来的几十张照片分别装在几十个信封里,又把自己女友的照片混在其中,准备一块儿寄出。

战友们看着大卫这通奇怪的操作,看不明白什么意思,就问:"你这算什么报复呢?"

大卫"嘿嘿"一笑,给女友发了一条短信,写道:"抱歉!我记不清你长什么样了,只能把手里的女孩照片全部寄给你,请你挑出自己的,其余照片务必原样寄回。"大卫愤愤地说:"我要给她来一个'信件轰炸'!"

战友说:"寄这么多信,可得不少邮资,你怎么变大方了?"

大卫敲了一下战友的头,说:"伙计,你忘了我们的福利吗?士兵寄信免费!"

(发稿编辑:陶云韫)

(本栏插图:顾子易 小黑孩)

· 听故事 ·

解放眼力 随时听书
享受身临其境的阅读体验

紧张、刺激、烧脑、惊险，带感的声音、精彩的音效，领你走进层层迷雾，抽丝剥茧，遇见真相！

《致命的漏洞》

为了升迁，处长马国腾出尔反尔不肯离婚，情人以死相逼，却意外死在了马国腾的手上。面对警察的问讯，马国腾自以为回答得滴水不漏，谁知却被一个司机抓住了致命的漏洞……

看书，听故事，聊人生百态
免费获取您的《故事会》阅读计划

【电子故事书】　【故事音频库】　【聊天书友群】

建议配合二维码一起使用本书

◀◀◀ 微信扫码
听故事，
聊人生百态

　　本刊为了让您更好地享受阅读，帮您轻松沉浸于精彩故事中，特别为您提供了电子故事书、精彩故事音频库，让您放松身心、纵享故事；为您提供了本刊专属聊天书友群，入群可参与话题聊天，可随意侃大山，可结交群内同好为好友。

阅读本刊，您将获得以下专属读者权益：

立刻获得的主要权益

▶ **专享本刊社群服务**：群内参与话题讨论，聊天交友
▶ **本刊配套资料包**：许您一段轻松悠闲的时光
▶ **阅读工具**：辅助您轻松读故事

每周获得的主要权益

▶ **专属热点资讯**：16周专属娱乐资讯服务，每周2次
▶ **配套线上读书活动**：群内16周有趣的话题聊天，每周1~3次
▶ **精选好书推荐**：16周热门休闲好书推荐，每周1次

长期获得的主要权益

线下读书活动推荐：
精选活动，扩充知识开拓视野

抢兑礼品：
免费抽取实物大礼